KB011420

나 혼자만 레벨업

파피루스

* 이 책은 ㈜디앤씨미디어(파피루스)가 저작권자와의 계약에 따라 발행한 것으로 저작권법의 보호를 받는 저작물입니다. 본서의 내용을 무단 전재 및 무단 복제하는 것을 금합니다.
* 작가와의 협의에 의해 인지는 생략합니다.

나 혼자만 레벨업

Only I level up

추공 장편소설

VI

파피루스

목 차

1. 1억의 후퇴, 1인의 반격

1. 1억의 후퇴, 1인의 반격

"성진우 헌터님이십니다."

세계 헌터들이 고건희 협회장의 목소리를 들었다.

누군가는 속보를 통해서, 누군가는 연락을 통해서, 누군가는 동영상 공유 사이트를 통해서.

그들의 반응은 한결같았다.

-이 시기에 일본을?

-무슨 생각인 거지?

헌터들도 알고는 있었다.

지금 일본에 붙은 급한 불만 꺼 준다면 일본 정부가 얼마나 큰 보상을 해 줄지 짐작조차 어렵다는 사실을.

하지만 모든 나라가 자국의 최상급 헌터들을 미증유의 재앙 속에 던져 놓길 거부했다.

전 세계 최상급 헌터의 숫자들을 격감시킨 S급 게이트의 마수 '카미쉬'의 교훈은 헌터계를 폐쇄적으로 만들었다.

그래서 가고 싶어도 갈 수 없는 상황이었지만, 가라고 해도 누가 과연 나설 수 있을까?

"미친 짓이지."

메릴랜드 주의 최고급 호텔에 모이기 시작한 미국 국적의 S급 헌터들도 한국의 소식을 들었다.

그들 중 다수는 '업그레이더' 셀너 부인의 힘에 의해 능력이 강화된 이들.

세계 최고의 무력 집단이라고 해도 손색이 없었다.

그런 이들이기에 아시아의 작은 나라에서 들려오는 무모한 헌터의 이야기를 비웃을 수 있었다.

"재각성한 지 얼마 안 된 녀석이 자기 힘에 도취된 거지."

"그 녀석, 설마 곤충 따위와 거인족을 같이 보고 있는 건가?"

"자신의 힘을 과신하는 헌터는 100프로 죽어. 오히려 개미들을 잡은 게 명을 단축하는 결과가 될 줄이야. 아이러니하군."

그들도 제주도에서 진우의 빛나는 활약을 보았다.

'성진우'의 힘은 확실히 강했다.

하지만 거인족은 다르다.

숫자로 밀어붙이는 개미 떼들에게 많은 소환수를 불러낼 수 있는 그의 능력이 잘 먹혀들었을 뿐.

아무리 그가 강하다고 해도, 개개인의 개체가 최상위 A급 게이트에 보스급으로 등장할 만큼 강한, 거인형 마수들을 혼자서 감당할 수 있을까?

거기다 유리 오를로프를 낚아챘던 보스급 거인의 기이한 움직임.

그건 맹수의 동작을 방불케 했다.

그 덩치로 그런 속도와 민첩함이라. 어떻게 한 명의 헌터가 그 괴물을 잡을 수 있다는 말인가?

헌터들은 농담 삼아 내기를 걸었다.

"하루 만에 죽는다에 내 요트를 걸지."

"난 이틀에 내 집을 걸겠어."

"그럼 난……."

그때.

"과연 그럴까?"

구석에서 조용히 식사하던 토마스 안드레가 식기를 내려놓으며 입을 열었다.

국가 권력급 헌터 중 한 사람.

'카미쉬' 토벌 이후로 많은 강자들이 나왔지만, 아직까지도 인류 역사상 가장 끔찍했던 재앙과 맞서서 살아남았던 헌터들의 위상을 뛰어넘지는 못했다.

그가 피식 웃자 모두가 잡담을 멈추었다.

"나는 녀석이 살아남는다에 스케빈저 빌딩을 걸겠다."

그는 선글라스 너머로, 내기를 걸었던 헌터들을 슬쩍 훑어보고는 그대로 식당을 나갔다.

"……."

"……."

그가 나가고 난 뒤 불편한 정적이 내려앉았다.

헌터 하나가 인상을 찌푸리며 침묵을 깼다.

"저 인간, 분위기 망치는 덴 정말 선수라니까."

"저 괴짜 놈이 이러는 게 어디 한두 번인가. 신경 안 쓰는 게 좋아."

"그래. 아무리 한국의 헌터가 강하다고 해도 혼자서 S급 거인들을 막는 건 불가능하지."

잠자코 듣고 있던 옆자리의 헌터가 말했다.

"혼자는 아니고 한 명 같이 간다던데?"

그럼 그렇지.

아무리 정신 나간 놈이라도 그 생지옥에 혼자서 갈 생각은 안 하겠지.

헌터들은 고개를 끄덕이며 물었다.

"어떤 멍청한 S급이 그를 따라나선다고 했나?"

"S급이 아냐."

헌터 셋은 서로를 바라보았다.

S급 거인들과 싸우러 가면서 S급 미만의 헌터를 데리고 간단 말인가!

"A급 힐러라도 데려가나 보지?"

"아니. 유진호라는 D급 탱커랑 같이 간다던데?"

세 헌터들 모두 약속이라도 한 듯이 할 말을 잃고 입을 꾹 다물었다.

성진우라는 헌터, 미쳐도 단단히 미쳤구나.

어쩌면 미친놈들끼리는 통하는 것이 있는 게 아닐까?

토마스 안드레가 성진우를 응원하는 게 우연이 아닐지도 모른다는 생각이, 세 헌터의 머릿속을 스치고 지나갔다.

* * *

인천 국제공항.

"아, 잠시만요. 좀 지나가겠습니다!"

구름처럼 몰려든 사람들을 헤치고 유진호가 위풍당당하게 걸어 나왔다.

얼굴을 가리는 큼지막한 선글라스, 양손에는 장비가 담긴 가방 두 개.

표정에서 흘러나오는 비장함은 클라이맥스에서 등장하는 영화배우 빰 칠 정도였다.

"지나가겠습니다아-!"

유진호가 만든 길을 진우가 조용히 뒤따랐다.

촤촤촤촤촤촤촤촤악-!

기자들은 진우의 1초라도 놓칠세라 연신 플래시를 터트렸다. 들떠 있는 유진호와 달리, 진우는 종일 차분한 모습이었다.

일본에서는 진우가 온다는 소식을 듣고 바로 전용기를 보내 주었다. 당연히 모든 입국 절차는 깔끔하게 생략됐다.

비행기를 타기 직전.

진우는 배웅 나와 있는 낯익은 얼굴들을 발견했다. 고건희 협회장과 우진철 과장이었다.

가볍게 눈인사를 주고받은 세 사람이 가까이 붙어 섰다.

공항 안은 소란스러웠으나 세 사람 모두 감각이 발달해 있는 최상급 헌터들이라 따로 목소리를 높일 필요는 없었다.

고건희가 아쉬운 얼굴로 말했다.

"지금이라도 말리고 싶은 마음이 굴뚝같습니다."

진우는 한국이 보유한 헌터 최강의 전력이라고 할 수 있었다.

그런 힘을 함부로 내보내고 싶지 않았다.

막말로, 그가 없는 동안 한국에 무슨 일이 생길지 모르는 일 아닌가?

하지만 진우의 뜻은 확고했다.

"죄송합니다. 저는 가고 싶습니다."

거인들을 처치해서 레벨을 올리고, 그림자 병사들의 수를 늘릴 계획이었다.

때문에 진우는 일본에 마수의 모든 권리를 넘겨 달라고 요청했고, 너무도 당연한 요구에 일본은 두 손 들어 환영했다.

고건희는 허허 웃었다.

"거기 마수가 있기 때문입니까?"

진우도 씩 웃었다.

"저는 마수와 싸우고 싶습니다."

"헌터님의 뜻이 그렇다면 어쩔 수 없지요."

고건희가 손을 내밀었고, 진우도 손을 잡았다.

맞잡은 두 손이 위아래로 움직이는 동안 고건희는 진심 어린 인사를 건넸다.

"부디 무사히 다녀오십시오."

좌좌좌좌좌좌좌좌좌악-!

악수를 나누는 두 사람의 모습은 수백 개의 카메라 렌즈에 고스란히 담겼다.

* * *

진우가 온다는 소식은 절망에 빠져 있던 일본의 생존자들에게 한 줄기 등불이 되었다.

몇 개 남지 않은 방송국들은 진우와 관련된 자료 영상을 연신 틀어 댔다.

사람들은 진우의 활약상들을 보며 희망의 끈을 놓지 않았다.

S급 개미들이 쓸려 나갈 때 그들은 전율을 느꼈다. 한일 협동작전이 벌어질 때만 해도 크게 관심이 없었던 사람들이 재방송에 매달리기 시작했다.

거인들의 남하가 점점 더 가속되고 있다는 소식이 들려올수록 그들의 간절함 또한 커져 갔다.

"성진우 헌터가 일본에 도착했대!"

라디오를 듣던 소년이 소리치자 사람들의 얼굴이 환해졌다.

하지만 모두가 희망을 발견한 것은 아니었다.

거인의 공격으로 전기도, 가스도 끊긴 곳에서는 조력자의 등장을 알지 못했다.

그들의 유일한 희망은 구조대가 도착하는 것뿐이었다.

"자위대에서 왔습니다!"

노부부가 운영하는 작은 요양 병원에 자위대 병사 둘이 사색이 된 얼굴로 들어섰다.

하늘에 기도하는 심정으로 구조를 기다리던 노부부 의사 내외는 병사들을 보고 안도의 한숨을 내쉬었다.

그러나 상황은 생각보다 좋지 않았다.

병사들이 고개를 가로저었다.

"환자분들을 모두 태울 자리가 없습니다. 기껏해야 서너 분을 더 태울 수 있습니다."

노부인이 말했다.

"말도 안 돼요……. 여기에 거동이 불편한 환자가 열 명이 넘는다고요."

노의사도 고개를 끄덕였다.

그러나 자위대 청년들은 발을 동동 굴렀다.

"지금 언제 죽을지 모르는 분들을 걱정하실 때가 아닙니다! 거인들이 이곳으로 오고 있다고요!"

땀으로 범벅된 자위대 청년이 악을 썼다.

벌써 이 근방의 주민들은 다 피신을 완료한 상태. 사람 냄새가 나는 곳은 여기뿐이니 거인이 들이닥치는 건 시간문제였다.

바닥을 바라보던 노의사가 고개를 들었다.

"환자분들을 두고 갈 수는 없습니다. 아내와 저는 환자분들의 마지막을 지켜 드리기로 약속했습니다."

노의사의 목소리는 단호했다.

두 청년은 눈을 부릅뜨고 노의사를 바라보다가 하는 수 없이 무전기를 들었다.

"……민간인들이 대피를 거부합니다. 우리는 철수하겠습니다."

일부러 들으라는 듯 교신을 마친 두 병사들은 서둘러 밖으로 뛰어나갔다.

곧 차의 시동이 걸리는 소리가 들려왔다. 노부부는 서로를 다독이며 깊은 한숨을 내쉬었다.

그런데 그때, 가 버린 줄 알았던 병사 하나가 뛰쳐 들어왔다.

손에는 실탄이 장전된 소총이 들려 있었다.

"뭐, 뭡니까!"

화들짝 놀란 노부부가 서로의 손을 맞잡았다.

병사는 목에 핏대를 세웠다.

"여기 계시면 거인들에게 찢겨 죽습니다! 그렇게 끔찍하게 죽느니 차라리 제 손에 죽는 것이 낫습니다!"

총구가 노의사에게 한 번, 노부인에게 한 번 번갈아 움직였다.

그럴 때마다 노부부는 어깨를 움찔 떨었다.

"마지막 경고입니다. 저희와 함께 가시겠습니까? 아니면 제 총에 죽으실 겁니까?"

청년은 말없이 총을 겨눴다.

노부부는 한참 말이 없었다.

그들도 왜 모르겠는가? 이렇게 해서라도 자신을 데려가고 싶은 눈앞 청년의 마음을 말이다.

하지만 쉽사리 대답할 수는 없었다. 그건 일평생 사람들에게 봉사해 온 자신의 신념에 등 돌리는 행위였다.

"……."

"……."

영원 같은 찰나가 지나갔다.

그렇지 않아도 땀으로 범벅되어 있던 청년의 이마에서 굵은 땀방울 하나가 아래로 흘러내렸다. 눈썹을 타고 들어간 땀이 한쪽 시야를 침침하게 만들었다.

청년이 미간을 찡그렸다.

그때.

꼬르륵—

청년의 배가 허기를 알렸다. 그러나 청년은 아랑곳하지 않고 살기등등한 시선을 유시했다.

그런데.

"저기 총각."

옆에서 들리는 목소리에 화들짝 놀란 청년이 병상 쪽으로 급히 총구를 돌렸다.

"뭐, 뭡니까?"

어두컴컴한 병실의 한구석, 병상 위에 앉아 있는 할머니가 쟁반을 내밀었다. 그 위에는 주먹밥이 올려져 있었다.

할머니는 웃으면서 권했다.

"배고프면 이거라도 먹으이. 난 영 입맛이 없어서."

"……."

그제야 자위대 청년은 총구를 아래로 내렸다.

"자, 어서."

주먹밥을 건네받은 청년의 손끝이 떨렸다. 불현듯 자신이 군복을 입은 이유가 떠올랐다.

군인이 되고자 마음먹었던 것은 이런 선량한 시민들을 지키고 보호하기 위해서가 아니었던가.

그런데 괴물이 오고 있다는 걸 알면서 이런 이들을 모른 척하고 도망치려 했다니.

자신의 무력감이 한없이 부끄러웠다.

영문 모를 눈물이 흘러내렸다.

그는 조용히 무전기를 들어 동료를 먼저 보냈다. 놀란 노의사가 그의 어깨를 붙잡았다.

"대체 어쩔 셈입니까?"

"저도 남겠습니다."

자위대 병사는 총을 어깨에 걸쳐 맸다.

"저는 군인입니다. 시민들이 남아 있는 걸 알면서 도망칠 수는 없습니다."

목이 메어 넘어가지 않는 주먹밥을 억지로 한입에 다 삼킨 청년이 할머니께 꾸벅 허리를 숙였다.

"잘 먹었습니다. 주먹밥 정말 맛있었습니다."

그때.

쿵, 쿵, 쿵.

땅이 울리기 시작했다.

청년은 비장한 얼굴로 병원을 뛰쳐나갔다. 거인 하나가 무서운 속도로 다가오고 있었다. 짐승처럼 바닥을 기어서 이동하는 거인이었다.

'저건……?'

총구를 겨누는 청년의 눈에 뭔가가 들어왔다.

거인은 먼저 출발했던 동료를 입에 물고 있었다. 청년의 눈이 붉게 충혈되었다.

"으아아아아아아!"

청년은 거인을 향해 소총을 쏴 댔다.

두두두두두두두-!

그러나 현대 문명의 이기로는 마수들을 해할 수가 없었다. 쏟아지는 총탄에도 끄떡하지 않은 거인이 청년의 코앞까지 닥쳤다.

딸깍, 딸깍.

탄이 떨어진 소총도 헛기침만을 내뱉을 뿐이었다. 청년의 눈에 눈물이 고였다.

'신이시여…….'

고개를 위로 쳐들어 물고 있던 인간을 꿀꺽 삼킨 거인이 폴짝 뛰어올라 청년을 덮쳤다.

바로 그때.

어마어마한 덩치의 나가족 거인이 거인형 마수의 옆을 덮쳤다.

나가떨어진 거인이 바닥을 과격하게 구르다 튕기듯 일어났다.

몸집에 어울리지 않는, 용수철 같은 몸놀림이었다.

"그르륵."

선불리 반격하지 않고 바닥에 넙죽 엎드려 이빨을 드러내는 거인 앞에 놈을 내동댕이친 나가족 거인이 섰다.

얼마 전에 그림자 군단으로 편입된 나가족의 보스급 마수 '지마'였다.

지마가 오른손을 옆으로 뻗었다.

그러자 바닥의 그림자에서 검은 창 하나가 스르륵 솟아 올라왔다.

덥석!

강하게 움켜쥔 창을 앞으로 겨누는 지마에게서 이 뒤로는 그 누구도 보내지 않겠다는 의지가 느껴졌다.

"어…… 어……?"

자위대 청년은 눈앞에 벌어지는 광경이 꿈인지, 생시인지 분간이 되지 않았다.

괴물이 다른 괴물에게서 자신을 지켜 주고 있다니.

꼼짝없이 거인의 입속으로 들어가는 줄 알았던 청년은, 다른 괴물의 늠름한 등을 바라보며 여러 감정들이 북받쳐 오르는 것을 느꼈다.

"이게 대체……."

살 수 있을까?

거인에게서 살아남을 수 있을까?

자신도, 노부부도, 그리고 환자들도.

생각이 거기까지 미치자 갑작스레 맥이 탁 풀리며 눈물이 핑 돌았다.

"여기요."

누군가가 알록달록한 손수건을 내밀었다.

청년은 옆을 돌아보았다.

자기보다 한참은 어려 보이는 청년이 턱짓으로 손수건을 가리킨 뒤 고개를 끄덕였다.

일본어가 아니라 알아들을 수는 없었지만, 무슨 뜻인지 이해하는 것은 어렵지 않았다.

'한국인인가?'

청년은 흐르는 눈물을 손수건으로 닦으며 물었다.

"그런데…… 누구세요? 여긴 어떻게 오신 겁니까?"

한국인은 말없이 고개를 가로젓더니, 엄지손가락을 척 들어 올렸다.

"굿."

"예?"

"베리 굿."
"가…… 감사합니다."
청년이 얼떨결에 인사하는 사이, 뒤쪽에서 한국인의 동료로 보이는 남자 하나가 더 나타났다.
온몸이 핏자국으로 가득한 그는 헌터에 대해서 아는 것이 없는 청년이 보기에도 격이 다른 강자라는 느낌이 물씬 풍겨 왔다.
"위험한데."
병원 안을 둘러보고 나온 진우는 유진호에게 뒤를 가리켰다.
"자리 좀 옮겨야겠다. 여긴 너무 가까워."
거인들과의 싸움을 벌써 몇 차례나 지켜봤던 유진호는 진우가 무슨 말을 하는지 금방 알아들었다.
"전 여기서 대기하겠습니다, 형님."
"그래."
진우의 눈에 청년의 모습이 들어왔다.
겁먹은 눈빛.
진우는 청년을 지나쳐 가면서 그의 어깨를 가볍게 두들겨 주었다.
수고했다는 의미였다.
단신으로 총 하나만 들고 거대한 마수에게 맞서는 것은 보통 사람이 흉내 낼 수 있는 일이 아니다.
E급인 몸으로 던전을 들락거렸던 진우는 그가 얼마나 큰 용기를 냈는지 잘 알고 있었다.
자신을 지나쳐 가는 진우의 등을 바라보며, 청년은 낮은 감탄을 내뱉었다.
"아."

어깨를 스치고 간 무게.

그리고 온기.

그 손길 한 번에 죽음까지 각오하게 만들었던 공포심이 싹 씻겨 나가는 기분이었다.

강한 안도감이 가슴 깊은 곳에서부터 밀려 올라왔다.

그 순간.

청년의 머릿속에 거인들을 잡고 다닌다는 두 한국인의 이야기가 떠올랐다.

그중 한사람.

한국에서도 S급 마수들을 거의 혼자서 다 때려잡았었다는 그 헌터의 이름은.

'성진우…… 성진우 헌터…….'

틀림없다.

저 남자가 바로 그다.

두근.

말로만 전해 듣던 인물을 실제로 만나고 나니 가슴이 뛰었다.

청년은 아직 옆을 지키고 서 있는 한국인에게 급히 물었다.

"저 사람이 그 사람인가요? 한국의 S급 헌터?"

그러자 유진호가 또다시 고개를 끄덕이더니 대답했다.

"굿."

진우는 엉켜 있는 두 마수에게로 나아갔다.

진우의 미간이 구겨졌다.

"키아아아아악-!"

어느 순간 지마의 품 안으로 파고든 거인이 지마의 어깨를 거칠게 물어뜯고 있었다.

지마는 A급 던전의 주인이었던 마수.

비록 뒤쪽의 인간들을 지키느라 신경이 분산되어 있다고는 해도, 일반 병사들과는 비교할 수 없는 강함을 지닌 녀석이다.

그런데 같은 보스급도 아닌 일반 마수가 지마를 압도하고 있다니.

거인형 마수가 얼마나 강한지 잘 알 수 있는 상황이었다.

그리고.

진우는 자신의 병사들이 당하는 모습을 그다지 반기지 않았다.

굳은 얼굴이 된 진우가 무릎을 굽혔다. 강한 힘이 허벅지와 종아리에 실렸다.

드득, 드득-

다리를 지탱하던 아스팔트 바닥에 금이 가기 시작했다.

투콰!

땅을 걷어차듯 뛰어오른 진우의 신형이 순식간에 거인의 얼굴로 쏘아졌다.

그 짧은 순간.

거인의 눈동자가 일직선으로 날아오는 진우를 발견했다.

진우의 눈에 이채가 떠올랐다.

'역시 보통 놈들이 아냐.'

진우의 주먹이 거인의 미간을 강타했다.

콰!

하지만 예상했던 것만큼의 데미지는 들어가지 않았다. 놈이 타격 직전에 목을 뒤로 빼 충격을 최대한 줄였기 때문이었다.

거대한 덩치와 날렵한 몸짓.

놈들을 상대해야 하는 헌터들 입장에서는 막막해질 만도 했다.

그러나 그건 일반적인 헌터들에게나 통용되는 소리.

진우는 공중에서 곧바로 '악마왕의 단검'을 소환했다.

그리고 단검이 들려 있지 않은 다른 손을 거인의 얼굴을 향해 뻗었다.

'지배자의 권능!'

보이지 않는 손은 강한 인력으로 거인의 얼굴을 잡아당겼다.

진우와 거인의 간격이 빠르게 좁혀졌다.

"크륵?"

공중에 뜬 상대가 바로 다음 공격을 가해 올 것이라고는 생각하지 못했던 거인이 크게 당황해 발버둥 쳤지만, 헛수고였다.

순식간에 거인의 코앞까지 날아간 진우가 스킬을 사용했다.

"난도."

두두두두두두두두두두두!

잔영이 새겨질 정도의 빠른 연격이 거인의 얼굴을 벌집으로 만들었다.

"크아아아악!"

쿵!

얼굴을 감싸 쥔 거인이 바닥을 나뒹굴었다. 방금 공격으로 시력을 잃은 놈은 고통에 격렬히 몸부림쳤다.

착.

지면에 가볍게 착지한 진우가 사냥의 끝을 직감했다.

'끝났다.'

그러나 진우의 접근을 감지한 거인은 어깨를 움찔 떨더니 뒤도 돌아보지 않고 달아났다.

'기감도 느낄 수 있나?'

보면 볼수록 신기한 놈들이었다.

소감을 말하자면 거대한 육체를 가진 전투 병기 같다고나 할까?

거인은 빠르게 멀어졌다.

물론 달아나게 두진 않는다.

'신속.'

진우의 신형이 번개처럼 미끄러졌다.

거인이 사력을 다해 네 발로 달려도 거리가 벌어지기는커녕 급속도로 가까워졌다.

거인은 공포를 느꼈다.

등 뒤에서 싸늘한 한기가 느껴졌다.

아무리 용을 써 봐야 달아날 수 없다는 사실을 뒤늦게 깨달은 거인이 급정거한 뒤 뒤돌아서 덮치려 했지만.

'……?'

금방까지 무섭게 따라붙던 인간의 기척이 어느새 사라져 있었다.

그리고.

'……!'

사라진 기척은 뒤에서 나타났다.

거인은 눈이 보이지 않음에도 반사적으로 뒤를 돌아보았다.

덕분에 베기는 쉬었다.

제자리에서 수직으로 점프했던 진우가 '악마왕의 단검'을 힘껏 내리그었다.

쉭!

'검은 심장'에서 흘러나온 마력이 듬뿍 담긴 '악마왕의 단검'은 거인의 얼굴을 일격에 세로로 쪼개 버렸다.

스걱!

"그억……."

비명도 지르지 못한 거인이 도끼질에 나무가 쓰러지듯 스르르 뒤로 기울었다.

쿵!

이걸로 세 마리째.

깔끔하게 착지에 성공한 진우가 승리의 여운이 담긴 가벼운 한숨을 내쉬었다.

"후-."

"형님-!"

멀리서 싸움이 끝나기만을 기다리고 있던 유진호가 후다닥 달려와 시원한 차가 담긴 보온병 뚜껑을 내밀었다.

진우가 환히 웃으며 받아 들었다.

"땡큐."

뚜껑에 담긴 차가 벌컥벌컥 소리를 내며 진우의 목으로 내려갔다.

'음?'

기척에 돌아보니 일대일 싸움에서 패배한 지마가 어깨를 축 늘어뜨리고 다가왔다.

'잘 싸웠어. 수고했다.'

진우는 지마를 격려해 주고는 소환을 해제했다.

지마는 소환되었을 때와 마찬가지로 다시 그림자가 되어 진우의 발밑으로 흡수됐다.

그 장면을 보고 있던 유진호가 말했다.

"형님."

진우는 다 마신 보온병 뚜껑을 돌려주며 대답했다.

"응?"

"다른 소환수들은 다 따로 내보내셨으면서 나가들하고만 같이 다니시는 이유가 있으신가요?"

유진호는 그게 의문이었다.

방금만 해도 거인은 진우 혼자 다 잡았다. 나가가 없어도 거인을 잡는 데는 아무런 지장이 없어 보였다.

그런데도 진우는 꼭 싸우기 전에 먼저 나가를 내세운 뒤, 나가가 밀리는 듯 보이면 그제야 본인이 나서길 반복했다.

유진호는 진우의 의중이 궁금했다.

사실 이유는 간단했다.

'나가 애들 레벨업 좀 시키고 싶어서.'

비교적 최근에 그림자 군단이 된 나가족 그림자들은 다른 병사들에 비해 레벨이 달렸다.

그래서 기왕 거인형 마수들과 싸우게 된 김에 나가들의 레벨을 좀 올려 주려 했는데, 나가들로만 상대할 수 있을 만큼 거인형 마수들이 만만치가 않았다.

약간 번거롭긴 하지만 나가들에게 전투 경험을 쌓게 만들려면 이 방법이 최선이었다.

'그렇다고 그걸 곧이곧대로 말할 수는 없겠지?'

진우는 씩 웃었다.

"아직 나가 애들하고는 서먹한 거 같아서. 같이 다니면 좀 친해

지지 않겠어?"

"아."

유진호가 고개를 끄덕거렸다.

참 속이기 좋은 녀석이다.

무언가를 곰곰이 생각하던 유진호는 눈을 반짝이며 말했다.

"소환수 하나도 소홀히 대하지 않는 모습, 역시 형님다우십니다!"

'…….'

그리고 속이기 미안한 녀석이기도 했다.

"저기……."

진우의 고개가 옆으로 돌아갔다.

용감하게 거인과 맞섰던 병사가 거인의 사체를 힐끔거리며 이리로 다가오고 있었다.

그의 어깨 너머로 병원을 지키던 노부부의 모습도 보였다.

아직 대화를 나눠 보지는 않았지만, 그들의 표정만 보고서도 그들이 하고 싶어 하는 말을 짐작할 수 있었다.

그걸로 됐다.

지금은 인사 하나하나를 받고 있을 시간이 없었다. 지금 이 시간에도 다른 곳에서는 거인들이 날뛰고 있을 테니까.

진우는 거인의 사체를 응시했다.

일본을 찾은 가장 큰 이유가 바로 저기에 떡하니 누워 있었다.

"스톱! 스톱!"

유진호는 일본인들을 막아섰다.

요즘 들어 느끼는 거지만 유진호의 눈치가 처음 만났을 때보다 정말 빨라졌다. 덕분에 그림자 추출 작업을 하기가 편했다.

피식 웃으며 유진호를 바라보던 진우가 다시 사체에게로 시선을 돌렸다.

손을 내뻗은 진우가 조용히 읊조렸다.

"일어나라."

* * *

"시청자 여러분…… 제가 보고 있는 광경이 믿어지십니까?"

타타타타타타타-!

헬기에 탑승한 리포터가 믿을 수 없다는 듯 연이어 탄성을 내뱉었다.

이내 카메라가 아래를 비추었다.

수백쯤 되어 보이는 개미 마수들이 일사불란하게 어딘가로 향하고 있었다.

그리고 그 선봉에는 날개 달린 괴물 개미가 있었다.

'베르'였다.

멀찍이 앞서가던 베르가 별안간 고개를 하늘로 치켜들었다.

"키에에에에엑-!"

터져 나온 포효에 리포터가 급히 귀를 틀어막았다.

그 소리를 듣고 베르의 뒤를 따르던 개미들이 일제히 자리에 멈춰 섰다.

앞에 있는 거인은 셋.

크기로는 코끼리와 생쥐만큼이나 차이가 났다.

하지만 손톱을 칼날처럼 길게 뽑아낸 베르는 전혀 두려워하는 기색 없이 그대로 돌진했다.

"키에에에엑!"

그 뒤로 개미 떼들이 땅을 까맣게 덮었다.

치열한 전투가 삽시간에 끝났다.

"맙소사! 맙소사!"

리포터의 탄성 속에서 거인들을 쓰러뜨린 개미들이 거인의 사체를 날카로운 주둥이로 뜯어먹기 시작했다.

우드득!

콰직!

물론 베르의 통제에 따라 그림자 병사가 만들어질 만큼의 사체를 남겨 두는 것은 잊지 않았다. 욕심을 부리는 개미들은 어김없이 베르의 발차기에 날아갔다.

리포터가 들뜬 목소리로 소리쳤다.

"거인들이 잡아먹히고 있습니다! 그 거인들이 벌레들에게 먹히고 있습니다!"

사람들을 잡아먹으며 충격과 공포를 안겼던 거인들이 개미 떼에게 뜯어먹히는 장면은 일본인들에게 묘한 통쾌함을 선사했다.

그래서인지 촬영을 거부한 진우 외에 가장 많은 관심이 쏠려 있는 쪽도 이 개미 군단이었다.

다만 문제는.

"헉!"

어느새 헬기 옆까지 날아온 베르를 보고 흠칫 놀란 리포터와 카메라맨이 몸을 뒤로 뺐다.

베르는 주저하지 않고 자신을 향해 있던 카메라를 손으로 낚아채 박살 냈다.

콰직!

"컥!"

리포터와 카메라맨은 서로를 감싸 안고 오들오들 떨어 댔다.

"……."

말없이 두 사람을 번갈아 보던 베르가 조용히 아래로 돌아갔다.

"휴."

"하아, 하아."

두 사람은 안도의 한숨을 내쉬었다.

매번 가격이 천만 원이 넘는 카메라를 부숴 먹으면서도 괴물 개미를 따라다니고 있는 이유는, 그만큼 많은 시청자들이 개미들에게 열광하고 있기 때문이었다.

카메라맨은 곧바로 미리 준비해 두었던 예비용 카메라를 꺼내 들었고, 리포터는 이미 익숙해진 듯 능숙하게 마무리 멘트를 날렸다.

"……뉴스의 키타무라였습니다."

* * *

"꺄아아악!"

이제 막 초등학교를 졸업했을까?

앳된 여자아이가 눈물이 범벅된 얼굴로 비명을 지르며 달아나고 있었다.

"아, 아아!"

그 뒤를 거인 하나가 징그러운 미소를 짓고서 쫓았다.

작은 다리로 달아나 봐야 얼마나 더 갈 수 있을까?

거리는 금세 좁혀졌다.
거인은 승자가 확정되어 있는 술래잡기가 제법 마음에 드는지 이를 드러내며 웃었다.
놈이 다른 거인보다 1.5배는 더 길어 보이는 손을 쑥 내밀었다.
그렇게 우악스러운 손이 여린 소녀의 몸을 낚아채기 직전.
한 줄기 섬광이 거인의 손목을 스치고 지나갔다.
뒤이어 터져 나온 청색의 번개는 떨어져 나간 손목의 단면을 고열로 태웠다.
파지직!
"그아아아아아악!"
벌떡 일어난 거인이 손목을 붙들고 비명을 내질렀다.
청색 검의 주인은 '이그리트'였다.
돌아선 이그리트는 창백한 얼굴로 주저앉아 파르르 떨고 있는 소녀를 안아 들고 급히 뒤로 물러났다.
거인이 아래를 노려보았다.
자신의 손목을 깔끔하게 절단한 녀석이 먹이를 가지고 도망가고 있었다.
분노한 놈의 눈이 붉어지기 시작했다.
"그륵……."
단지 지켜보고 있는 것만으로도 오금이 저려 올 만한 장면.
그러나 그 괴물 앞에 누군가가 섰다.
정예 기사로 승급해 더욱더 갑주가 두터워진 '아이언'이었다.
아이언은 방패를 바닥에 푹 꽂고서 가슴을 활짝 폈다.
곧 녀석의 투구 안에서 무시무시한 함성이 튀어나왔다.

우워어어어어어어어어어–!

[아이언이 '스킬 : 도발의 함성'을 사용합니다.]
[적이 도발 상태가 됩니다.]

이그리트를 노리던 거인의 시선이 순식간에 아이언으로 향했다.
올 테면 와 보라는 듯.
자신의 가슴을 쾅쾅 친 아이언이 자신의 몸집만큼 육중한 방패를 치켜들었다.
"그어억!"
분노한 거인의 주먹이 인정사정없이 아이언을 후려쳤다.
투쾅!
그러나 아이언은 밀리지 않았다. 승급의 효과는 아이언을 전혀 다른 경지까지 끌어올렸다.
쾅! 쾅! 쾅!
수십 번의 일격을 버텨 낸 아이언이 고함쳤다.
"워어어!"
그러자 양옆에서 가장 오랫동안 진우를 보필해 왔었던 그림자 병사들과 아이스 베어 군단이 협공해 들어왔다.
아이스 베어 군단을 이끄는 '탱크'가 간만의 전투에 흥분했는지 고개를 좌우로 흔들며 포효를 내질렀다.
"그워어어어어!"
멀리 떨어진 곳에서도 진동이 느껴질 정도의 거친 포효였다.
숨죽인 채 그들을 지켜보고 있던 기자가 카메라를 향해 소리쳤다.

"여러분, 보고 계십니까? 소환수들이, 성진우 헌터의 소환수들이 거인을 상대로 레이드를 하고 있습니다!"

이것이 현실이란 말인가.

유리 오를로프도 믿지 않았던 기자는 당연히 성진우에게도 별다른 기대를 하지 않았다.

그런데 성진우 본인뿐만이 아니라 그가 흩어져서 진격하게 만든 소환수들까지 속속들이 거인들을 잡아내고 있는 것이 아닌가?

어쩌면.

어쩌면 그가 정말로 혼자서 이 나라를 구해 줄 수 있을지도 모른다는 생각이 들자 가슴속에서부터 뭔가가 울컥하고 올라왔다.

그때였다.

"저, 저기!"

카메라맨이 거인 쪽을 가리켰다.

기자가 촉촉하게 변한 시선을 급히 거인에게로 돌렸다.

"어떻게……!"

기자는 신음을 내뱉었다.

이미 자세가 무너지고 있는 거인의 머리 위로, 이그리트의 검 끝에서 만들어진 번개가 무수히 내려치고 있었다.

그것은 지켜보는 이들이 할 말을 잊게 만들 정도로, 너무나도 아름다운 광경이었다.

* * *

일본 헌터협회의 본부는 일본의 심장이라 할 수 있는 도쿄 중심에 위치해 있었다.

그날.

게이트에서 거인들이 쏟아져 나오기 전까지는 말이다.

신주쿠에서 S급 게이트가 던전 브레이크를 일으켰을 때, 최전선에서 희생한 헌터들과 군인들 덕분에 구사일생에 성공한 마쓰모토 일본 헌터협회장은 부랴부랴 헌터협회의 본부를 관서 오사카로 옮겼다.

북서쪽 끝에 있는 다른 도시들을 마다하고 오사카를 선택한 이유는 하나.

인구 266만의 오사카마저 지키지 못한다면 일본은 가망이 없다고 생각했기 때문이다.

이를테면 최후의 방어선.

마지노선이었다.

그래서 오사카에서 멀지 않은 나고야까지 거인형 마수들의 손에 무너졌다는 소식이 들려왔을 때, 마쓰모토 협회장은 눈앞이 캄캄해지는 경험을 했다.

멸망이 코앞이었지만 국제사회에 도움을 구걸하는 것도 불가능했다.

일본 헌터협회가 꾸민 흉계가 한국 헌터협회장 고건희에 의해 낱낱이 드러나 버려 아무도 일본을 도우려 하지 않았던 것이다.

고건희 협회장의 기자회견 이후.

교토로 옮겨진 일본 임시정부가 급히 마쓰모토 협회장을 호출했다.

그는 책임을 묻는 고관들 앞에서 무릎을 꿇었다.

"이 사태의 모든 책임은 저에게 있습니다. 그러나 누군가는 사태를 수습해야만 합니다. 그때까지만이라도 책임을 유예시켜 주시지 않겠습니까?"

그를 등지고 서 있던 내각총리대신이 고민 끝에 대답했다.

"……좋소."

마쓰모토 협회장이 스스로 자초한 위기임은 분명했지만, 그의 말처럼 누군가는 던전 브레이크의 뒤처리를 해야 했다.

처벌은 그다음 순서.

본보기는 발등이 아니라 전신에 옮겨 붙은 불을 끄고 나서 해도 늦지 않았다.

그때.

진우가 일본에 도착했다.

진우를 가장 먼저, 버선발로 뛰쳐나가 마중한 이도 마쓰모토 협회장이었다.

마쓰모토 협회장의 운명은 정해져 있었다. 하지만 조국도 자신과 같은 미래를 맞이하게 둘 수는 없다는 것이 그의 생각이었다.

공항에서 진우를 처음 본 순간, 마쓰모토 협회장은 소름이 돋았다.

'이럴 수가…….'

강하다.

협회장으로 있었던 수년간 숱한 강자들을 만나 보았기에 한눈에 알 수 있었다.

그간 많은 헌터들 앞에 섰었지만 뒷머리가 쭈뼛 설 정도로 소름이 돋은 적은 많지 않았다.

아니, 처음이었다.

만약 자신이 제주도 레이드 전에 진우를 한 번이라도 만날 기회가 있었다면 한국의 헌터들을 곤경에 빠뜨리겠다는 계획을 철회했으리라.

당시 그를 직접 보았었던 고토의 말은 역시 틀리지 않았다.

눈앞의 헌터에게는 그런 위압감이 있었다.

그러나 적은 S급 게이트에서 뛰쳐나온 거인형 마수들.

성진우 헌터가 아무리 강하다고 해도 혼자서 그들 모두를 상대하기는 불가능하다고 판단한 마쓰모토가 간곡히 청했다.

"오사카를 중심으로 방어를 부탁드립니다."

진우가 방어에 전념하여 시간을 벌어 주는 동안 미국이나 러시아와 협상에 나서겠다는 것이 일본 헌터협회의 계획이었다.

그러나 그들의 계획은 진우의 한마디에 산산조각이 났다.

"싫습니다."

진우는 딱 잘라 말했다.

당연히 마쓰모토 협회장과 일본 헌터협회 관계자들은 펄쩍 뛸 수밖에.

이제 와서 마수들을 처치하겠다는 그의 마음이 변하기라도 한 걸까?

마쓰모토가 전전긍긍하며 물었다.

"그…… 그럼 어떻게 하실 생각입니까?"

진우는 대답 대신 행동으로 보여 주었다.

자신의 소환수들을 각각 세 팀으로 나누어 각자 진격시키는 한편, 자신 또한 따로 이동을 시작한 것이다.

그 엄청난 숫자의 소환수들도 놀라웠지만, 마쓰모토는 다른 이유로 침음을 삼켰다.

'그는 정말로 혼자서 거인 전부를 상대하려는 것인가?'

세계 모든 헌터들이 입을 모아 불가능하다고 말한 일을 해내려는 생각인가?

답은 알 수 없었다.

그저 지금은 운명을 하늘에 맡기고 기다리고 있는 것만이 자신이 할 수 있는 최선일 뿐.

헌터협회 건물로 돌아간 그는 현황 파악에 주력했다.

의외로 답은 금방 돌아왔다.

“나고야 시, 탈환 성공했습니다!”

“뭐라고?”

마쓰모토 협회장이 자리에서 벌떡 일어났다.

성진우 헌터가 출발한 지 얼마나 됐다고, 벌써 나고야까지 들이닥친 거인형 마수가 쓰러졌단 말인가?

마쓰모토 협회장이 놀란 마음을 진정시키기도 전에 전국 각지에서 연락이 쏟아졌다.

“나카스가와 시, 거인의 사체가 발견되었습니다.”

“시즈오카 시, 탈환 성공했습니다.”

“다카야마, 나가노 시도…….”

성진우 헌터와 소환수들은 일본 전역으로 흩어진 거인형 마수들을 제거해 나가며 도쿄를 향했다.

말도 되지 않는 속도였다.

마쓰모토 협회장은 불가능을 가능으로 만들어 가는 한국 헌터의 힘을 지켜보며 전율했다.

떨리는 심장이 진정되질 않았다.

그리고 마침내.

"고후 시…… 성진우 헌터가 고후 시에 도착했습니다."

도쿄에서 130킬로밖에 떨어져 있지 않은 고후 시의 거인들까지 처치되었다는 소식을 전해 들었을 때는 자리에 털썩 주저앉고 말았다.

"협회장님!"

"마쓰모토 협회장님!"

후들거리는 다리에 힘이 들어가지 않았다.

그는 정말로 혼자서 모든 거인형 마수들을 해치울 생각이었다.

문득 이런 생각이 들었다.

'지금 그가 하는 일은…… 내가 한국에 하려 했던 것이 아닌가?'

한국의 헌터 체계를 무너뜨리고 일본의 헌터력을 이용해 한국을 마음대로 주무른다.

지금은 상황이 반대가 되었다.

헌터 체계가 무너진 일본이 진우 한 사람에게 휘둘리고 있었다.

자신과 헌터협회, 최상급 헌터들, 그리고 일본 정부까지 합심해 벌이다 실패한 계획을 그는 오직 혼자서 실행하고, 또 성공했다.

"……."

멍하니 의자에 앉은 그가 자신을 걱정하는 협회 관계자들에게 지시했다.

"다들 여기서 나가 줄 수 있겠나? 잠시만 혼자 있고 싶네."

텅 빈 방에서 그는 고개를 떨구었다.

생애 한 번도 겪어 본 적 없는 강렬한 패배감이 물밀듯이 밀려왔다.

졌다.

완벽히 졌다.

그러나.

패배감 다음으로 마음을 채워 가는 감정은 짧은 자기반성과 그 끝을 알 수 없는 감사함이었다.

그는 소리 없이 눈물을 흘렸다.

그리고 그날.

오사카에서 출발하여 동쪽으로 이동하며 조우한 거인들을 모두 잡아낸 진우와 소환수들은, 마침내 도쿄에 도착했다.

* * *

쿵!

거인형 마수 둘이 쓰러졌다.

[레벨이 올랐습니다!]

정말 이렇게 원 없이 레벨을 올려 본 게 얼마 만인지 모르겠다.

진우는 주먹을 불끈 움켜쥐었다.

던전 브레이크가 열린 도쿄 시까지 거의 직선으로 이동하며 혼자서만 13마리의 거인형 마수를 잡았다.

그동안 올라간 레벨은 여섯 개.

거인형 마수 하나하나가 보스급 개체다 보니 어마어마한 경험치가 굴러들어 왔다.

물론 다른 방향에서 거인들을 잡고 있는 그림자 병사들에게서 들어오는 경험치의 영향도 컸다.

이동 중에 [레벨이 올랐습니다!]라는 메시지가 뜰 때면 절로 주먹에 힘이 들어갔다.

바로 이렇게.

[레벨이 올랐습니다!]

'그렇지!'

타이밍 좋게 울리는 레벨업 알림에 진우가 다시 두 주먹을 움켜쥐었다.

머릿속에 익숙한 목소리가 들려왔다.

'왕이시여. 또 하나의 적을 처치하였습니다.'

방금 경험치를 보내온 쪽은 진군 속도가 가장 빠른 베르의 개미 군단이었다.

그림자 병사 중 베르가 가장 강한 데다, 개미의 숫자도 많으니 당연한 일이었다.

베르는 마수들을 잡고 나면 매번 이렇게 진우에게 보고를 해 왔다.

진우는 개미 군단의 성과를 격려했다.

'좋아. 수고했다.'

'감사합니다, 왕이시여.'

베르와 연락을 마친 진우가 '감각 공유'를 통해 각 군단의 상태를 점검했다.

베르가 이끄는 개미 군단만큼은 아니더라도, 어금니의 하이오크 군단과 이그리트의 정예병 군단 역시 거침이 없었다.

부쩍 성장한 병사들의 레벨은 진우를 흐뭇하게 만들었다.

"형님, 오늘은 여기서 묵을까요?"

진우가 눈을 떴다.

유진호가 트렁크에서 빼 온 텐트를 꺼내 들고서는 묻고 있었다. 고개를 들어 보니 날이 저물어 땅거미가 내려앉는 중이었다.

상점에서 파는 회복제나 레벨업의 효과로 피로도는 높지 않았지만 정신적 피로가 계속해서 누적이 되고 있는 상태.

'좀 쉬어야겠네.'

진우는 고개를 끄덕였다.

오늘의 야영지가 결정되었다. 두 사람은 금방 텐트를 설치하고, 식사 준비를 마쳤다.

어느덧 더위도 가시고 밤바람이 싸늘해졌다.

가을이다.

진우는 일본 협회에서 제공한 음식들을 모닥불에 데우며 문득 겨울도 머지않았구나, 하고 생각했다.

겨울.

문명의 흥망성쇠를 나눈다면 지금 저 멀리 보이고 있는 도쿄 외곽의 모습은 완연한 겨울 분위기를 띠고 있었다.

그런데 도시의 형태가 무너져 버린 도쿄의 풍경은 어딘가 많이 낯이 익었다.

'어디서 봤더라?'

잠깐 기억을 더듬어 보던 진우는 얼마 안 가 답을 찾아냈다.

'악마성.'

그때, 악마성에서 봤던 황폐해진 도시들의 모습이 이러했었다.

불타고 있지 않다는 점이 다를 뿐.

생각이 거기까지 미치자 진우의 얼굴에 그늘이 드리웠다.

'설마…….'

악마성의 1층부터 꼭대기까지.

모든 도시들은 부서져 있었다.

그게 만약 시스템의 암시라면, 관리자 녀석은 무엇을 말하고 싶었던 걸까?

진우는 피식 웃었다.

'아무렴 어떠랴.'

관리자는 이미 죽어 던전 속으로 사라졌는데.

그 이후로 아무런 접촉이 없는 걸 봐서는 녀석이 살아 있을 가능성은 희박했다.

'만약 그게 이후에 벌어질 일들을 암시하고 있다고 해도…….'

내가 막으면 된다.

그러기 위해서 갖춰 온 힘이다. 상대할 수 없는 힘에 휘둘리기 싫어 끊임없이 강함을 추구했다.

레벨을 올리고, 스킬을 손에 넣고, 다시 레벨을 올리고…….

결국 여기까지 왔다.

두근.

'검은 심장'이 반응하듯 크게 한 번 뛰었다.

손을 얹어 진동을 느끼던 진우가 옅게 웃었다. 병원에서는 정상이라고 했었다.

"아무런 이상도 발견되지 않았습니다. 헌터님은 완벽히 건강하십니다."

한국을 떠나기 전날, 진우는 병원에 가서 정밀 검진을 받았다.

의사는 진우의 전신을 스캔하고도 두 번째 심장 같은 것을 발견하지 못했다.

'검은 심장'은 육체의 변화가 아니었다.

분명히 존재하고 그 박동을 느낄 수도 있지만, 실존하지는 않는다.

'무슨 소리야, 그게.'

진우는 실소했다.

남들과 다른 신체 구조가 되지 않았다는 점에서는 안심이 되었지만, 그렇다면 이 가슴의 진동은 어디서부터 오고 있는 것일까?

그때.

도쿄 시내 쪽에서 가벼운 바람이 불어왔다.

바람 속에는 깊이를 짐작하기도 힘들 만큼 흉측한 마력이 끈적끈적하게 실려 있었다.

"형님……."

유진호가 불안하다는 표정을 지었다.

기감이 떨어지는 유진호조차 느낄 수 있는, 강대한 힘이었다.

진우는 말없이 고개를 끄덕였다.

어디서 오는 바람인지는 의심할 필요도 없었다.

신주쿠에서 게이트를 지키고 있다는 거인.

여태까지 상대했던 거인들과는 궤를 달리하는 기운이었다. 이렇게 떨어져 있는데도 순간적으로 팔뚝에 닭살이 돋았다.

하지만.

진우는 웃었다.

강한 마력에 반응이라도 하는 것처럼, '검은 심장'이 쿵쿵대며 격렬히 뛰었다.

놈을 잡으면 레벨이 얼마나 올라갈지, 혹은 놈의 그림자는 어떤 병사가 될지.

벌써부터 기대감이 들기 시작했다.

* * *

이그리트의 정예병 군단이 가장 먼저 도쿄에 도착했다.

다음은 어금니의 하이오크 군단이었다.

다가오는 하이오크 군단을 발견한 이그리트가 고개를 까딱여 인사했다.

로브 속에서 한쪽 입꼬리를 올린 어금니 역시 고개를 숙였다.

정예병 군단과 함께 움직인 아이스 베어 부대, 그리고 하이오크 군단이 한자리에 모였다.

그리고 잠시 후.

척, 척, 척.

일사불란한 발소리.

희뿌연 안개 너머로 대규모의 그림자 병사들이 접근해 왔다.

가장 먼 길을 돌아왔으면서도 가장 많은 거인들을 사냥한 병사들답게, 마지막으로 도쿄에 도착한 베르의 개미 군단이었다.

베르가 선두에서 안개를 헤치며 모습을 드러냈다.

이번에도 이그리트가 먼저 인사를 보냈다.

"……."

하지만 아무런 반응을 보이지 않고 그대로 이그리트를 지나쳐 간 베르는 진우의 등 뒤로 다가가 정중히 한쪽 무릎을 꿇었다.

"아, 다 왔네."

그제야 진우는 저 멀리 보이는 거인에게서 눈을 떼고 뒤를 돌아보았다.

"다들 수고했다."

반갑게 맞아 주는 진우에게 그림자 병사들 전원이 베르가 한 것처럼 무릎을 꿇었다.

신체 구조상 무릎을 굽힐 수가 없는 아이스 베어들은 코를 땅에 박고 엎드렸다.

정예병, 곰들, 개미들, 하이오크들, 그리고 나가들과 틈틈이 모은 다른 그림자 병사들까지.

숫자만 일천에 가까운 그림자 병사가 모두 한자리에 집합했다.

"다들 일어나."

진우가 손으로 일어서라는 제스처를 취하자 모든 병사들이 기립했다.

척.

그야말로 장관이었다.

유진호는 분위기에 압도되어 넋을 잃고서 그림자 병사들을 둘러보았다.

'이게 형님의 스킬이니까 망정이지, 진짜 마수들이었다면…….'

이 정도 숫자의, 그리고 이 정도 수준의 마수들이 한꺼번에 움직인다고 생각하니 그런 일이 있을 리 없다는 걸 알고 있으면서도 절로 몸서리쳐졌다.

아군이라 다행이다.

형님처럼 이 말이 잘 어울리는 사람이 또 있을까?

하지만 이보다 더 놀라운 광경이 바로 뒤에 있었다.

꼴깍.

유진호는 마른침을 힘겹게 삼키며 조심스레 뒤를 돌아보았다.

거기엔 거인이 있었다.

여기까지 오면서 봐 왔던 거인들과는 차원이 다른 크기의 거인형 마수였다.

아득한 높이에 위치한 거인의 머리를 바라보고 있노라면 저것이 마수인지, 고층 빌딩인지 분간이 가지 않을 정도였다.

"와아-."

터져 나오는 탄성.

영상으로 접하는 것과 실제로 보는 것에는 차이가 컸다.

진우가 입을 다물지 못하고 있는 유진호의 머리 위에 손을 척 올리며 웃었다.

"그러다 턱 떨어지겠다."

"혀, 형님."

정신을 차린 유진호가 민망한지 뒷머리를 긁적였다.

유진호의 머리에서 손을 뗀 진우가 말없이 보스급 거인형 마수를 응시했다.

'어떻게 저런 게 존재할 수가 있는 걸까.'

너무도 거대한 생명체.

놈에게서 흘러나오는 흉악한 마력에 이 자리에서 빨리 벗어나고 싶다는 생각마저 들었다.

불쾌했다.

불쾌함을 없애는 데는 두 가지 방법이 존재한다.

불쾌함의 원인에게서 도망쳐서 잊고 살거나, 그 원인을 아예 뿌리째 뽑아 버리거나.

어느 방법을 택할지는 한국을 떠날 때부터, 아니 진우가 각성했을 때부터 정해져 있었다.

두근, 두근.

눈을 감고서 가만히 심장의 고동을 즐기던 진우가 눈을 떴다.

"물러나 있어."

"네, 형님."

비장한 얼굴로 고개를 끄덕인 유진호가 병사들 사이를 가로질러서 빠르게 자리를 벗어났다.

'좋아.'

유진호가 멀어지길 충분히 기다린 진우가 새로운 식구들을 불러냈다.

"나와라."

보스급 거인만큼은 아니지만, 거대한 몸뚱이를 지닌 그림자 병사들이 지면으로 올라왔다.

1호부터 13호.

진우는 거인 그림자 병사들의 이름을 추출 순서에 따라 1호에서 13호로 정했다.

덩치 큰 놈들을 맨 앞줄에 세우니 그림자 군단이 한층 더 든든해진 것 같아 뿌듯한 마음이 들었다.

'이만하면 됐다.'

준비가 끝났다고 생각한 진우가 손을 들었다.

진우의 손이 하늘로 치켜 올라감과 동시에 그림자 병사들 전원이 공격 태세를 갖추었다.

척!

"전군."

검은 갑옷과 증기에 둘러싸인 병사들.

그림자 병사들을 하나하나 둘러보던 진우가 다시 거인에게로 돌아섰다.

거인은 자신의 거리 안으로 들어오지 않는 대상에겐 관심이 없다는 듯 무심히 진우를 내려다보고 있었다.

'그게 마음에 안 들어.'

마수 따위가 저 멀리 위에서 자신을 내려다보고 있다는 사실이 진우는 영 내키지 않았다.

진우의 얼굴이 사나운 미소를 띠었다.

그리고.

하늘을 향해 있던 손이 거인 쪽으로 내려갔다.

"진격!"

베르가 고개를 쳐들고 포효했다.

"키에에에에에에에에엑!"

개미들이, 곰들이, 거인들이, 아니 그곳에 있는 모든 그림자 병사들이 거인 마수를 향해 일제히 돌격했다.

쿠구구구구궁-!

그림자 군단의 맹렬한 돌진에 대지가 울었다.

땅이 흔들리고, 먼지가 피었다.

마침내 진우의 병사들은 거인의 영역 안으로 들어갔다.

그 순간.

주변의 공기가 변했다.

"뭐?!"

진우의 입에서 비명 같은 고함이 터져 나왔다.

순식간에 모습이 사라졌던 거인이 멈추었을 때는, 이미 그림자 병사들의 반이 전멸한 상태였다.

'슬라이딩?'

쭉 뻗은 다리로 미끄러지듯 그림자 병사들을 갈아 버린 거인의 자세는, 슬라이딩이라는 단어 말고는 다른 말로 표현할 수가 없었다.

무시무시한 파괴력.

그 공격 한 번에 거대한 덩어리였던 그림자 군단이 양쪽으로 나뉘었다. 그러나 병사들도 녹록히 당하고 있지만은 않았다.

거인의 발끝에서 일어난 먼지가 채 가라앉기도 전에 거대화를 끝낸 어금니가 놈의 얼굴 앞에 섰다.

후읍─!

숨을 깊이 들이마신 어금니의 가슴이 크게 팽창했다. 이내 어금니의 입에서 무지막지한 불기둥이 쏟아졌다.

쿠와아아아아아아아─!

불속성 공격에 저항이 있는 마수조차 숨결 한 번으로 녹일 수 있는 어금니의 공격. 그러나 불기둥은 거인의 손바닥에 가로막혔다.

어금니가 경악하고 있는 것이 진우에게도 느껴졌다.

거인은 여전히 자세를 낮춘 상태로 손이 닿는 곳에 있던 거인 병사의 발목을 낚아챘다.

어지간한 건물 크기의 거인 병사도 보스급 거인의 손에 잡히니 마치 아이처럼 보였다.

거인은 거인 병사를 어금니에게 던졌다.

다시 숨을 들이켜며 다음 공격을 준비하고 있었던 어금니가 날아온 거인 병사와 충돌해 부서졌다.

'…….'

검은 연기로 변해 흩어지는 어금니를 보는 진우의 눈매가 날카로워졌다.

그때부터였다.

일천 대 일.

거인과 그림자 병사들과의 본격적인 싸움이 시작되었다.

아니, 그것은 싸움이라기엔 너무도 일방적인 폭력이었다.

"키에에엑!"

"그어어억!"

그림자 병사들은 거인의 공격에 쉴 새 없이 짓뭉개졌다.

주먹에, 손바닥에, 팔꿈치에, 무릎에, 발등에, 발바닥에, 거인이 한 번 움직일 때마다 병사들이 수십씩 쓸려 나갔다.

쿵!

쿵!

쿵!

거인의 현란한 움직임은 최상급 전투 계열 헌터의 속도 그 이상이었다.

"키엑."

개미 군단이 짓밟히는 것을 보고 뛰쳐나가려 하는 베르를 진우가 팔을 들어 저지했다.

"아직."

베르가 한 걸음 물러섰다.

진우의 양옆에서 지시를 기다리고 있는 베르와 이그리트 둘 다 싸우고 싶은 기색이 역력해 보였다.

'하지만 아직은 아니다.'

진우는 입을 일자로 꾹 다물었다.

병사들이 파괴와 재생을 반복하며 마나를 급격히 소모했다.

'검은 심장'으로 만들어진 방대한 마나로도 견디지 못할 만큼 극심한 소모량.

그러나 진우는 끝까지 움직이지 않았다.

차분하게 거인을 지켜봤다.

불사의 군대를 미끼로 던져 주고 놈의 약점을 살핀다.

이번 레이드의 작전이었다.

쿠웅!

한쪽 무릎을 찍어 그림자 병사들을 짓눌러 죽인 녀석이 이번엔 주먹으로 땅을 내리쳤다.

투쾅!

지진이 난 것처럼 지축이 흔들리며 병사들 수십이 연기로 흩어졌다.

완벽한 방어와 끔찍한 공격이 만들어 내는 악몽 같은 전투였다.

그러나 소득은 있었다.

황량한 평지로 변해 버린 도쿄의 한복판에서, 진우의 안광이 무서운 집중력으로 번들거렸다.

'역시나…….'

예상했던 대로 마력을 철갑처럼 둘러쓴 거인의 단단한 피부는 그 어떤 공격에도 데미지를 받지 않았다.

놈도 자신의 방어력을 아는지 방어는 전혀 신경 쓰지 않고 공격에 공격만을 거듭했다.

하지만 딱 한 번.

거인이 공격 대신 방어를 선택했던 순간이 있었다.

아까 어금니가 놈의 얼굴에 '화룡의 숨결'을 토해 냈을 때.

그때 놈은 손바닥을 펼쳐 얼굴을 보호했다.

만약 그것이 단순한 우연이 아니라고 한다면…….

"카이셀!"

진우는 비룡을 불러냈다.

그림자에서 솟구쳐 올라온 비룡 카이셀이 큼지막한 날개를 양옆으로 시원하게 펼쳤다.

차악–!

"키아아아악!"

진우가 카이셀의 등에 올라탔다.

"베르, 이그리트!"

진우의 부름에 베르가 날개를 세웠고, 이그리트는 진우의 뒤에 섰다.

곧 진우와 이그리트를 태운 카이셀이 날개를 퍼덕였다.

키악–!

땅은 빠르게 멀어졌다.

'가자!'

높이 날아오른 넷이 보스급 거인의 머리를 향해 일직선으로 쇄도했다.

그때.

스륵.

거인의 눈동자가 옆으로 움직였다.

일천에 달하는 그림자 병사들과 뒤엉켜 싸우는 와중에도 놈은 초고속으로 접근하고 있는 카이셀과 베르를 발견했다.

진우가 고개를 끄덕였다.

이것으로 확실해졌다.

놈은 민첩 스텟을 이용하는 자신처럼 전투 시 시간을 쪼개 쓸 수 있는 것이 분명했다. 그 덕분에 다른 거인들보다도 훨씬 더 뛰어난 속도를 보였던 것이다.

거인이 몸을 틀었다.

놈의 거대한 어깨가 움직이는 것이 진우의 시야에 들어왔다.

'피해!'

진우와 이그리트가 카이셀의 등을 박찼다.

거인의 주먹이 카이셀을 덮쳤다.

투쾅!

그대로 터져 버린 카이셀을 보고 진우의 눈썹이 꿈틀거렸다. 파괴되는 병사들을 지켜보는 것은 역시 기분 나쁜 일이었다.

한 가지 다행인 점은 복수의 대상이 바로 눈앞에 있다는 것.

선공은 이그리트였다.

위로 높게 점프한 이그리트가 '악마왕의 장검'을 내리그었다.

파지직!

검 끝에서 발생된 푸른 번개가 거인의 미간을 향해 쏘아졌다.

거인은 목을 뒤로 꺾어 번개를 흘려보냈다.

'또!'

이번에도 역시 얼굴을 향해 오는 공격만은 피했다.

약점을 확신한 진우가 '지배자의 권능'을 이용해 거인의 얼굴로 접근했다.

베르가 그 뒤를 따랐다.

'악마왕의 단검.'

진우는 손에 나타난 두 개의 단검을 움켜쥐었다. 베르도 어느새 손톱을 길게 뽑아내었다.

까마득하게 높은 공중에서 진우와 베르의 협공이 펼쳐졌다.

아래에서는 완벽히 재생에 성공한 그림자 병사들이 거인의 발목을 노리고 달려들었다.

퍼버엉!

펑!

마법병들의 손끝에서 떨어져 나간 불꽃이 거인의 몸에 부딪혀 폭발했다.

번개가 내려치고, 불기둥이 쏟아지며, 거인들이 물어뜯었다.

이 거짓말 같은 싸움을 유진호는 처음부터 끝까지 한순간도 놓치지 않고 지켜보았다.

"……."

말문이 막혀 왔다.

이건 이미 헌터 대 마수의 싸움이 아니라, 괴물 대 괴물의 싸움이었다.

고층 빌딩만 한 크기의 마수와 일천의 소환수를 움직이는 진우.

어느 쪽이 더 괴물이냐고 누군가가 물어 온다면 쉽게 대답을 할 수 있을 것 같지가 않았다.

'정말…….'

이 싸움을 혼자만 보고 있는 것이 너무도 아까웠다.

유진호는 터질 듯 박동하는 심장을 진정시키려고 애쓰며 진우에게서 눈을 돌리지 않았다.

그때였다.

진우의 단검이 거인의 눈에 박혀 들어갔다.

푹!

거인이 머리를 양쪽으로 거세게 흔들어 대며 필사적으로 몸부림쳤다.

하지만 진우는 떨어지지 않았다.

'먹힌다.'

눈을 파고들어 간 단검의 손잡이를 단단히 말아 쥔 진우가 다른 손으로 스킬을 시전했다.

'난도!'

두두두두두두두두두두!

거인의 안구가 갈가리 찢겨 나갔다. 거인이 상체를 비틀며 저항했지만 진우는 쉽사리 떨어지지 않았다.

진우는 거인의 눈에 매달린 채로 뒤를 돌아보았다.

'베르!'

'뜻대로 하겠나이다!'

군주의 명을 이해한 베르가 엄청난 속도로 날아 거인의 눈에 생긴 구멍 안으로 들어갔다.

밖에서는 진우가, 안에서는 베르가.

둘이 거인의 거대한 얼굴을 안팎으로 찢어 가기 시작했다.

거인이 입을 쩍 벌리고 소리 없는 비명을 질러 댔다.

거인의 발이 멈춘 틈을 타 발목을 집중적으로 공격하던 개미들까지 성과를 거두었다.

툭.

한쪽 발목의 힘줄이 끊긴 거인이 힘없이 무릎 꿇었다.

쿠웅!

어마어마한 무게를 버티지 못한 땅이 크게 뒤흔들렸다.

그 와중에도 진우와 베르의 협공은 계속되고 있었다.

"난도!"

두두두두두두두두두두!

난도!

두두두두두두두두두두!

난도!

두두두두두두두두두두!

거인이 광적으로 몸부림쳤지만 그럴수록 거인의 얼굴에 붙어 있는 진우의 공격은 집요하게 이어졌다.

어느 순간 거인이 저항을 멈추었다. 거인의 몸이 서서히 옆으로 기울기 시작했다.

그리고 마침내-.

쿠우우웅!

거인의 그 거대한 몸뚱이가 지면과 충돌했다.

그 순간, 익숙한 기계음이 울렸다.

띠링.

[적을 처치했습니다!]

[레벨이 올랐습니다!]

[레벨이 올랐습니다!]

[레벨이 올랐습니다!]

[레벨이 올랐습니다!]

움켜쥔 진우의 주먹에 불끈 힘이 들어갔다.

'됐어!'

가볍게 땅에 착지한 진우가 안도의 한숨을 내쉬려 하는 그때.

뭔가 이상한 점을 발견한 진우는 움직임을 멈추었다.

'어……?'

2. 거인들의 왕

2. 거인들의 왕

가만.

진우가 급히 메시지 창을 올렸다.

네 번이나 중복된 레벨업 알림에 기뻐할 틈도 없이, 첫 번째 메시지에 시선이 고정되었다.

맙소사.

진우의 눈이 커졌다.

[적을 처치했습니다.]

'이게 보스가 아니라고?'

놀란 진우의 시선이 사지가 축 늘어진 채 눈의 초점을 잃어버린 거인에게로 옮겨 갔다.

타 거인들과 궤를 달리하는 강함과 진우마저 놀라게 했던 압도적

포스.

어딜 봐도 보스급 마수로 볼 수밖에 없는 녀석이 보스가 아니란다. 시스템 메시지는 녀석을 일반 마수라 말해 주고 있었다.

그때.

"헝니이임-!"

멀리서 흥분에 가득 찬 유진호의 목소리가 들려왔다.

진우는 눈을 빛내며 달려오는 유진호에게 손을 번쩍 들어 올려 거기 멈추라는 신호를 보냈다.

"헉!"

말을 잘 듣는 건지, 아니면 겁이 많은 건지 유진호는 그 자리에서 얼어붙었다.

진우는 눈빛이 진중해졌다.

아직 [던전의 주인을 처치하였습니다]라는 메시지가 뜨지 않았다.

그건 레이드가 끝나지 않았음을 의미했다.

게다가 이상한 점은 그것뿐만이 아니었다.

이 거대한 마수는 그림자 추출 또한 불가능했다. 추출 대상임을 알리는 검은 연기가 보이지 않았다.

아니나 다를까.

거인을 뚫어져라 응시하고 있었더니 기계음이 울렸다.

띠링.

[그림자 추출이 불가능한 대상입니다.]

'뭐지?'

여러모로 예상을 빗나가는 상황에 진우가 미간을 찌푸리고 있을 때, 어디선가 덜그럭덜그럭 뼈 부딪치는 소리가 들려왔다.

거인의 턱이 움직이고 있었다.

벌어지기 시작한 거인의 입에서 언뜻 사람 형태를 지닌 무언가가 보였다.

'……!'

진우는 반사적으로 전투태세를 갖췄다. 양손에 소환된 단검이 예리한 검광을 번쩍였다.

하지만 거인의 입안에서 들려오는 목소리는 익숙한 것이었다.

"왕이시여…… 저입니다."

밖으로 걸어 나온 베르가 진우를 향해 예를 표했다.

"……너였냐."

진우는 경계를 풀었다.

거인의 안으로 들어간 베르의 기척이 거인의 무지막지한 마력에 가려진 까닭에 잠깐 피아를 구별할 수 없었다.

베르를 확인한 진우가 단검을 창고로 돌려보냈다.

터벅터벅 걸어오는 베르는 온몸에 거인의 살점과 혈액을 뒤집어쓰고 있었다. 녀석이 안에서 얼마나 애를 썼는지 대강 짐작할 수 있었다.

웃으며 베르를 치하해 주려던 진우가 별안간 미간을 구겼다.

'무슨 냄새가…….'

역한 냄새는 베르가 가까워질수록 심해졌다.

베르 본인도 자신의 냄새를 맡을 수 있는지 얼굴이 구겨져 있었다.

코앞까지 다가와 선 베르가 정중히 고개를 숙였다.

"그래……."

진우는 수고했다는 의미로 베르의 어깨를 툭 쳐 주려다, 거기 묻어 있는 정체불명의 노란색 액체를 발견하고는 슬그머니 손을 거두며 말했다.

"수고했다, 베르."

"……감사합니다, 왕이시여."

조금 퉁명한 듯 들리는 목소리는 착각이겠지.

아무튼 지금 집중해야 할 것은 베르 어깨에 묻어 있는 액체의 정체가 무엇인가 따위가 아니었다.

이 초거대 거인형 마수가 '던전의 주인'이 아니라면 진짜 '던전의 주인'은 어디에 있다는 말인가?

그런 의문이 진우의 머릿속을 스쳐 지나갔을 때였다.

우우우우우-

별안간 공기가 떨렸다.

'……!'

이변을 알아챈 진우가 급히 가드를 올렸다.

간발의 차이로 진우보다 조금 늦게 위협을 감지한 베르가 그 즉시 몸을 부풀려 진우 앞을 막아섰다.

"키에에에엑!"

거센 돌풍이 그들을 덮친 것은 그 직후였다.

'크.'

진우의 미간이 구겨졌다.

나무도 뿌리째로 뽑아 버릴 격렬한 돌풍이 주위를 휩쓰는가 싶더니, 순식간에 어디론가 빠져나갔다.

소란은 금방 잦아들었다.

상황이 진정됐다고 판단한 베르가 진우 앞에서 비켜섰다.

주변을 살펴보던 진우는 기함을 토해 냈다.

'이럴 수가!'

방금 덮쳐 온 것은 바람이 아니었다.

바람이라고 착각했던 것은 거인이 가지고 있던 끔찍하리만큼 흉포하고 방대한 마력이었다.

대량의 마력이 한꺼번에 이동하며 주변의 모든 것을 할퀴고 지나갔던 것이다.

'진호는?'

진우가 급히 유진호가 있던 곳을 돌아보았다.

다행히 이그리트가 감싼 덕분에 유진호도 무사할 수 있었다.

진우는 안도의 한숨을 내쉬었다.

'후.'

다시금 주변을 살펴볼 여력이 생긴 진우는 마력이 사라져 간 방향으로 고개를 돌렸다.

'…….'

게이트 쪽이었다.

거인이 가지고 있던 마력은 하나도 남김없이 게이트 안으로 빨려 들어갔다.

마치 게이트가 마력을 삼키기라도 한 것처럼.

게이트를 막고 있던 검은 막은 던전 브레이크 때 부서진 지 오래였다. 게이트 안쪽, 그러니까 던전의 모습이 훤하게 드러나 있었다.

고오오오오-

대기가 낮게 울었다.

나름 산전수전 다 겪었다고 자신하는 진우였지만, 이런 해괴한 현상은 지금껏 본 적도 들은 적도 없었다.

'저 안에 뭔가가 있다.'

감각 스탯이 그렇게 말하고 있었다.

던전 안을 바라보는 진우의 눈매가 가늘어졌다.

그 안에 있는 것이 무엇이든, 그것을 인식한 순간 뒷머리가 쭈뼛 곤두섰다. 오한이 찾아옴과 동시에 전신에 소름이 돋았다.

두근, 두근, 두근.

울고 있는 대기와 공명이라도 하듯 심장의 박동이 빨라졌다.

"형님……."

한 발짝 한 발짝 조심스레 다가온 유진호가 진우 옆에 서서 게이트를 바라보았다.

위험할지도 모른다.

진우가 유진호를 돌아보며 무거운 목소리로 말했다.

"넌 여기서 기다리고 있어."

"네, 형님."

유진호는 순순히 고개를 끄덕였다. 따라가고 싶은 마음은 굴뚝같았지만 방해만 될 것 같아서였다.

그렇게 유진호를 밖에 대기시켜 놓은 진우가 그림자 병사들을 이끌고 게이트를 넘어 던전 안쪽으로 들어갔다.

'엄청나게…….'

몇 번 최상급 던전을 넘나들면서 '크다'는 단어에 익숙해졌다고 생각했었다.

그런데 이 던전에 들어선 뒤로 생각이 바뀌었다.

'……크네.'

'크다'라는 단어는 이런 곳을 묘사하기 위해 존재한다고 생각될 정도로 하염없이 높고 넓은 통로를 이동하며, 진우는 속으로 감탄을 삼켰다.

던전 안에서는 어떠한 소리도 내지 않는다.

마수로부터 자신을 방어할 수 있는 수단이 적었던 하급 헌터 시절의 습관이, 이미 평범한 S급의 수준을 아득히 넘어선 지금도 꾸준히 유지됐다.

조심스러운 것은 결코 나쁜 일이 아니었다.

어둠 속에서 진우의 안광이 빛났다.

진우는 조금도 경계를 늦추지 않고 던전의 끝을 향해 나아갔다.

진우의 뒤로는 그 격렬한 전투를 치르고도 완벽한 상태로 회복된 병사들이 소리 없이 따랐다.

얼마나 걸었을까?

진우의 걸음이 멈추었다.

진우의 바로 뒤에 붙어 이동하던 베르가 손을 들어 전군을 정지시켰다.

집단생활에 최적화된 개미 출신이라 그런지 베르는 대규모의 군단을 다루는 데 능숙했다.

척.

그림자 군단 전체가 멈췄다.

병사들을 뒤돌아본 베르가 진우 뒤에 바싹 붙어 섰다.

"왕이시여……."

"쉿."

진우는 검지를 들어 올렸다.

그러고는 말을 이었다.

"들려?"

잠시 소리에 집중하던 베르가 고개를 끄덕거렸다.

"……들립니다."

베르의 귀에도 들리고 있었다.

저 너머에 있는 던전의 끝.

보스가 있어야 할 곳에서 진우나 베르급은 돼야 구별할 수 있는 웃음소리가 들려오고 있었다.

호탕한 남자의 웃음소리가 정말로 기쁜 듯 끊이지 않고 들려왔다.

진우는 의아할 수밖에 없었다.

던전 안의 어둠에 묻혀 서로 모습은 보이지 않았지만, 이 정도의 거리라면 상대도 자신의 접근을 파악했을 것이다.

이 뒤에 늘어서 있는 그림자 군단의 숫자 역시.

'그런데도 웃음이 나온다고?'

물론 진우도 상대를 파악했다.

숨이 턱턱 막혀 올 정도의 강대한 마력이 어둠 너머에 도사리고 있었다. 불길함마저 느껴지는 적의 기운은 거인의 마력 이상이었다.

그러나 자신도 결코 만만한 상대는 아니다.

진우는 모든 마력을 해방시켰다.

우웅―

진우의 주위로 파동이 번져 나갔다.

적의가 섞였다면 근처의 그림자 병사들부터 쓰러져 나갔을, 거대한 마력의 물결이 출렁였다.

그런데도.

하하하—

상대는 여전히 웃음을 그치지 않았다.

진우의 입꼬리도 스윽 올라갔다.

'재미있는 놈이네.'

진우는 웃으며 보스 룸 안으로 발을 들였다. 초거대 거인형 마수가 있었을 드넓은 공동이 펼쳐졌다.

진우는 일말의 망설임도 없이 목소리가 들려오는 방향을 따라 걸음을 옮겼다.

그림자 병사들 또한 진우를 따라 진군했다.

척, 척, 척, 척.

수많은 마수들이 검은 증기에 휩싸인 채 일사불란하게 이동하는 모습은 적에게 공포심을 불러일으키기 충분했다.

하지만.

"하하하하!"

얼굴을 제외한 신체 전부가 사슬로 묶여 있는 사내에게는 해당되지 않는 얘기였다.

묶여 있다?

아니.

단순히 묶여 있는 것이 아니다.

던전의 벽면과 연결된 검은 사슬은 사내를 겹겹이 감고 있는 것도 모자라 몸을 관통해 지나가거나, 끝부분이 아예 뿌리를 내리고 있었다.

만약 저것이 형벌이라면 얼마나 큰 죄업을 쌓아야 저 지경에 이르게 될까, 하는 생각이 들 정도로 처참한 모습이었다.

진우는 눈살을 찌푸렸다.

반면 사내는 반가운 친구라도 마주한 것처럼 진우를 바라보며 환한 미소를 지었다.

"우습구나, 우스워! 가증스러운 지배자 놈들아, 누가 가장 먼저 나를 찾아왔는지 보아라!"

진우는 멀지도, 가깝지도 않은 적당한 곳에 멈춰 섰다.

사내가 말을 이었다.

"사슬을…… 사슬을 풀어다오. 나는 지배자들의 계획을 알고 있다. 어서 다른 군주들에게 사실을 알려야……."

사내의 말이 뚝 끊겼다.

방금 전까지 기쁨에 차 있었던 남자의 눈이 거짓말처럼 고요해졌다.

"……."

사내는 가만히 진우의 눈을 들여다보았다.

사내가 진우를 살피는 동안 진우도 찬찬히 사내를 살폈다.

그 순간.

진우는 사내의 얼굴이 게이트 바깥에 서 있던 초거대 거인형 마수의 얼굴과 똑같다는 사실을 깨달았다.

'인간은…… 아니고.'

마력 파장이 인간의 것과 다르다.

마수어를 유창하게 내뱉고 있는 것만 봐도 인간은 아니었다.

그런데 어째서 마수가 던전 안에 포박되어 있는 것일까?

게이트가 나타나고 근 10년간 정말 다양한 형태의 마수들이 등장했지만, 사지가 묶여 꼼짝도 할 수 없는 마수가 나왔다는 소리는 들은 바 없었다.

그래도 힌트가 하나 있다면 사내가 욕하던 '지배자들'이라는 단어.

"……."

"……."

약간의 정적.

시간이 조금 흐른 후에야 사내의 입술이 떨어졌다.

"너는…… 내가 알고 있는 자가 아니군."

누구와 착각했는지는 모르겠지만, 진우도 부정할 생각은 없었다. 바깥의 거인을 제외하면 생판 처음 보는 얼굴이었으니까.

진우가 물었다.

"그 지배자들인가 뭔가 하는 녀석들이 널 이렇게 만든 건가?"

"쓰려는 거다. 진짜 전쟁의 초석을 다지기 위한 발판으로."

처음이었다.

그간 지성이 있는 마수들과 꾸준히 대화를 시도해 봤지만, 자신의 근원에 대해 설명할 수 있었던 마수는 없었다.

그런데 눈앞의 마수는 처음으로 자신의 존재 이유를 밝혔다.

진짜 전쟁의 초석을 다지기 위해.

그 말이 진실이든 거짓이든 단서가 될 수 있을 것 같다는 예감이 들었다.

"지배자들이라는 게 대체 뭐지?"

"군주들의 오래된 적들."

'군주들…….'

궁지에 몰렸던 천사상이 악을 썼었다. 다른 군주들이 두고 보실 것 같으냐고.

군주가 어떤 존재인지는 둘째치더라도, 그 군주들 중 하나가 어디에 있는지는 알게 된 듯했다.

"그럼 그 녀석들이 너를 이렇게 묶어 놨다는 건……."

"그래."

사내는 슬픈 눈으로 대답했다.

"나 또한 군주다."

그리고 간절한 목소리로 설명을 이어 갔다.

"아마도 군주들과 지배자들 모두 너를 노리고 있을 것이다. 지금의 너는 그들 모두를 상대할 힘이 없다. 그들과 맞서려면 너 역시도 세력이 필요할 터."

진우는 알아듣기 힘든 여러 단어들 중에서 그나마 사내가 가장 말하고 싶어 하는 바를 짚어 냈다.

"세력?"

사내는 고개를 끄덕였다.

"나의 봉인을 풀어다오. 내가 너를 돕겠다."

진우는 귀를 의심했다.

누가 누굴 도와?

마수가 인간을?

너무 어이가 없었던 나머지 마음속의 말이 저절로 튀어나오고 말았다.

"그걸 지금 나더러 믿으라고?"

사내는 비장한 얼굴을 했다.

"믿을 수 있게 해 주지."

사내의 입술이 동영상을 수십, 아니 수백 배속으로 돌린 것처럼 빠르게 움직이며 주문을 외웠다.

그 순간.

공동 안의 마력이 사내의 주위로 응집되기 시작했고, 그것을 감지한 진우는 눈 깜짝할 사이에 단검을 빼 들었다.

마력에 조금이라도 적의가 깃들어 있었다면 단검은 그 즉시 사내의 미간을 꿰뚫었을 것이다.

하지만 진우는 참았다.

움직인 마력은 진우나 사내가 가지고 있는 마력량에 비해 극히 소량이었고, 마력에서는 어떠한 적의나 악의도 느낄 수 없었다.

'……'

진우는 '단검 투척' 스킬의 최종 형태인 '단검 쇄도'를 준비한 채 숨죽여 기다렸다.

바늘같이 날카로운 긴장감이 피부를 콕콕 찔러 왔다.

이윽고.

사내의 입에서 흘러나오던 이상한 언어가 멈추자, '띠링' 하고 시스템 메시지가 떴다.

[거인들의 왕, 태초의 군주 '레기아'가 스킬 '신실함의 맹세(거래)'를 시전합니다.]

['신실함의 맹세(거래)'를 받아들이면 시전자와 수락자 양쪽 모두 서로에게 거짓을 말할 수 없습니다.]

['신실함의 맹세(거래)'를 수락하시겠습니까?] (Y/N)

사내가 제안한 거래의 내용보다 먼저 진우의 시선을 끈 것은 사내를 가리키는 직함이었다.

'거인들의 왕…….'

여기까지 오면서 사냥했던 거인형 마수들이 떠올랐다.

아마도 바깥에서 게이트를 지키고 있었던 마수의 얼굴이 사내의 얼굴과 같은 이유도 이와 무관하지 않으리라.

진우가 침묵하고 있는 사이 사내는 잠자코 기다렸다.

'어떻게 할까?'

깜박이는 'Y/N'을 보며 진우는 잠시 고민해 보았다.

시스템이 메시지로 알림을 띄운 것을 보면 아마도 효과는 확실할 터.

거짓말을 못 하는 것이 누구에게 더 손해인지를 따져 봐야 했다.

하지만.

따질 것도 없이 결론은 이미 나와 있었다.

'당연히 저 녀석이 손해지.'

이쪽이 우위에 서 있으니까.

조금 악랄해 보이기는 해도, 결코 대답해서는 안 될 질문이 나온다면 그냥 처치해 버리면 그만이다.

어차피 저쪽이 제시한 거래.

진우는 마수에게까지 죄책감을 느낄 정도로 순진하지 않았다.

'예스.'

띠링.

기계음과 동시에 나타난 시스템 메시지는 빠르게 거래의 성사를 알렸다.

['신실함의 맹세(거래)'가 이루어졌습니다.]

[시전자와 수락자는 상호 동의하에 계약이 파기할 때까지 서로에게 거짓을 말할 수 없습니다.]

진우가 맹세를 받아들이자마자, 거인들의 왕은 기다렸다는 듯 자신이 했던 말을 그대로 반복했다.

"나의 봉인을 풀어다오. 내가 너를 돕겠다."

"읍…… 읍……."

진우가 눈을 휘둥그레 떴다.

목소리가 목구멍에서 막힌 것처럼 입으로 나오질 않았다.

그걸 보고 거인들의 왕이 실소를 머금었다.

"그래, 그것이 신실함의 맹세다."

"……."

과연.

효과는 확실했다.

반은 호기심 삼아, 반은 테스트 삼아 '너를 완전히 신뢰한다. 당장 사슬을 풀어 주지.'라고 대답하려 했던 진우는 정말로 아무 말도 할 수 없었다.

'이게 신실함의 맹세…….'

스킬의 효과를 확인한 진우의 가슴이 뛰었다.

이로써 거인들의 왕이라는 자가 하는 말을 어느 정도까지는 신뢰할 수 있게 됐다.

100퍼센트가 아닌 이유는 간단했다.

서로 진실만을 이야기해야 한다면 자신에게 불리한 정보는 숨길 것이 분명했기 때문이다.

진우의 눈빛이 오히려 맹세가 없을 때보다 더 예리해졌다.

"어째서 너는 다른 마수들과 달리 자유로운 대화가 가능한 거지?"

"마수?"

"게이트에서 나오는 괴물들."

"아아- 혼세의 주민들을 말하는 것인가."

거인들의 왕은 조소했다.

"반대로 내가 묻고 싶군. 어떻게 혼세의 주민들과 그들을 다스리는 군주를 동일 선상에 놓을 수가 있는 거지?"

그는 왕이라는 단어가 무색하지 않을 만큼 근엄한 표정을 지었다.

"게이트에서 나오는 혼세의 주민들은 모두 패잔병들이다. 지배자들의 군대에 패해 그들에게 붙잡히고 만 이들. 억겁의 세월을 그들의 손아귀에 붙들려 있었으니 자아가 손상되는 것은 당연하지. 하지만 나는 왕. 그들과는 다르다. 긴 시간을 인내하며 그들의 손에서 벗어나는 날만을 기다려 왔다."

왕은 옅게 웃었다.

"그리고 이렇게 너와 만나게 되었지."

"……."

진우는 감정의 동요 없이 그의 말을 최대한 객관적으로 받아들일 수 있도록 노력했다.

'그가 정말 다른 마수들보다 한 차원 뛰어난 존재라면…….'

이번에야말로 실마리를 얻게 될지 모른다.

꼴깍.

침이 목을 타고 넘어갔다.

묻고 싶은 것은 많다.

하지만 그전에 확인해 두고 싶은 것이 있었다.

"혹시 지배자들의 군대란 게 은빛 갑옷을 입고 등에는 날개가 달린……?"

"그래. 그 녀석들이 지배자들의 병사들이다."

역시나.

퍼즐이 맞아떨어지는 느낌이었다.

그때 천사상이 보여 주었던 영상은 꾸며진 것이 아니라, 누군가의 진짜 기억일 수도 있겠다는 생각이 문득 들었다.

대체 이 땅에서 무슨 일이 벌어지고 있는 것일까?

진우가 물었다.

"그 지배자란 놈들은 뭣 때문에 자꾸 우리한테 괴물들을 보내는 거야?"

게이트가 생기는 이유.

그 이유만 안다면 게이트가 생기지 않도록 미리 막을 수 있지 않을까?

진우의 최대 관심사는 바로 거기에 있었다.

"말했지 않은가?"

거인의 왕이 힘주어 말했다.

"녀석들은 전쟁을 준비하고 있다고."

"전쟁?"

"그들은 이 세계를 전장으로 바꿔서 다시 군주들과 싸우려는 거다."

"이해가 잘 안 되는데……. 괴물을 보낸다고 지구가 전쟁터가 된다니?"

아니, 가끔은 전쟁터보다 더 참혹한 상황이 발생하기도 하지만.
진우는 진아의 학교에서 일어난 일을 떠올렸다.
그래도 그건 인간들의 일이지, 인간이 아닌 것들의 전투를 위한 전초 작업으로 보기는 힘들었다.
"너희 세계에 마력을 불어넣기 위해서다."
쿵.
진우는 뒤통수를 한 대 얻어맞은 것 같았다.
마수가 게이트에서 나온 재앙이라면, 마력은 게이트에서 나온 축복이었다. 헌터들뿐만 아니라, 많은 일반인들도 그렇게 생각했다.
마석과 마정석.
마력을 담은 물건들은 현재 최고의 에너지원이 되었다.
그런데 그것들이 실은 전쟁을 위한 발판이었다니?
거인들의 왕은 설명을 이어 갔다.
"존재하지 않는 힘을 심는 데는 힘을 가진 이들의 피만큼 좋은 방법이 없다. 지배자들은 자신들이 가진 포로들을 이용하기로 했지."
마력의 농도가 점점 짙어지고 있음은 두말할 필요가 없었다.
그것은 자연스러운 현상이 아니라, 마수들의 피로 일구어진 밭에서 싹을 틔운 나무의 열매 같은 것이었다.
"마력은 세계를 강화시킨다. 너희 세계를 강화시켜 전쟁의 충격으로 세계가 소실되지 않도록 만든다는 것이 그들의 계획이었다."
"그럼 전쟁이라는 건……?"
"군주들과 지배자들의 재대결. 머지않아 너희가 사는 세상은 지옥으로 바뀐다."
지배자들의 군대와 마수들, 아니 마수가 되기 전 괴물들의 싸움.

진우는 데이터 속에서 그들의 싸움을 낱낱이 보았다.

그런 대전투를 벌이기 위한 장소로 지구가 선택된 것이라면, 지옥이 될 거라는 왕의 말을 과장이라 할 수 없었다.

왕의 표정이 어두워졌다.

"시간이 없다."

"……?"

"나와 접촉한 것이 너라는 사실이 알려지면 군주들과 지배자들 모두 가만히 지켜보고 있지만은 않을 거다. 어쩌면 지배자들의 사신(使臣)은 벌써 움직이고 있을지도 모르지."

"아까부터 그 녀석들이 자꾸 나를 노린다는 식으로 말하고 있는데…… 이유가 뭐지?"

"정말 아무것도 모르고 있군."

왕은 안타깝다는 말투로 설명을 이었다.

"네가 가진 힘은 사실 네 것이 아니다."

끄떡.

진우도 동의했다.

그림자 군주의 능력은 시스템에게 전해 받은 것. '네 것이 아니다'라는 말을 부정할 수 없었다.

"그 힘이 네게 갔다는 말은 원래의 주인이 군주들을 배신했다는 증거."

그러고 보니 천사상이 비슷한 소리를 했었다.

아마도 천사상은 군주들을 따르던 혼세의 주민들 중 하나였던 모양이었다.

의문이 꼬리에 꼬리를 물고 이어지는 가운데, 거인들의 왕이 말했다.

"너는 군주들과 지배자들 모두에게 적이 되었다. 그러나 나만은 네 편에 서서 싸울 것을 맹세한다. 그러니 나를 도와주지 않겠나?"

이쯤이면 설득이 됐으리라 판단한 거인들의 왕이 비장한 표정을 지었다.

그러나.

진우는 차분히 되물었다.

"단순히 내 편에 서겠다는 거라면 차라리 그림자 병사가 되는 쪽이 더 나을 텐데?"

거인들의 왕은 흠칫 놀랐다.

찰나였지만 인간의 얼굴에서 진짜 군주의 모습이 겹쳐 보였다.

틀린 말은 아니다.

인간에게는 새로운 동맹보다 충실한 부하 쪽의 메리트가 더욱 크리라.

그 점을 놓치지 않았다는 사실에 감탄하며 왕이 말했다.

"군주들과 지배자들은 모두 영체로 이루어져 있다. 영체는 죽으면 파괴되어 사라져 그림자가 될 수 없다. 즉, 나는 너의 병사가 될 수 없다."

진우가 고개를 끄덕였다.

'그래서였군.'

그림자 병사로 만드는 쉬운 길을 놔두고서 자신을 도와줄 거라 왕이 생각한 이유가 바로 그 때문이었다.

신실함의 맹세는 유지되고 있으니 진위 여부를 가릴 필요는 없겠지.

상념에 빠져 있던 진우가 고개를 들어 올렸다.

거인들의 왕이 물었다.

"이제 나를 도울 이유가 충분한가?"

진우는 그를 바라보았다.

거인들의 왕은 자신을 묶고 있는 속박이 곧 풀릴 것이라 확신에 가득 찬 표정이었다.

남이 기뻐하는 모습을 보면 배가 아프다거나 하는 꼬인 심성 따윈 없었다.

또한 스스로 동료가 되겠다고 말하는 이를 내칠 이유도 없었다.

하지만.

하지만 어째서 이렇게 꺼림칙한 기분이 드는 것일까?

'뭔가…… 뭔가 놓친 것이 있다.'

그게 뭔지 떠올려야 한다.

진우의 이마에 식은땀이 조금씩 맺혀 갔다.

거인들의 왕은 다시 한번 간청했다.

"사슬을 끊어다오."

진우는 깊은숨을 내쉬었다.

아무리 고민해 봐도 거인들의 왕의 부탁을 거절할 이유가 없었다. 무엇을 놓쳤는지 고민할수록 점점 더 수렁에 빠지는 기분이었다.

'그냥 노파심이었나…….'

진우가 '악마왕의 단검'을 들고 거인들의 왕에게 다가갔다.

자신의 코앞까지 걸어온 진우에게, 거인들의 왕은 고개를 끄덕였다.

진우도 고개를 끄덕였다.

마력을 실은 단검을 휘두르자 사슬이 힘없이 투둑 끊어졌다.

두근, 두근, 두근.

심장이 이상하게 요동쳤다.

어째서 결정을 내린 이 순간까지 막연한 불길함이 발목을 잡으려 드는 걸까?

투둑.

두 번째 사슬이 잘려 나갔다.

거인들의 왕은 기뻐하지도, 그렇다고 슬퍼하지도 않고 경건한 표정으로 자신을 묶고 있는 속박이 전부 풀리기만을 기다렸다.

세 번째.

투둑.

진우는 왕의 등에 뿌리박혀 있는 사슬을 잘라 내기 위해 그의 뒤쪽으로 몸을 기울였다.

그리고.

두근!

심장이 크게 뛰었다.

가슴이 철렁 내려앉는 느낌이었다.

무엇을 놓치고 있었는지, 어째서 그런 느낌이 들었는지 사고의 흐름이 좁은 바위틈 사이를 비집고 들어오듯이 거칠게 밀어닥쳤다.

진우는 사슬을 자르려던 손길을 멈추고 왕을 돌아보았다.

"너는 내 편에 서겠다고 했지?"

"물론이다. 네가 나를 돕는다면 나도 너를 돕겠다. 이것은 정당하고 완전한 군주들 간의 거래다."

이 대답은 벌써 몇 번이고 들었다.

진우가 확인하고 싶었던 대답은 이게 아니었다.

그래서 진우는 진짜 질문을 던졌다.

"그럼 너는 인간의 편인가?"

"……."

왕은 침묵했다.

신실함의 맹세.

그것에 의하여 거인들의 왕은 아무런 대답도 내놓을 수 없었다.

진우는 다시 그의 목 뒤를 보았다.

목 뒤에 박혀 있는 검은 마정석이 차갑게 빛나고 있었다.

이 물건이 있는 한 그는 지배자들의 목소리를 들어야 한다.

다른 마수들처럼.

'인간들을 죽여라'라고.

찰나.

살기가 흘렀다.

거인들의 왕이 자유로워진 오른손으로 진우의 관자놀이를 노렸다.

하지만 진우에게 닿기는 역부족이었다. 머리를 숙여 공격을 흘려 보낸 뒤 들고 있던 단검을 그의 가슴에 박아 넣었다.

푹.

감겨 있는 사슬이 무색하게 단검은 그의 가슴속 깊은 곳까지 파고들어 갔다.

"커흑!"

거인들의 왕은 울컥 피를 토했다.

하지만 이걸론 부족하다.

이 녀석을 살려 두는 것은 너무 위험하다.

재앙이 될지도 모른다.

그렇게 판단한 진우가 공격을 거듭해 오는 왕의 손끝을 상체의 움직임만으로 피해 내며 연거푸 가슴에 단검을 꽂았다.

푹, 푹, 푹, 푹.

여섯 번째.

단검이 가슴을 여섯 번이나 들어갔다 나오고 나서야 거인들의 왕의 손끝이 멈추었다.

끝났다.

진우는 단검을 뽑아냈다.

거인들의 왕은 진우와 시선을 똑바로 마주하고서는 씩 웃었다.

"안타깝지만 여기까지군."

"……."

한 걸음 물러선 진우는 말없이 단검에 묻은 피를 털어 냈다.

왕은 말을 이었다.

"너희 세계의 주민들과 포로로 잡혀 있는 혼세의 주민들의 싸움이 격렬하면 격렬해질수록, 세상은 더욱더 전장으로 변해 갈 것이다."

울컥.

또다시 피를 토한 왕은 마지막으로 미소를 지었다.

"부디…… 네가 지키려 하는 모든 것들이 전장의 업화에 불타 재가 되기를……."

"뜻대로는 되지 않을 거다."

단호히 말을 잘라 낸 진우가 단검을 휘둘러 왕의 머리를 떨어뜨렸다.

스걱!

[던전의 주인을 처치하였습니다.]

그가 숨을 거두자 그의 안에서 잠자고 있던, 바다와 같은 마력이 바깥으로 터져 나왔다.

세계의 변화는 시작되었다.

* * *

거인들의 왕이 죽기 며칠 전.

어느 호화스러운 대저택에 헌터관리국 소속의 헬기 한 대가 내려섰다.

타타타타―

테이블에서 늦은 점심을 즐기던 저택의 주인은 창 너머로 헬기를 보고서는 스테이크를 썰던 손을 멈췄다.

"오늘 누가 온다는 말은 못 들었는데?"

"제가 확인해 보겠습니다."

고용인이 고개를 숙이고는 종종걸음으로 나갔다.

그리고 때마침 헬기에서 내려서는 두 사람을 발견한 저택의 주인은 금세 얼굴이 굳어졌다.

"……곤란하게 됐구먼."

빈 접시를 가지고 나가던 가정부가 우연히 그 말을 듣고서 고개를 갸웃거렸다.

테이블에 앉은 점잖은 신사.

이 대저택의 주인인 그는 전 세계에 고작 다섯밖에 존재하지 않는 최고의 헌터 중 한 사람이었다.
크리스토퍼 리드.
본명보다 '국가 권력급 헌터'라는 이름으로 더 많이 알려진 그를 감히 누가 곤란하게 만들 수 있단 말인가?
가정부의 호기심을 뒤로한 채, 고용인이 헐레벌떡 뛰어 들어왔다.
"크리스 님!"
"알고 있어."
고용인의 말을 막은 크리스가 조용히 일어나 고용인보다 한발 늦게 들어오는 중년 남자를 웃으며 맞이했다.
"오랜만입니다, 부국장님. 그리고……."
크리스의 시선이 부국장 뒤에 서 있는 흑인 여성에게로 옮겨 갔다.
"셀너 부인."
헌터관리국의 부국장이라는 거물이 방문한 것도 보통 일은 아니지만, 그녀가 직접 움직인다는 것은 아예 차원이 다른 문제였다.
아니나 다를까.
긴장한 기색이 역력한 얼굴로 주위를 둘러보던 부국장이 턱을 쓸어내리며 말했다.
"긴히 드려야 할 말씀이 있으니 사람들을 전부 내보내 주실 수 있겠습니까?"
역시나.
곤란해질 것이라는 예감이 맞았다.
손님이 부국장만이라면 예고도 없이 평화로운 오후를 방해받은 대가로 몇 시간 정도는 그를 방치해 버릴 수도 있었을 것이다.
하지만 셀너 부인을 두고서 그런 무례를 저지를 순 없다.

와인으로 입안을 헹구며 잠시 고민하던 크리스가 손가락을 까닥여 고용인을 불렀다. 이마가 맞닿을 정도로 가까워진 고용인에게 그가 속삭였다.

"저 두 사람이 나가기 전까지 아무도 내 방 주변에 얼씬거리지 못하게 하도록."

"알겠습니다."

고용인은 꾸벅 고개를 숙이고는 가정부를 비롯한 사람들을 모두 문밖으로 내보냈다. 그러고는 자신도 나가서는 양손으로 문을 잡고서 다시 고개를 숙였다.

크리스가 끄덕이자, 문이 소리 없이 슥 닫혔다.

이로써 넓은 방 안에는 크리스, 마이클 코너 부국장, 셀너 부인 세 사람만이 남았다.

크리스는 두 사람을 훑어보고는 피식 웃었다. 그도 그럴 것이, 미 정부 최고 기관의 이인자씩이나 되는 사람이 몸값이 가장 떨어지는 자리가 만들어지지 않았나.

국가 권력급 헌터인 자신은 둘째치고, 헌터들의 능력을 영구히 상승시켜 줄 수 있는 셀너 부인의 가치가 얼마나 될는지는 짐작조차 힘들었다.

'어이쿠, 내 정신 좀 봐.'

귀한 분들을 서 있게 만들 순 없지.

크리스는 테이블의 의자 두 개를 뒤로 빼며 말했다.

"일단 앉으시죠."

부국장과 부인이 자리에 앉자, 크리스도 맞은편에 엉덩이를 붙였다.

"그러면……."

두 사람을 번갈아 보던 크리스가 미소를 지었다.

"두 분은 무슨 일로 이 먼 곳까지 오셨는지?"

셀너 부인은 부국장의 눈치를 살폈다. 부국장이 고개를 끄덕였다. 그리고 셀너 부인이 입을 떼려는 순간.

크리스가 손을 들었다.

"그 전에 먼저."

그의 얼굴에 조금 언짢은 기색이 드러났다.

"혹시 동부 어딘가에 생성됐다는 그 S급 게이트 때문에 왔다면 분명히 말씀드리겠습니다. 나는 안 갑니다."

단호하게.

설득의 여지가 남지 않도록 단단히 못을 박았다.

"여러분들도 아시다시피 미 정부는 내게 온전한 국가로서의 지위를 약속했습니다. 나에게는 미 정부의 요청을 거부할 권리가 있고, 미리 연락을 드렸듯이 이번 레이드에서 나는 빠지기로 했습니다."

나라 안의 또 다른 국가.

국가의 일개 국민이 아니라, '살아 있는 국가'로서 다른 국가들과 동등한 대접을 받을 수 있는 '국가 권력급 헌터'들에게 국민의 의무 같은 것은 의미가 없었다.

물론 협조 정도는 해 줄 수도 있다.

하지만 이를 거부한 이유는 하나.

미국 전역의 S급 헌터들이 다 모인다는 레이드에 굳이 자신까지 참가할 필요성을 못 느끼겠다는 게 그의 결론이었다.

만약 부국장이 부인을 대동하여 자신을 설득하려 왔다고 해도 결정을 철회할 생각은 없었다.

그러나 크리스가 단호했던 만큼, 셀너 부인도 분명히 선을 그었다.
“저는 게이트 때문에 온 것이 아닙니다, 크리스 씨. 그보다 훨씬 더 심각한 문제가 있습니다.”
지금 일본은 S급 게이트 하나로 멸망 직전까지 몰렸다.
그런데 미국 본토에 생성된 S급 게이트보다 훨씬 더 심각한 문제가 있다고?
크리스의 상체가 부인 쪽으로 기울어졌다.
“그 심각한 문제란 게 뭡니까?”
머뭇거리던 부인이 힘겹게 입술을 뗐다.
“크리스 씨……. 당신은 가까운 시일 내에 누군가에게 살해당할지도 모릅니다.”
일순간 좌중에 침묵이 흘렀다.
어쩐지.
부국장이 내내 안절부절못한다 싶더라니.
그는 이제 아예 이마에 맺힌 땀을 손수건으로 찍어 내고 있었다.
“셀너 부인.”
부인을 부르는 크리스의 목소리가 낮아졌다.
“당신이 제게 베푼 은혜는 잊지 않고 있습니다.”
그녀의 능력 덕분에 자신의 힘은 훨씬 더 고강해졌다. 넘을 수 없는 벽처럼 느껴졌던 한계를 뛰어넘었다.
하지만 그렇다고 해서 그녀가 자신을 무시해도 된다는 것은 아니다.
“누가 누구에게 살해당한다는 겁니까, 지금?”
누가 감히 국가 권력급 헌터를 건드릴 수 있다는 말인가?
고양이는 사자를 칠 수 없다.

사자를 물어 죽일 수 있는 것은 같은 사자들뿐.

그러나 자신은 같은 사자들과 경쟁해도 지지 않을 자신이 있었다.

이번 레이드에서 빠지는 이유도 실은 다른 게 아니었다. 고양이들이 모인 곳에 사자가 끼어서 되겠는가? 토마스 안드레같이 천박한 사자라면 몰라도 말이다.

크리스의 심중에서 조용히 타오르는 분노를 읽었으면서도 셀너 부인은 설명을 멈추지 않았다.

"얼마 전, 저는 당신에 관한 꿈을 꾸었습니다."

"꿈?"

"네."

부인이 고개를 끄덕였다.

크리스는 기가 막혀 했으나, 부인은 설명을 이었다.

"꿈속에서 당신은 당신을 둘러싼 남자들에게……."

"이봐요, 부인!"

크리스가 더 이상 참지 못하고 소리를 높였다.

"고작 부인이 꾼 꿈 때문에 그 먼 거리를 날아와서 이런 헛소리를 하고 있단 말입니까?"

"헛소리가 아니에요, 나는……."

"당신이 각성자가 되기 전에 어떤 일을 하고 있었는지 정도는 알고 있습니다."

부인이 각성 후 다른 각성자들과 구별되는 독특한 힘을 가지게 된 원인은, 애초에 그녀가 영능력자였기 때문이 아니었을까 하는 말들이 많았다.

그러나 그녀의 전직이 이런 황당한 소리에 대한 변명이 될 수는 없었다.

크리스의 얼굴이 일그러졌다.

"나는 국가 권력급 헌터요. 아무도 나를 죽일 순 없단 말입니다."

"꿈에서는 분명……."

"그놈의 꿈, 꿈."

한숨을 푹 내쉰 크리스가 고개를 끄덕거렸다.

"그래요, 좋습니다. 내가 부인의 말을 믿는다고 칩시다. 나를 죽일 수 있는 적들이 있다고 쳐요. 그러면, 그게 사실이라면 나는 누구에게 도움을 청해야 하는 겁니까?"

경찰을 불러야 하나? 아니면 헌터관리국에 보호를 신청해?

국가 권력급 헌터를 죽일 수 있는 적을 상대로?

어림없는 소리.

크리스는 코웃음 치며 말했다.

"결국 할 수 있는 일이 아무것도 없지 않습니까?"

"……."

잠자코 있던 부인이 고민 끝에 말했다.

"어쩌면 당신을 도울 수 있는 사람이 있을지도 모릅니다."

"그게 누구요?"

"성진우 헌터. 그라면 당신을 지킬 수 있을지도 몰라요."

성진우?

별 기대도 없이 듣고 있던 크리스가 잠시 생각에 잠겼다. 생소한 이름이지만 처음 들어 보는 건 아니었다.

어디서 들었더라?

비교적 최근이었다.

'성진우'라는 이름을 들어 본 것은.

'설마…….'

크리스의 얼굴이 구겨졌다.

"그 일본의 던전 브레이크를 해결하러 떠났다는 아시아의 헌터를 말하는 겁니까?"

"맞아요. 그가 성진우 헌터예요."

셀너 부인은 보았다.

성진우 헌터의 안에서 잠자고 있었던 무한에 가까운 힘을. 그라면 국가 권력급 헌터들을 능가할지도 모른다.

셀너 부인은 크리스를 진심으로 걱정해 한 말이었다. 하지만 자존심이 강한 그에게는 모욕으로 들렸다.

쾅!

무심코 내려친 주먹에 테이블이 내려앉았다.

"당장 나가시오, 부인. 지금 당장!"

벌떡 일어난 크리스의 검지 끝이 문을 가리키고 있었다.

"자, 잠시만 더 이야기를……."

부국장이 분노한 크리스를 만류하려 했으나.

"가, 가겠소……."

국가 권력급 헌터의 살기등등한 눈빛에 아무 말도 하지 못했다.

부국장은 떠나기를 주저하는 부인을 데리고 황급히 저택을 빠져나갔다. 밖에서 대기하던 고용인이 부서진 테이블을 보고 달려왔다.

"무슨 일이십니까, 크리스 님?"

"……아무것도."

크리스는 고개를 저었다.

만약 자신의 능력을 향상시키는 데 큰 도움을 주었던 셀너 부인이 아닌, 다른 이가 같은 말을 했다면 그저 쫓아내는 것만으로 끝나지는 않았을 터.

그는 미처 풀지 못한 화를 속으로 집어삼키며 크게 숨을 내쉬었다.

'그깟 아시아의 헌터 나부랭이에게 도움을 청하라고?'

이 크리스를 우습게 봐도 유분수지.

그가 고용인을 홱 돌아보았다.

고용인은 흠칫 어깨를 떨었으나, 이내 평상시의 얼굴로 돌아왔다.

"뭔가 하실 말씀이라도 있으십니까?"

"그…… 성진우라는 헌터가 언제부터 레이드를 시작한다고 했지?"

일본의 소식은 세계인들에게 화제였다.

미국도 예외는 아니었다.

당연히 진우의 이름 또한 일본에 일어난 던전 브레이크나 거기서 튀어나온 거인들만큼 유명해졌다.

손목의 시계로 시차를 계산해 보던 고용인이 크리스에게 대답했다.

"1시간 뒤에 일본에 도착하는 것으로 알고 있습니다."

"1시간 뒤……."

한동안 심심하지는 않겠군.

크리스는 그렇게 위안 삼으며 부국장과 셀너 부인을 태우고 날아오르기 시작한 헬기를 노려보았다.

* * *

[던전의 주인을 처치하였습니다.]

툭.

거인들의 왕은 머리를 잃었다.

진우는 잘린 목에서 뿜어져 나오는 피를 피해 재빠르게 물러섰다.

그때.

띠링!

기계음이 울렸다.

처음엔 그냥 평범한 시스템의 알림음인 줄 알았다.

그런데 메시지는 평범하지 않았다.

[아홉 군주 중 하나인 태초의 군주 '레기아'를 처치하였습니다.]

[경험치를 계산 중에 있습니다.]

[대량의 경험치가 들어와 시간이 걸릴 수 있습니다.]

'뭐야?'

이런 경우는 처음이어서 진우조차 순간적으로 당황할 수밖에 없었다.

이윽고.

띠링! 띠링! 띠링! 띠링!

기계음이 끝도 없이 이어졌다.

그와 동시에, 진우는 눈앞을 가득 메우는 시스템 메시지들의 향연을 지켜볼 수 있었다.

[레벨이 올랐습니다!]

[레벨이 올랐습니다!]

[레벨이 올랐습니다!]

…….

[레벨이 올랐습니다!]

[레벨이 올랐습니다!]

[레벨이 올랐습니다!]

'……!'

진우의 눈이 커졌다.

무려 여섯 번의 메시지가 올라오고도 두 번의 기계음이 더 울리고 나서야 레벨업 알림이 멈췄다.

진우는 황급히 상태 창을 불러왔다.

'상태 창!'

[레벨 : 122]

'헉!'

달라진 레벨을 두 눈으로 확인한 진우가 신음을 삼켰다.

개미들을 잡고 100레벨을 달성한 이후 마수들과의 레벨 차이 때문인지 한동안 레벨이 100대에 정체되어 있었다.

다른 길드들의 양보까지 받아 가며 상급 던전을 싹쓸이한 끝에 도달한 레벨이 103.

그런데 지금은 120을 훌쩍 뛰어넘었다.

개체 하나하나가 보스급 경험치를 보유하고 있었던 거인형 마수들과, 8레벨이라는 어마어마한 경험치를 선물해 준 거인들의 왕 덕분이었다.

'좋아.'

진우는 고개를 끄덕였다.

왕을 죽여야 한다.

그 선택은 옳았다.

레벨이 단숨에 여덟 개나 오른 것은 절대 우연이 아니었다.

특수한 사슬에 힘이 봉인되어 있는데도 숨이 막혀 올 정도의 압박감을 행사했던 놈이다.

만약 완전히 해방된 놈이 마음대로 바깥을 활보할 수 있게 되었더라면…….

진우의 고개가 좌우로 움직였다.

그렇게 되기 전에 놈의 본색을 알아낸 것이 천만다행이었다.

그때.

왕의 사체가 가뭄에 말라 버린 바닥처럼 쩍쩍 갈라지더니, 이내 모래 같은 가루로 변해 스르륵 무너져 내리기 시작했다.

문득 놈이 했던 말이 뇌리를 스치고 지나갔다.

"영체는 죽으면 파괴되어 사라져 그림자가 될 수 없다. 즉, 나는 너의 병사가 될 수 없다."

영체의 죽음.

진우는 처음으로 영체의 죽음을 목격했다.

왕의 말이 맞았다.

모래로 돌아간 왕의 사체에서는 검은 연기도, 추출 가능 메시지도 뜨지 않았다.

진우는 모래 속에 파묻힌 검은 마정석을 꺼내 들고 표면을 털어 냈다.

'그림자 병사를 얻지 못한 건 아쉽지만…… 일단은 이걸로 만족해야겠네.'

진우가 마정석을 바라보았다.

거울처럼 맑은 표면에 진우의 얼굴이 반사되었다. 계속 들여다보고 있자니 마정석에 담긴 강한 힘에 손끝이 찌릿했다.

'이걸 보내오는 게 그 지배자란 놈들…….'

어째서일까?

지배자란 단어를 들었을 때 머릿속에서 자동으로 재생되었던 장면이 있었다.

하늘에서 내려서던 네 명의 천사들.

실제가 아니라는 걸 알고 있으면서도 그들을 발견하자마자 간담이 서늘해졌었다.

철렁.

가슴이 내려앉는 기분을 느꼈다.

'어쩌면 그 녀석들이 지배자가 아닐까?

만약 그런 놈들이 들이닥친다면 지금의 힘으로도 부족했다.

마정석을 쥔 손에 힘이 꽉 들어갔다.

'좀 더 강해져야 한다.'

그런 의미에서 자신이 그림자 군주의 힘을 얻게 된 것은 행운이었다. 상상도 할 수 없는 힘을 손에 넣었고, 앞으로도 더 올라갈 가능성이 있었다.

전직 시험 때, 점수가 부족해서 시스템의 선택을 받지 못했었다면 어떻게 되었을까?

진우가 아직 닫지 않은 상태 창을 향해 조용히 말을 걸었다.

"어이…… 뭐라고 말이라도 좀 해 봐."

그러나 시스템은 여전히 대답이 없었다.

"……."

피치 못하게 버킷리스트를 작성할 일이 생긴다면 거기에 반드시 '시스템과의 대화'를 넣겠다고 다짐하면서, 진우는 몸을 일으켰다.

그런데 돌아서는 진우의 발끝에 뭔가가 닿았다.

툭.

'음?'

아래를 내려다보니 거인들의 왕을 묶고 있던 검은 사슬이었다.

순간 진우의 눈에 호기심이 어렸다. 호기심은 이내 관심으로 바뀌었다.

'어쩌면 이거…… 쓸모가 있지 않을까?'

슬쩍 내민 손이 벽면과 연결된 사슬을 쥐었다.

아니나 다를까.

힘이 빨려 들어가는 것이 느껴졌다.

'오.'

사슬이 마력을 흡수하고 있었다.

하나 정도는 괜찮지만, 이런 사슬에 겹겹이 둘러싸였다가는 아무리 강한 힘을 지닌 존재라도 간단히 빠져나올 수 없으리라.

진우는 야금야금 줄어 가는 마나 양을 보면서 씩 웃었다.

'의외의 소득인데?'

기쁜 마음으로 '악마왕의 단검'을 불러낸 진우가 사슬을 하나씩 잘라 냈다. 그런데 잘린 사슬에선 아무런 마법적 효과도 느껴지지 않았다.

"어?"

하나가 아니라 전부가 그랬다.

'뭐지?'

진우의 고개가 벽면을 향했다.

진우는 다시 한번 벽면에 연결된 사슬을 잡았다. 그러자 아까와 마찬가지로 봉인의 효과가 나타났다. 그러나 잘려 나간 사슬에서는 효과가 없었다.

어렴풋이 원리를 알 것 같았다.

'……그랬었나.'

사슬은 아티팩트가 아니었다. 모든 것은 던전의 힘이었다.

그 말은 사슬을 들고 나가 봤자 쓰레기로 변한다는 이야기.

'이건 못 쓰겠네.'

진우는 평범하게 변한 사슬들을 바닥에 내려놓았다.

아쉬운 마음이 없다고는 할 수 없었지만, 그래도 생각보다 많은 소득을 얻었다.

이번 원정을 통해 그림자 군단에 합류한 거인의 그림자들과, 거인들과 그들의 왕을 잡고서 무려 122까지 치솟은 레벨.

여기까지만 해도 이미 예상을 아득히 뛰어넘은 결과였다.

깔끔히 사슬을 포기하고 미소를 지으며 돌아서는 진우에게 베르가 고개를 숙여 보였다.

곧 고개를 들어 올린 녀석이 손끝으로 입구를 가리키자 진우의 정면에 있던 병사들이 일제히 비켜서며 거대한 길을 만들었다.

진우는 어느새 오물이 깔끔히 제거된 베르의 어깨를 툭 쳐 주고는 입구로 향했다.

주군의 손길에 감격해 하던 베르도 곧 진우의 뒤를 따라갔다.

그런 진우의 뒤로, 거인들과 싸우는 데 크게 공헌한 일천의 그림자 병사들이 전열을 맞추어 걸어 나왔다.

척, 척, 척, 척.

던전 안이 그림자 병사들의 묵직한 발소리로 가득 찼다.

저 멀리, 던전의 입구가 보였다.

입구로 새어 드는 햇빛을 보며 진우는 웃었다. 길었던 거인 사냥이 막을 내리는 순간이었다.

* * *

일본 헌터협회 상황실.

상황실 내부는 작은 소음 하나 없이 쥐 죽은 듯 고요했다. 직원들이 모두 숨 쉬는 법을 잊었다고 해도 과언이 아닐 정도였다.

그들의 모든 신경은 전방에 자리 잡고 있는 대형 화면에 쏠려 있었다.

꼴깍.

꼴깍.

여기저기서 마른침을 힘겹게 넘기는 소리만이 간간이 흘러나왔다.

화면에 떠 있는 영상.

거기엔 위성의 마력 탐지 카메라로 내려다보이는 신주쿠의 모습이 떠올라 있었다.

마력 탐지 카메라는 마력을 빛으로 나타낸다.

강한 마력은 큰 빛으로.

약한 마력은 작은 빛으로.

도쿄 중심에 떡하니 자리 잡고 있는 거대한 빛 덩어리가 무엇을 의미하는지, 여기 상황실에 그걸 모르는 이는 단 한 명도 존재하지 않았다.

그 빛 덩어리 앞에 천 개에 달하는 자잘한 빛의 점들이 모여 섰다.

협회 관계자들은 그 어마어마한 숫자에 아연실색했다.

"저, 저게 다 성진우 헌터의 소환수들이라고?"

"맙소사……."

"언뜻 세어 봐도 5백 개는 넘겠는데?"

마쓰모토 협회장은 조용히 옆자리에 앉은 분석팀 직원에게 고개를 기울였다.

"그의 소환수 숫자는 얼마 정도인가?"

"겹치는 점들이 많아 정확하지는 않지만 못해도 8백 기 이상으로 짐작됩니다."

8백 기.

분석팀이 '이상'이라는 단어를 꺼냈다면 그 수치는 최솟값으로 봐야 옳았다.

그렇게 계산해도 제주도에서 봤었던 소환수보다 두 배 이상 되는 숫자였다.

마쓰모토는 경악했다.

'그때가 언제라고 소환수가 두 배로 늘다니?'

아니, 소환수의 숫자를 늘릴 수 있다는 것부터가 원래는 정상이 아니다.

그는 떨리는 손으로 입가를 쓸어내렸다.

적이라고 생각했으면 그야말로 눈앞이 캄캄해졌을 텐데, 아군이라고 생각하자 이렇게 마음이 놓일 수가 없었다.

성진우 헌터가 일본에 자비를 베풀어 준 것이 얼마나 다행인지.

겨우 충격에서 벗어난 마쓰모토 협회장의 고개가 다시 화면을 향했다.

빛의 점들이 빛 덩어리에게 돌진했다.

성진우 헌터의 소환수들과 게이트를 지키는 거인의 전투가 벌어지기 직전이었다.

다들 손에 땀을 쥐고 빛의 점들이 끊임없이 얽히고설키는 것을 관전했다.

그리고 마침내—.

점멸하던 빛의 기둥이 사라졌다.

"와아아아아—!"

기다렸다는 듯 상황실 전체를 뒤흔드는 환호성들이 터져 나왔다.

직원들은 서로 부둥켜안고 울고 웃으며 기쁨을 만끽했다. 드디어, 일본 열도가 거인형 마수들의 공포에서 해방되는 순간이었다.

그 모든 일을 한국인 헌터 하나가 해냈다.

"……."

입을 꾹 다물고 묵묵히 화면을 응시하던 마쓰모토 협회장이 혼자 고개를 끄덕끄덕 움직였다.

진우로 인해 자신의 계획이 틀어졌을 때는 어째서 저런 헌터가 일본이 아니라 한국에 태어났는지 하늘을 원망했다.
그러나 지금은 그가 한국에 나타난 것을 하늘에 감사했다.
'그가 아니었으면 지금쯤 일본은…….'
끔찍한 상상에 몸서리치던 마쓰모토 협회장이 마지막으로 해야 할 일을 위해 수화기를 들었다.
전화는 빠르게 연결됐다.
—어떻게 됐습니까?
수화기 너머로 일본 수상의 긴장된 목소리가 흘러나왔다.
마쓰모토 협회장은 약간 목에 메인 것 같은 목소리로 담담히 결과를 말했다.
"일본은…… 일본의 위기는 해제되었습니다."
수화기 너머에서 희열에 가득 찬 고성들이 들려왔다.
그러나 수상은 점잖게, 최대한 기쁨을 숨기며 말을 이었다.
—수고했소, 마쓰모토 협회장. 하지만 그렇다고 해서 협회장의 책임이 덜어지는 일은 없을 겁니다.
"물론입니다."
각오했던 바다.
적장을 치는 데 실패한 장수는 자신의 목을 내놓아야 하는 법.
하물며 그 적장이 나라를 구해 줬다면 어떤가?
완벽한 패배 앞에서 마쓰모토는 어떠한 변명도 입에 담을 수 없었다.
그가 조용히 말했다.
"어떤 처분이든 달게 받겠습니다. 그것이…… 제가 마지막으로 해야 할 일이겠지요."

* * *

거인들이 모두 처치되었다는 소식은 즉각 전 세계에 알려졌다.

가까이는 옆 나라 한국에서부터 멀리는 일본의 정반대에 위치한 남미 브라질까지.

세계가 진우의 활약을 들었다.

–한 명의 헌터가 한 나라 전체를 구원하다!

SNS에서는 새로운 국가 권력급 헌터가 나타난 것이 아니냐고 떠들썩했다.

제주도 때와 다른 점은 그렇게 말하는 이들이 한국인들만이 아니라는 것이었다.

미국 동부 메릴랜드 주.

S급 게이트의 레이드를 무사히 끝낸 미국의 헌터들은 정부에서 주최한 축하연을 앞두고 있었다.

하지만 헌터들은 파티장으로 들어가지 못하고 일본의 소식이 흘러나오는 호텔 라운지의 TV 앞에 우뚝 멈춰 서 입을 쩍 벌리고 있었다.

"뭐?"

"아니…… 상식적으로 이게……."

말이 안 된다.

세계에서 가장 유명한 S급 보조 계열 헌터였던 유리 오를로프가 아무것도 하지 못하고 눈 깜짝할 사이에 죽임을 당했다.

그때 카메라에 잡혔던 초대형 거인의 움직임.

그 덩치에 그 속도라면, 괴물이라는 단어로도 놈을 표현하기가 부족했다.

그런데 그 무지막지한 놈을 S급 헌터 혼자서 덜렁 처치했다고?

―……진우 성 헌터는 같은 날 일본에 도착한 D급의 진호 유 헌터와 함께…….

아니, 차라리 혼자인 게 낫지.

D급 헌터까지 달고서 그 괴물들을 다 처치했다는 말인가?

믿기지 않았다.

그러나 믿지 않을 수도 없는 것이, 카메라에서는 연신 눈물로 기쁨을 호소하는 일본 국민들의 모습을 내보내고 있었다.

이윽고.

전환된 화면에서 바닥에 힘없이 널브러진, 초거대 거인형 마수의 모습이 나타났다.

"컥!"

S급 헌터 세 사람은 누가 먼저라고 할 것 없이 신음을 터트렸다.

괴물이 죽었다는 사실이 이제 겨우 실감이 나기 시작했다.

그때.

"너희들, 여기 있었네."

옆에서 들려온 목소리에 세 사람이 일제히 고개를 돌렸다.

세 헌터의 눈이 커졌다.

"토마스……."

다가선 토마스 안드레는 씩 웃으며 종이 한 장을 보여 주었다.

"이, 이게 뭡니까?"

"내기의 결과를 순순히 받아들이겠다는 각서."

"예에-?"

세 헌터의 반응에도 아랑곳하지 않고, 토마스는 그들이 내기에 걸었던 물품들을 하나하나 자필로 적어 나갔다.

"넌 요트, 넌 자택, 그리고 넌……."

세 번째 헌터를 물끄러미 바라보던 토마스가 볼펜 끝으로 옆머리를 긁적였다.

"넌 뭘 걸었더라?"

지목당한 남자는 꿀꺽 침을 삼키고는 황급히 말했다.

"전 아무것도 안 걸었는데요."

"넥타이 좋은 거 매고 있네?"

"전 아무것도……."

"넥타이."

"아니, 전……."

토마스가 선글라스를 조금 아래로 내리고 슬쩍 바라보자, 남자는 아무 말도 할 수 없었다.

S급 마수들을 맨손으로 잡아 찢어 버리는 '골리앗'의 힘을 보고 왔다.

S급 던전을 하급 던전처럼 활보하고 다닌 그에게 대들고 싶은 마음은 추호도 들지 않았다.

"넥타이."

남자는 울먹이며 넥타이를 풀었다.

잠시 뒤 콧노래를 부르며 식당으로 이동하던 토마스가 낯익은 얼굴을 발견하고서 멈춰 섰다.

스케빈저 길드에서 최상급 헌터들의 관리를 담당하고 있는 매니저, 로라였다.

그녀가 다가오자 토마스가 넥타이를 뽐내며 물었다.

"내 넥타이 어때?"

"비싸 보이긴 하지만 하와이안 셔츠에는 어울리지 않네요."

"그래?"

토마스는 넥타이를 풀어 옆의 쓰레기통에 쑤셔 박으며 대답했다.

"나도 그렇게 생각했어."

토마스의 기행을 오랫동안 가까이에서 지켜봐 왔던 로라는 별 감흥도 없이 용건을 이야기했다.

"문제가 생겼습니다."

"문제?"

토마스가 고개를 들었다.

그녀가 전화가 아니라 직접 와서 말할 정도의 문제라면 결코 사소한 것이 아님을, 토마스는 오랜 경험을 통해 잘 알고 있었다.

"무슨 문제?"

로라는 초조한 목소리로 말했다.

"이번 국제 길드 컨퍼런스에 헌터관리국이 초청한 길드들 명단이 나왔는데, 거기 한국의 아진 길드가 포함되어 있었습니다."

"아진…… 길드?"

예감이 좋지 않다.

토마스의 목소리가 무거워졌다.
로라는 고개를 끄덕였다.
"네. 성진우 헌터가 만든 길드입니다."
역시나.
어쩜 이렇게 불길한 예감은 한 번도 빗나가지 않는지.
토마스가 미간을 찌푸리고는 말했다.
"그가 미국에 오겠군."

* * *

이시카와 현의 어느 마을.
마을 입구는 아침부터 사람들로 발 디딜 틈 없이 북적였다.
"뭡니까? 다들 무슨 일로 나와 있는 거래요?"
아직 소식을 듣지 못한 마을 주민이 주변을 두리번거리며 물었다.
마을 복구공사로 한창 바쁜 시기에 이렇게 많은 사람들이 나와 있다니.
무너진 건물의 잔해를 치운다고 바빴던 남자로서는 당황스러울 수밖에.
"그게요."
친절한 아주머니 하나가 남자에게 설명해 주려고 입을 열었다가, 도로 끝에서 윤곽을 드러낸 차 한 대를 보고 그쪽을 가리켰다.
"어마! 저기 온다! 저기 와요!"
웅성웅성.
차를 발견한 주민들이 소란을 떨기 시작했다.

들뜬 눈빛들을 보고 있자니, 어디 먼 곳에 떨어져 살던 반가운 친척이라도 마중 나온 분위기였다.

'그런데 이 많은 사람들이 전부 같은 친척을 뒀을 리도 없고…….'

남자는 목에 건 수건으로 목 주변의 땀을 닦아 내며 의아한 눈빛을 보내었다.

"그러니까 누가 오는 거냐고요?"

보다 못한 옆자리의 아저씨가 답답하다는 듯 말했다.

"헌터님이 오신답니다."

"헌터님요? 어떤 헌터님요?"

"어떤 헌터님이겠습니까?"

차가 가까워지자 주민들이 손을 들어 열렬히 환영했다.

그들 표정에 나타난 건 진심 어린 기쁨과 감사.

'설마…….'

그제야 남자도 누가 이 마을을 방문했는지 간신히 깨달을 수 있었다.

그의 고개가 저도 모르게 뒤쪽으로 돌아갔다.

그러자 거인들에 의해 반쯤 파손된 마을의 참상이 한눈에 들어왔다. 복구에 동원된 도구들과 기계들이 곳곳에 멈춰 서 있었다.

누군가가 거인형 마수를 멈춰 주지 않았더라면, 그나마 마을의 형태나 남아 있을 수 있었을까?

수많은 추억이 담긴 고향이 하마터면 흔적도 없이 사라질 뻔했다.

내가 다닌 학교, 내가 다니던 길, 몸담은 직장까지.

그렇게 생각하자 가슴속 깊은 곳에서부터 어떤 감정이 솟구쳐 올라왔다.

코끝이 찡해졌다.

'정말 그 사람이 온다고?'

휙.

그의 고개가 도로 쪽으로 돌아갔다.

주민들이 그 헌터를 환영하는 것은 위쪽에서 시킨 일도 아니고, 남에게 보여 주기 위한 가식적인 행동도 아니었다.

마음속에서 우러나와 움직인 것이었다.

감사의 마음이 사람들의 다리를 움직였다.

어느새 남자도 자기 목에 걸고 있던 수건을 붕붕 휘두르며 차를 향해서 환호성을 내질렀다.

"와아아아-!"

뻥 뚫린 도로를 가로질러 달려오는 검정색의 고급 밴은 새것인데도 불구하고, 얼마나 험지를 거쳐 왔는지 흙먼지에 뒤덮여 10년은 굴린 것처럼 보였다.

번호판에 번호 대신 적힌 글자인 '일본 헌터협회'가 흙먼지에 가려져 읽기 힘들 정도였다.

차의 험한 상태가 그동안의 격렬했던 싸움을 말해 주는 것 같아 주민들의 마음이 더욱 뭉클해졌다.

감정이 풍부한 사람들은 눈물까지 보였다.

잠시 뒤 능숙한 운전 솜씨로 움직이던 밴이 그들 앞에서 깔끔히 멈춰 섰다.

끼익.

"와아아아-!"

"헌터님!"

열렬한 환대를 받으며 선글라스를 낀 유진호가 운전석에서 내려섰다.

착.

유진호는 몰려든 주민들에게 일일이 손을 흔들어 주었다.

그때.

"헌터님!"

진우 일행을 기다리고 있었던 일본 헌터협회 직원 하나가 사람들 사이를 간신히 비집고 나왔다.

헥헥, 숨을 몰아쉬던 그가 자세를 바로 하고 물었다.

"성진우 헌터님 되십니까?"

직원은 일본어를 썼지만 다행히 그중에서 알아들을 수 있는 단어가 하나 껴 있었다.

"노."

여유롭게 고개를 가로젓던 유진호가 검지를 들어 하늘을 가리켰다.

"데얼."

그러자.

키아악-

비룡 카이셀이 기분 좋은 울음소리를 냈다.

"저, 저게 뭐시여!"

"뭐여!"

자라 보고 놀란 가슴 솥뚜껑 보고 놀란다고 하던가?

거인형 마수의 공포에 한동안 시달렸던 주민들이 하늘을 날고 있는 검은 생물을 보고 움찔 어깨를 떨었다.

그러나 카이셀은 주민들의 머리 위를 돌기만 할 뿐이었다.

키아아악—

카이셀에게 적의가 없다는 사실을 깨달은 주민들은 여전히 무섭다는 얼굴을 하면서도, 신기한 눈빛으로 위를 응시했다.

그 순간.

카이셀 위에서 검은 인영이 뛰어내렸다.

쿵!

'지배자의 권능'으로 가볍게 착지한 진우를 보고 주민들이 눈을 휘둥그레 떴다.

"……."

특히 진우와 가장 가까이 있는 협회 직원은 안경 끝을 쥐고서 아무 말도 하지 못했다.

그를 대신해 유진호가 진우에게 말을 전해 주었다.

"형님, 이분이 형님을 찾으셨습니다."

"그래?"

돌아선 진우가 직원 앞에 섰다.

코앞까지 다가온 진우를 보고 뒤늦게 정신을 차린 직원이 빠르게 고개를 가로저었다.

상부에서 절대 실수하지 말라고 신신당부했던 헌터님 앞이다.

간신히 잡념을 털어 낸 직원이 엄숙한 표정을 짓더니 꾸뻑 고개를 숙였다.

"반갑습니다, 성진우 헌터님. 일본 헌터협회 가나자와지부의 다나카 히로시입니다."

고개를 들어 올린 그가 자신이 마중을 나온 이유를 설명했다.

"제가 오늘 헌터님의 안내를 맡게 되었습니다. 잘 부탁드립니다."

물론 전부 일본어였다.

진우가 유진호를 돌아보았다. 유진호도 진우를 바라보았다.

"……."

"……."

방글방글 웃고 있는 유진호의 얼굴을 보고, 그에게 일본인의 말을 이해하고자 하는 의지가 전혀 없다는 사실을 알게 된 진우가 한숨을 푹 내쉬었다.

하는 수 없이 진우는 일본어 통역이 가능한 그림자 병사를 소환했다.

'왕이시여…….'

그림자에서 올라온 베르가 정중히 진우에게 고개를 숙였다.

인사가 끝난 베르는 직원을 향해 돌아섰다.

'이자는 제가 맡겠습니다.'

'아니, 네가 그렇게 말하니까 다른 의미로 불안해지는데…….'

그렇게 생각한 사람이 진우만은 아니었는지 직원은 말할 것도 없고, 주민들 역시 베르를 보고서 얼굴이 딱딱하게 굳어졌다.

"인간."

베르는 직원에게 다가가 가슴을 활짝 펴 보이고서 말했다.

"주군께 전하고 싶은 말이 무엇이냐?"

지켜보고 있던 주민들의 입에서 일제히 탄성이 흘러나왔다.

그림자 병사가 대화하는 것을 처음 들어 본 유진호도 놀라 물었다.

"형님, 재가 말도 할 수 있었습니까?"

"어."

진우는 고개를 끄덕였다.

괴물같이 쩌렁쩌렁 울리는 목소리만 빼면 원어민으로 봐도 무방할 유창한 일본어였다.

'하긴…….'

섭취한 숫자로 따지면 일본인이 제일 많았으니 당연하다면 당연한 일일지도 모른다는 생각에 도달한 순간, 진우는 왠지 머리가 지끈거려서 한 손으로 이마를 움켜쥐었다.

직원과 몇 마디를 나눈 베르가 진우에게 돌아섰다.

"왕이시여. 이자는 마을의 안내를 맡은 자로, 성심을 다해 주군을 모시겠다고 합니다."

"근데 뭐라고 대답했기에 저 사람 얼굴색이 저렇게 하얘져?"

"허튼수작을 부리면 발끝에서부터 머리카락 하나까지 전부 다 먹어 치우겠다고 했습니다, 왕이시여."

"……그래."

뭐 어떤가.

뜻만 통했으면 됐지.

직원은 진우 뒤로 가서 선 베르의 눈치를 살피며 조심스레 말했다.

"이쪽으로 가시죠."

안쓰러울 정도로 창백해진 직원의 얼굴에 안타까운 마음이 든 진우가 고개를 끄덕였다.

"네."

진우 일행은 직원의 안내에 따라 마을 안쪽에 위치한 폐창고로 향했다.

입구가 따로 없이 문이 있었던 한쪽 벽면이 완전히 날아간 창고에는 거인형 마수의 사체가 반듯이 누워 있었다.

"여깁니다."

사체를 가리킨 직원이 한쪽으로 비켜섰다.

진우가 다가가 사체를 살폈다.

치열했던 전투의 흔적이 여실히 남아 있는 마수의 사체에는 무수한 이빨 자국과 뜯어먹힌 상처들이 가득했다.

'너네들…… 이거 먹었냐?'

베르를 돌아보는 진우의 눈빛이 예리했다.

진우가 돌아보기 전부터 이미 허리를 직각으로 굽히고 있었던 베르가 시선을 바닥에 고정시켰다.

어째서일까?

유진호는 형님과 개미의 관계를 보며 부장에게 굽실거리는 만년 과장의 모습을 떠올렸다.

진우의 시선이 다시 사체 쪽으로 옮겨 갔다.

사실 사체만 제대로 남아 있다면 그림자를 추출하는 데는 문제가 없었다.

'그냥 기분이 찝찝한 거지.'

일본 내 모든 거인들을 처치한 진우는 병사들에게 죽어 아직 그림자 추출을 하지 못한 마수들을 찾아다니는 중이었다.

그러다 보니 사체의 상태를 보면 어느 부대와 싸웠는지 금방 알 수 있었다.

대개 개미 군단과 마주친 마수들은 이런 꼴을 면치 못했다.

"후-."

무참히 뜯어먹히며 죽어 갔을 마수를 바라보며 나직하게 한숨을 내쉰 진우가 소매를 걷어붙였다.

손끝이 사체로 향했다.

진우의 입에서 근엄함이 담긴 목소리가 흘러나왔다.

"일어나라."

그러자 진우를 따라 발 디딜 틈 없이 몰려든 주민들이 너 나 할 것 없이 동시에 탄성을 내질렀다.

와아-!

비명과 함께 그림자 속에서 온전한 상태로 나타난 거인 병사가 진우에게 한쪽 무릎을 꿇었다.

쿵!

가볍게 성공.

이걸로 27번째 거인 병사가 완성되었다.

'이제 둘 남았나?'

진우는 늠름한 거인 병사를 올려다보며 씩 미소를 지었다.

* * *

같은 시각 한국.

헌터협회의 회장실에서는 고건희가 리모콘으로 이리저리 채널을 돌리고 있었다.

하지만 어디를 봐도 온통 진우의 일본 이야기로 도배되어 있었다.

한국뿐만이 아니었다. 세계 어느 곳의 뉴스 채널을 틀어도 마찬가지였다.

성진우는 이번 일로 자신의 이름 석 자를 전 세계에 확실히 각인시킨 것이다.

"허허."

고건희 협회장은 마치 자기 일처럼 싱글벙글 연일 웃음이 떠날지 몰랐다.

만약 그날 일본으로 가겠다는 성진우 헌터를 말렸더라면…….

괜히 진저리가 쳐진다.

말년에 일생일대의 실수를 저지를 뻔했다.

진우가 스스로 나서 준 것에 감사할 정도로, 이번 일로 인해 한국 헌터계의 위상이 급부상한 것이다.

한 사람 덕분에 한국이 신흥 헌터 강국으로까지 언급되고 있었다.

그러니 협회장의 입장에선 진우의 활약이 대견하고 기쁠 수밖에.

다만 한 가지 불안한 점은.

"협회장님."

마침 우진철 부장이 노크 후 협회장실로 들어섰다. 잇따른 성과로 그는 최연소 부장 타이틀을 달았다.

가볍게 목례를 올린 우진철이 상황을 보고했다.

"놈이 중국 쪽으로 방향을 틀었다고 합니다."

"그래?"

예상치 못한 상황이었다.

진우가 거인들을 처치해 나가는 동안 그중 하나가 바다로 뛰어들었다.

태평양 쪽으로 가는가 했던 놈이 갑자기 방향을 정반대로 틀어서 중국으로 향하고 있다는 소식은 신선한 충격이었다.

고건희가 물었다.

"중국의 반응은 어떤가?"

"류즈캉이 직접 나선다고 합니다."

고건희는 소파에 등을 기댔다.

"그럼 문제는 없겠군."

세계 최강의 다섯 헌터 중 한 명, 류즈캉이 직접 나선다면 거인형 마수는 중국 땅을 밟아 보기도 전에 사지가 분리될 터.

진우가 자리를 비운 지금, 놈의 진로가 한국이 아닌 것이 다행이었다.

안심하는 협회장의 얼굴을 보고 우진철도 마음이 놓이는지 미소를 지었다.

문득 그의 시야에 TV 화면이 들어왔다.

파괴된 일본의 모습과 절규하는 일본인들, 그리고 구조와 복구 작업이 개시되는 장면이 하나씩 흘러나왔다.

"안됐군요."

우진철이 혀를 찼다.

"안됐지…… 안된 일이야."

고건희도 동의했다.

한국도 4년 전 제주도에서 겪었던 아픔이었다. 그 아픔을 잊었다 말하기엔 상처가 너무 깊었다.

제주도의 복구 작업도 아직 진행 중에 있으니까.

고건희가 말했다.

"하지만 누군가의 고통이 누군가에겐 희망이 되고는 하지."

"예?"

"전후 패망한 일본이 어떻게 세계 2위의 경제 대국으로 다시 발돋움했는지 알고 있나?"

"우리나라의 전쟁 때문 아닙니까?"

"그렇지, 전쟁 특수. 우리에게도 비슷한 일이 일어나려 하고 있다네."

고건희 협회장은 씁쓸한 얼굴로 탁자 위에 수북이 쌓인 서류 더미 맨 위에 손을 얹었다.

"이것들이 전부 일본의 복구 사업에 뛰어들고 싶어 하는 우리 기업들이 보내온 견적서라네."

한국 기업들은 발 빠르게 움직였다. 심지어 몇몇 기업은 진우가 일본으로 날아가자마자 견적서를 보내왔을 정도였다.

다른 기업들도 벌써 움직일 준비를 끝마쳐 놓은 상태였다.

'누군가의 고통이 누군가에겐 희망이 된다…….'

아니, 정확히는 이득이 된다.

협회장이 말한 바를 정확히 이해한 우진철이 협회장과 마찬가지로 씁쓸한 눈빛을 보냈다.

그러다 깜빡 잊었다는 듯 말을 꺼냈다.

"아, 협회장님."

"응?"

"마쓰모토 일본 헌터협회장이 자수했다고 합니다."

"그가?"

그리도 뻔뻔하게 굴던 남자가 어떻게 태도를 바꾸었을까?

자세한 이야기를 나누려 했던 고건희가 전화벨 소리를 듣고서 손을 뻗었다.

뚜르르- 뚜르르-

전화를 들어 올리자 수화기 너머에서 다급한 목소리가 들려왔다.

—협회장님, 접니다.

주치의의 목소리였다.

지금은 몰려드는 환자들로 눈코 뜰 새 없이 바쁠 시간.

고건희는 고개를 갸웃거렸다.

"자네가 이 시간에 무슨 일인가?"

—중요한 일이라고 생각되어서 부득이하게…….

"중요한…… 일?"

고건희의 목소리도 신중해졌다.

몇 가지 그럴싸한 상황들이 고건희의 머릿속을 스쳐 지나갔으나, 주치의는 전혀 예상하지 못하고 있었던 이름을 꺼내었다.

—혹시 협회장님은 유명한 회장님의 상태를 알고 있으셨습니까?

유명한 회장은 한국 헌터협회의 가장 큰 조력자 중 한 사람.

고건희 협회장과는 개인적인 친분도 있었다.

그가 어떻게 됐다는 걸까?

대답을 독촉하는 협회장에게 주치의의 설명이 이어졌다.

—유명한 회장님이 오늘 우리 병원에 오셨습니다.

고건희가 벌떡 일어섰다.

"혹시 위험한 상태는 아니겠지?"

—안타깝게도…… 저희가 더 이상 손을 쓸 수 있는 부분이 없었습니다.

내려앉은 정적.

잠시 끊겼던 주치의의 목소리가 조용히 이어졌다.

—유명한 회장님은 '최후의 수면' 상태에 들어가셨습니다.

* * *

성진우 헌터를 인터뷰하고 싶다는 방송국들과 신문사들의 전화 폭주로, 일본 헌터협회는 업무가 마비될 지경이었다.

뚜르르- 뚜르르-

"네, 일본 헌터협회……."

–저 방금 전화 드렸던 사람인데요, 인터뷰 대신에 짤막하게 문답만 몇 개 주고받는 건 어떻습니까?

"그게 인터뷰잖습니까, 국장님?"

–아니, 아니, 그럼 헌터님 얼굴은 안 내보내고 자막으로만 나가는 걸로.

"헌터님께서 촬영이나 인터뷰는 거절한다고 하셨습니다. 죄송하게 됐습니다."

딸깍.

뚜르르- 뚜르르-

"네, 일본 헌터협회……."

–XX TV의 뉴스 총괄 PD입니다. 다름이 아니오라…….

"안 됩니다."

딸깍.

이런 식의 전화가 하루에도 수백 통 이상 쏟아지니 정상적인 업무가 불가능해질 수밖에.

부서의 책임자는 이제 전화벨 소리만 들어도 머리가 아파 올 정도였다.

하지만.

'그만큼 여론의 관심이 성진우 헌터님에게 집중되어 있다는 거겠지.'

그들의 관심을 이해하지 못하는 것은 아니었다.

일본의 국토가 4할 가까이 소실된 위기가 한 사람의 손에서 해결됐는데 누가 관심을 보이지 않을 수 있을까?

자신부터가 성진우 헌터가 대체 어떤 사람이고, 또 그의 입에서 어떤 말이 나올지 궁금했다.

그래도 그건 그거고 이건 이것.

자신에게는 '일본 헌터협회'의 직원이라는 직책이 있었다.

인터뷰를 하지 않겠다고 밝힌 성진우 헌터의 뜻을 존중해, 쏟아지는 매스컴들의 요청을 헌터협회 차원에서 사전 차단하는 것이 자신의 할 일이었다.

'나라를 구해 준 은인에게 불쾌감을 줘서는 안 되지.'

비장한 얼굴로 고개를 끄덕이는 책임자에게 신입 사원 하나가 머뭇거리며 다가왔다.

"저어…… 과장님."

책임자는 신입이 뭐라고 말을 하기도 전에 먼저 선수를 쳤다.

"안 된다고 해."

안 들어도 뻔하지, 뭐.

또 어디 방송국이나 신문사의 높은 분들 윽박에 못 이겨 자신에게 확인을 받으러 왔으리라.

한데 이번엔 좀 달랐다.

"아뇨, 그게 아니라 한국에서 연락이 온 것 같습니다."

"한국에서?"

"네. 한국 헌터협회의 고건희라는 분이 책임자를 바꿔 달라고 하셔서요."

대수롭지 않게 신입의 이야기를 듣던 책임자의 얼굴에 당혹감이 떠올랐다.

"고건희?"

"네."

한국 헌터협회에 고건희라는 이름을 가진 사람이 두 명일 리가 없다.

성진우 헌터와 한국 헌터협회의 협력 관계는 이미 널리 알려진 사실. 이번에 성진우 헌터의 원정을 발표한 사람도 그가 아니던가?

눈이 휘둥그레진 책임자가 후다닥 자기 자리로 달려가서는 목에 굵은 핏줄을 세웠다.

"전화 연결해! 얼른!"

"아, 네."

"전화 바꿨습니다, 고건희 협회장님. 제가 담당자입니다."

반신반의하며 수화기를 들었던 책임자의 얼굴이 유창하게 흘러나오는 일본어에 점점 굳어졌다.

"네, 네. 알겠습니다. 네, 지금 바로 연락해 드리겠습니다."

* * *

몇 번을 봐도 질리지가 않는다.

"이야……."

유진호는 오늘 또 한번 감탄을 터트렸다.

거인의 사체에서 일어난 거대한 검은 괴물이 진우에게 무릎을 꿇으며 충성을 맹세하는 장면은, 볼 때마다 영화의 한 장면처럼 깊은 감동을 주었다.

'정말 멋지십니다, 형님!'

존경스러운 시선으로 눈을 빛내던 유진호의 귓가에 뒤쪽의 소란스러운 목소리들이 들려왔다.

"와아-!"

"아니, 저게 어떻게……?"

"뭐, 뭐야, 저건?"

웅성웅성.

몇 번을 다시 본 자신도 아직 익숙해지지가 않았는데, 진우의 능력을 처음 본 마을 주민들의 심정은 어떨까?

말은 알아듣지 못해도 대충 어떤 대화가 오가고 있는지는 예상할 수 있었다.

유진호는 자기 일처럼 어깨가 으쓱해졌다.

에헴.

왠지 우쭐해져 있는 유진호에게, 이들 두 사람을 찾아온 일본 헌터협회 직원이 말을 건넸다.

"혹시 헌터님 되십니까?"

"아, 형님이라면 저기……."

유진호는 '헌터'라는 단어에 진우를 가리켰지만, 직원은 고개를 빠르게 저으며 진호를 가리켰다.

"노노. 유."

유진호가 눈을 끔벅거렸다.

"미?"

"예스."

짧은 영어로 자신임을 재차 확인한 유진호는 얼떨결에 직원이 내미는 휴대전화를 넘겨받았다.

전화를 받는 유진호의 얼굴이 점점 굳어졌다.

전화가 끊어질 때까지 유진호는 그저 '네, 네.'만 반복할 뿐이었다.

거인 병사를 그림자에 저장한 진우가 폐창고를 빠져나왔다.

기다렸다는 듯 진우에게 다가선 유진호가 고개를 숙였다.

"죄송합니다, 형님. 저 한국에 가 봐야 할 것 같습니다."

유진호의 심각한 표정에 진우가 물었다.

"무슨 일 있어?"

"저도 잘 모르겠습니다. 집에 문제가 생겼으니 일단 귀국하랍니다."

"……."

진우는 입을 다물었다.

짐작 가는 일이라면 한 가지 있긴 했다.

'유 회장의 병…….'

만약 그게 맞는다면 전화를 건 사람이 진호에게 자세한 이야기를 할 수 없었던 사정도 이해가 갔다.

타국에 있는 아들에게 아버지가 가사 상태에 빠져 있다고 어떻게 말할 수 있었을까?

진우는 더 이상 묻지 않았다.

"그래. 지금까지 수고했어."

"아닙니다, 형님. 끝까지 함께하지 못해서 죄송합니다."

다시 한번 정중히 사과한 유진호는 일본 협회가 준비한 차에 올라탔다. 운전사는 차를 거꾸로 돌려 곧장 공항 쪽으로 출발했다.

'…….'

진우는 아무 말 없이 멀어지는 차의 뒷모습을 조용히 지켜보았다.

진우 앞에선 태연하게 굴려고 노력했지만, 사실 유진호는 불안감을 숨길 수가 없었다.

어머니의 목소리.

언제나 다정하고 따스했던 목소리가 그렇게 흔들린 적은 처음이었다.

'무슨 일이시지?'

심장이 쿵쾅쿵쾅 뛰었다.

혹시 허락도 받지 않고 진우를 따라 무작정 일본 땅을 밟은 것 때문에 아버지께서 무척 화가 나신 걸까?

제 발로 사지를 찾아 들어가는 자식을 반길 부모는 없을 테니 말이다.

달리는 차 안에서 창밖을 멍하니 보던 유진호가 뭔가를 떨쳐 내려는 것처럼 고개를 크게 가로저었다.

'아니, 그냥 아무 생각 말자.'

무슨 일인지도 모르는데 걱정해 봐야 머리만 복잡해질 뿐이니까.

의외로 별일 아닐지도 모른다.

인천공항에 도착할 때까지는 그런 기대감이 조금은 남아 있었다.

하지만.

"유진호 군."

자신을 마중 나온 김 비서 아저씨의 부어 있는 두 눈을 발견한 순간, 심상치 않은 일이 일어났음을 깨달았다.

"아저씨……."

"차를 대기시켜 놨습니다. 일단 저와 같이 가시죠."

'어떻게 된 겁니까.'

묻고 싶은 마음은 굴뚝같았다. 하지만 어떤 대답이 돌아올지 무서워 그 일곱 자를 입에 담지 못했다.

"어서."

김 비서가 공항 바깥을 가리켰다.

"아……."

그러나 어떻게 된 일인지 발걸음이 떨어지지 않았다.

그 마음을 아는지 김 비서가 착잡한 얼굴로 유진호의 어깨에 손을 올렸다.

"진호 군……. 이럴 때일수록 마음을 굳게 먹어야 합니다. 가면서 다 설명해 드리겠습니다."

그 한마디에 눈물이 핑 돌기 시작한 유진호였다.

차로 이동하는 동안, 김 비서는 유진호에게 유명한 회장의 현재 상태를 설명했다.

그럴 리가 없다.

유진호는 김 비서의 설명을 속으로 애써 부정했다.

아니, 믿기 싫었다.

그러나 병원에 도착하고 유리로 된 벽 너머로 죽은 듯 잠들어 있는 아버지의 모습을 보았을 땐 믿지 않을 수가 없었다.

동시에 가슴속 무언가가 무너지는 기분이 들었다.

그렇게 강해 보였던 아버지가 병마에 쓰러져 초라한 모습으로 누워 있는 것을 보니 속에서 뭔가가 울컥 올라왔다.

"아버지!"

당장 병실 안으로 뛰어 들어가려는 유진호를 의사들이 막아섰다.

마력을 컨트롤할 수 없는 헌터의 접근은 병을 더 심화시킬 뿐이다.

의사들의 설명에 유진호가 혼이 나간 얼굴로 변했다.

"그런가요……."

언제나 아버지를 실망시키기만 했던 아들이었다.

그런데 마지막 순간까지 아버지의 손 한번 잡아 볼 수 없다니. 너무도 자신다운 결말에 눈물조차 나오지 않았다.

"전 끝까지 쓸모가 없는 아들이네요."

낙심한 채 돌아서는 유진호에게 김 비서가 검은 가죽케이스로 된 파일 하나를 건넸다.

"이게…… 뭡니까?"

파일을 건네받은 유진호가 고개를 들었다.

김 비서는 담담히 말했다.

"회장님이 쓰러지기 직전에 작업하고 계셨던 물건입니다. 혹시 눈을 뜨셨을 때 찾으실까 봐 제가 가지고 있었는데, 지금은 진호 군에게 더 필요할 것 같네요."

"저한테요?"

김 비서와 파일을 번갈아 보던 유진호가 천천히 파일을 펼쳤다.

안에는 신문 스크랩이 가득했다.

형님 유진성과 누나 유진희의 기사가 담긴 신문이 한 장도 빠지지 않고 차곡차곡 정리되어 있었다.

부전자전.

마음에 드는 기사만 보면 일단 스크랩해 두는 버릇이 어디서 왔나 했더니 아버지에게서 물려받은 것이었다.

'이런 취미가 있으셨다니.'

슬픈 와중에도 형과 누나의 어린 시절 모습들을 보자 피식 웃음이 새어 나왔다.

형과 누나는 아버지의 자랑이었다.

각종 경시대회, 공모전, 유수의 콩쿠르까지.

각자 분야에서 전국적으로 이름을 날리던 천재들.

두 사람 기사가 가득한 것은 당연한 일이었다.

페이지를 넘길 때마다 유진호는 여기에 사진 한 장 올리지 못한 자신이 한없이 부끄러워졌다.

그러다 마지막 페이지를 넘기던 유진호의 손끝이 멈추었다.

『아진 길드의 부사장, 유진호는 누구인가?』

『일본으로 간 두 명의 헌터.』

『D급 헌터의 선택. 용기인가, 만용인가?』

자신의 이름이 담긴 기사들.

별거 아닌 가십 수준의 기사도 빠지지 않고 정성스레 오려 붙여져 있었다.

"어……."

유진호는 말이 나오지 않았다.

그러다.

오리다 만 신문 한 장이 바닥으로 떨어졌다.

급히 몸을 숙여 기사를 주워 들던 유진호의 두 눈에 주르륵 눈물이 흘렀다.

보스급 거인을 해치우고 나서 달려온 기자들에게 촬영을 거부한 형님을 대신해 활짝 웃으며 사진을 찍은, 자신의 모습이 담겨 있는 기사였다.

기사의 날짜는 오늘이었다.

김 비서가 유진호의 어깨에 손을 올리고서 말했다.

"유 회장님은 진호 군을 사랑하지 않으셨던 게 아닙니다. 사랑하는 만큼 진호 군에게 거는 기대도 크셨던 거지요."

한동안 말없이 어깨를 떨던 유진호가 가까스로 마음을 추스르고는 몸을 일으켰다.

"아버지는…… 아버지를 깨울 방법이 있습니까?"

김 비서는 어두운 얼굴로 고개를 가로저었다.

'최후의 수면' 상태에 들어간 환자가 눈을 뜬 경우는 없었다.

단 한 번의 예외를 제외하고는.

문득 거기까지 생각이 미친 김 비서가 어렵게 입을 열었다.

"혹시 유진호 군."

"예?"

"……아닙니다. 아무것도."

하지만 김 비서는 차마 말을 꺼내지 못했다.

괜한 기대감을 심어 주는 것이 때로는 더 가혹한 경우가 있다.

지금이 바로 그런 경우.

유리 너머로 아버지를 바라보며 눈물을 흘리는 유진호와 하고 싶었던 말을 속으로 삼킨 김 비서.

두 사람의 대화를 유진호의 그림자가 조용히 듣고 있었다.

3. 기적

3. 기적

“일단 집으로 가시죠.”

“……예.”

유진호는 김 비서와 함께 유 회장의 병실을 떠났다.

하지만 병실 문이 닫히기 직전, 유진호의 발밑에서 그림자 일부가 떨어져 나와 다시 병실 안쪽으로 흘러들어 가는 것은 아무도 보지 못했다.

탁.

문이 닫히자 자동으로 병실의 불이 꺼졌다.

그렇게 시간이 흘렀다.

야심한 시각이 되어 병실을 찾아오는 이가 없어졌을 때, 유 회장의 침대 밑에서 그림자 하나가 기어 나왔다.

스르륵.

그 그림자 위로 개미 병사 한 마리가 올라왔다.

두리번거리던 녀석이 잠든 유 회장을 발견했다.

이게 웬 떡인가?

키엑-

유 회장에게 시선을 고정한 개미 병사가 군침을 뚝뚝 흘리는 찰나, 녀석이 그림자 속으로 빨려 들어가고 대신 그 자리에 진우가 나타났다.

스킬 '그림자 교환'의 효과였다.

교환을 쓰기 전부터 은신으로 몸을 숨기고 있었던 진우가 주위를 살폈다.

주변은 빛 하나 없이 캄캄했지만 이미 감각 스탯이 절정에 도달해 있는 진우에게는 대낮처럼 훤히 보였다.

어둠 속에서 차갑게 빛을 내는 진우의 눈동자가 감시 카메라의 유무 확인을 끝냈다.

'깨끗한 거 같네.'

주변에 있는 사람이라고는 문밖에서 병실을 지키는 가드 네 명이 전부.

갑작스럽게 눈을 뜬 유명한 회장이 고래고래 소리를 지르는 일이 일어나지 않는다면 들킬 위험은 없었다.

확신이 선 진우는 '은신'을 풀었다.

스으으윽.

투명했었던 전신이 윤곽을 드러내며 차츰 본래의 색을 찾아갔다.

진우가 이렇게 이중, 삼중으로 주의를 기울이는 이유는 하나.

'생명의 신수'라는 아이템의 존재를 함부로 드러내서는 안 된다고 생각했던 까닭이었다.

얼마 전 유 회장은 백지 수표를 내밀었다.

그것으로도 모자라 원하는 것은 무엇이든, 자신의 능력 범위 내에서 들어준다고 했다.

그가 베풀기 좋아하는 호인이라 그런 거래를 제안했을까?

아니, 그럴 리가.

그는 철저히 손익을 판단해야만 살아남을 수 있는 기업가들 중에서도 정점에 서 있는 남자다.

부모에게서 물려받은 자그만 기업체를 세계 굴지의 대기업으로 일궈 낸, 타고난 기업가.

그는 '자신의 병을 낫게 만들 수 있는 것'의 가치가 얼마나 되는지 알고 있었던 것이다.

그래서 자신이 할 수 있는 최선을 제시했다.

하지만 세상 모든 이들이 전부 유 회장처럼 신사적이지는 않다.

절박함은 때로는 무모함을 부르는 동기가 될 수 있었다.

화근은 만들지 않는 것이 상책.

때문에 진우는 할 수 있다면 최대한 '생명의 신수' 아이템의 존재를 숨기고 싶었다.

아무리 동생 같은 녀석의 아버지라 해도, 잘 알지도 못하는 유 회장을 위해서 앞으로 생길 수 있는 여러 위험을 무릅쓸 정도로 진우는 어수룩하지 않았다.

'생명의 신수 같은 물건을 달라고 한다고 덜컥 내놓는 순진한 사람이 몇이나 되겠느냐마는…….'

최대한 조심스럽게 때를 기다렸고, 마침내 적당한 타이밍이 넘어왔다.

어차피 조금 늦게 치료된다고 해서 생명에 지장이 있다거나 후유증이 남는 건 아니니까.

굳이 손해 보는 사람을 찾는다면 유 회장이 쓰러졌다는 소식에 유진과 관련된 주식들을 급하게 정리하고 일찌감치 손을 턴 주주들 정도.

'이래서 주식은 모 아니면 도라는 소리가 나오는 건가?'

진우는 피식 웃으며 인벤토리를 열어 다섯 개 있는 '생명의 신수' 중 하나를 꺼냈다.

이 한 병을 쓰고 나면 이제 남은 건 네 병.

병으로 부모님을 잃는 것이 어떤 기분인지 알기에, 진호를 위해 이 한 병을 쓰는 것이 아깝지 않았다.

'자식이 왜 울고 그래. 듣는 사람 맘 아프게.'

진우는 유명한 회장의 상체를 일으켜 세운 뒤, 입을 벌리고는 '생명의 신수'를 흘려 넣었다.

조금씩, 천천히.

유 회장은 마치 그것이 자신을 살릴 수 있는 유일한 생명 줄임을 아는 것처럼 꿀꺽꿀꺽 잘도 넘겼다.

"쿨럭."

병은 금방 비었다.

유 회장의 상체를 다시 침대에 눕힌 진우가 빈 병을 창고로 돌려보냈다.

어머니 때의 기억과 마찬가지로, 금세 유 회장의 혈색이 돌아왔다.

약해져 있던 심장박동 소리도 점차 강해지기 시작했다.

진우는 고개를 끄덕였다.

'됐어.'

약효는 잘 먹혀들었다.

이제 남은 일은 유명한 회장이 깨어나기 전에 이곳을 빠져나가 흔적을 남기지 않는 것.

진우는 스킬 '은신'으로 몸을 숨기고 병실 문 앞에 섰다.

위이잉-

"어?"

"뭐지?"

안쪽이나 바깥에서 버튼을 눌러야만 열리는 문이 자동으로 작동하자 가드들은 당황했다.

"어!"

그러다 병실 안, 유리 벽 너머의 유 회장을 보았다.

문이 저절로 열리는 것보다 수십 배, 아니 수백, 수천 배는 더 당황스러운 일이 병실 안에서 일어나고 있었다.

몸을 일으키는 유 회장을 발견한 가드들의 눈이 휘둥그레졌다.

"어, 어?"

"회, 회장님이!"

귀신이라도 본 것처럼 굳어 있던 가드 한 명이 목에 힘줄을 세웠다.

"닥터! 닥터어!"

의사를 부르러 달려간 한 사람을 제외하고, 나머지 가드들이 병실 안으로 몰려 들어갔다.

"회장님!"

"괜찮으십니까?"

유명한은 푹 쉬고 일어난 사람처럼 개운한 얼굴로 가드들을 둘러보았다.

“왜 이렇게들 소란인가? 자네들은 또 누구고?”

“저희들은…….”

“아니, 잠깐.”

유명한은 가드들의 말을 끊고 주위를 둘러보았다.

익면증 환자를 위한 VIP 병실.

병에 걸렸다는 사실을 알게 된 이후 진즉부터 준비해 뒀기에 이곳이 어디인지 한 번에 알아볼 수 있었다.

‘그렇다는 말은…….’

설마 내가.

“쓰러졌다가 다시 깨어난 건가?”

위이잉-

유명한 회장의 고개가 소리가 들려온 쪽으로 돌아갔다. 유리 벽 너머에서 병실 문이 천천히 닫히고 있었다.

* * *

팅!

엘리베이터 문이 열렸다.

복도 끝에서 구름처럼 몰려오는 의사들을 바라보던 진우가 엘리베이터에 올라탔다.

그러고 보니 진호 생일이 이번 달 말이라고 했던가?

‘좀 이르지만 생일 축하한다, 진호야.’

아버지의 쾌유.

아마도 진호에게 최고의 생일 선물이 되리라 생각하면서, 진우는 엘리베이터의 1층 단추를 눌렀다.

꾹.

뒤늦게 안으로 들어와 1층 단추를 누르려던 한 남자가 저절로 켜지는 불을 보고 멈칫했다.

"뭐야…… 무섭게."

은신해 있는 진우 외엔 아무도 없는 내부를 스윽 둘러보던 그는 '어우 씨' 한마디를 남기고 황급히 나가 버렸다.

'죄송합니다, 아저씨.'

마음속으로 깊은 사과의 뜻을 전달한 진우가 닫힘 버튼을 꾹꾹 눌렀다.

덜컹.

움직이기 시작한 엘리베이터 안에서 진우는 스킬을 확인했다.

'스킬 정보.'

[스킬 : 그림자 교환 Lv.2]

직업 전용 스킬.

필요 마나 없음.

지정한 그림자 병사와 시전자의 위치를 뒤바꿀 수 있습니다.

한 번 시전한 후에는 2시간의 대기 시간이 지나야 다시 사용할 수 있습니다.

대기 시간은 스킬 레벨에 따라 달라집니다.

1시간 54분 11초 후 스킬 사용이 가능합니다.

'1시간 54분이라…….'

뒤에 11초는 무시한다고 쳐도 2시간 가까운 시간이 남아 있었다.

아직 그림자 추출 작업이 마무리되지 않았다.

즉, 남은 사체를 찾아 그림자 병사로 만들려면 한 번은 더 일본으로 건너가야 한다는 소리.

그림자를 남겨 두고 왔으니 '그림자 교환'의 쿨타임만 끝나면 해결될 일이지만, 문제는 남은 2시간가량을 어디서 어떻게 때우느냐 하는 것이었다.

'집은…… 안 되고.'

일주일 만에 집으로 돌아온 아들이 들어온 지 몇 시간도 안 돼 다시 떠나야 한다면 어머니께서 어떤 표정을 지으실까?

보지 않아도 눈에 선했다.

팅!

1층에 멈춰 선 엘리베이터의 문이 슥 열렸다.

서울 일신 병원.

병원 문을 나서는 순간까지도 고민에 고민을 거듭하던 진우에게 문득 좋은 아이디어가 떠올랐다.

'어디 주인 없는 던전이라도 있는지 찾아볼까?'

은신을 해제한 진우가 기감을 확장시켰다.

인근에서 네다섯 개 정도의 게이트가 느껴졌다. 헌터폰을 꺼내든 진우가 협회 어플로 들어가 게이트 정보를 확인했다.

'……찾았다.'

두 개의 게이트가 신고되지 않았다는 사실을 확인한 진우의 얼굴에 미소가 어리었다.

* * *

“아가씨, 도착했습니다.”

“감사합니다, 기사님.”

거의 혼절 직전까지 가신 어머니를 집으로 모셔다드리고, 다시 병원으로 돌아온 유명한 회장의 장녀 유진희가 차에서 내려섰다.

아버지가 병으로 죽어 가고 있다는 사실을 알았을 때는 하늘이 무너지는 것 같았다.

그래도 유진희는 아버지의 말을 철석같이 믿었다.

“치료 방법을 백방으로 알아보는 중이다. 실마리를 찾은 것 같으니 걱정하지 말거라.”

다른 사람이 자신의 불치병을 치료하겠다고 호언장담했다면 절대 믿지 않았을 것이다.

하지만 그녀의 아버지가 누군가?

대한민국의 재계를 좌우하는 거인, 유명한 회장이 아닌가?

그래서 일말의 희망을 갖고 있었는데 결국 일이 이렇게 되어 버리다니.

이럴 줄 알았다면 유학 같은 것은 집어치우고 아버지와 좀 더 많은 시간을 보낼걸.

유학을 가겠다고 말했을 때 섭섭함을 애써 감추시던 아버지의 눈빛을 떠올리며 그녀는 눈물을 훔쳤다.

그런데.

고개를 들어 올리는 그녀의 눈앞에 낯익은 얼굴 하나가 슥 지나갔다.

'어, 이 사람?'

어디서 많이 본 얼굴.

어디서 봤을까 생각하는 동안, 그 남자도 시선을 의식했는지 후드를 눌러쓰고 빠르게 멀어졌다.

남자의 등을 보며 잠깐 고개를 갸웃거린 그녀가 걸음을 재촉했다.

그 남자가 누구든 지금 중요한 일이 아니었다.

초조하게 엘리베이터의 문이 열리길 기다리던 유진희의 폰이 다급하게 벨을 터트렸다.

따라라라 라라.

시간이 시간인 만큼 인적 없이 텅 비어 있는 병원 안이라 벨 소리가 유난히 더 크게 울렸다.

모르는 번호.

애초에 모르는 변호는 잘 받지 않는 성격이지만.

'누구지……?'

오늘 하루 너무 많은 일들을 겪게 되어서 그런지 전화를 받아야만 할 것 같은 기분이 들었다.

유진희는 통화 버튼을 누르고 폰을 귓가에 가져다 댔다.

"여보세요."

―네, 여기 서울 일신 병원인데요. 어머니께서 전화를 받지 않으셔서 연락을 드렸습니다.

방금 안정제를 맞고 잠이 드셨으니 당연히 전화는 받을 수 없겠지.

그런데 무슨 일일까?

유진희는 담당의의 연락에 덜컥 겁이 났다.

그래서 조심스레 물었다.

"무슨 일이시죠?"

-실은 유명한 회장님께서…….

설명을 듣던 그녀의 눈이 토끼처럼 커졌다.

거짓말.

이걸 지금 나보고 믿으라고?

눈가가 촉촉이 젖어 가면서, 그녀는 물었다.

"그게…… 그게 정말인가요?"

-저희들도 지금 두 눈으로 보지 못했다면 믿지 못했을 겁니다. '최후의 수면' 상태에서 환자가 깨어나는 일은 유례를 찾아보기 힘드니까요. 아무튼 빨리 오셔야 합니다. 회장님께서 언제 다시 잠들어 버리실지 모릅니다.

"자, 잠시만요! 지금 바로 밑이에요."

팅!

마침 열리는 엘리베이터 안으로 유진희가 몸을 던지듯 들어갔다.

세상에.

'정말…… 정말로?'

엘리베이터가 올라가는 그 몇 분간이 유진희에게는 인생에서 가장 긴 시간처럼 느껴졌다.

팅.

문이 열리자마자 병실로 들이닥친 유진희는 자신을 돌아보는 아버지의 얼굴을 마주할 수 있었다.

머리부터 발끝까지 조금도 의심할 여지가 없는 아버지의 모습 그대로였다.

"아빠!"

의사들에게 둘러싸여 있던 유명한이 딸아이를 돌아보았다.

"진희……?"

"아빠!"

와락 안겨 드는 딸의 등을 토닥이며 유명한은 다시 한번 자신이 죽음에서 돌아왔음을 실감했다.

'나는 살아났다.'

하지만 이것을 과연 우연이라 할 수 있을까?

기적이라고 소곤거리는 담당의들의 반응과 목 놓아 아빠를 찾는 딸의 흐느낌 속에서, 유명한은 가만히 자기 심장이 뛰는 소리에 귀를 기울였다.

'이…… 이럴 수가?'

두근, 두근, 두근!

이미 50을 훨씬 넘긴 나이임에도 불구하고, 심장은 마치 20대의 그것처럼 세차게 박동하고 있었다.

아니나 다를까.

밤새 유명한의 상태를 검사해 본 담당의가 결과가 적힌 종이를 들고 연신 고개를 갸우뚱거렸다.

"아니, 이게 어떻게……."

담당의의 표정을 보고서, 유명한이 신중히 물었다.

"결과가 좋지 않습니까?"

담당의가 황급히 손을 내저었다.

“아, 그건 아닙니다. 전혀 그렇지 않습니다.”

그러면서 또다시 결과물을 뚫어져라 바라보던 그가 조심스레 말했다.

“회장님, 혹시 검사받으시기 전에 고혈압 약을 복용하셨습니까?”

어젯밤까지만 해도 죽느니 마느니 했었던 몸이다. 눈을 뜨긴 했으나 약까지 챙길 겨를은 없었다.

“먹지 않았소.”

유명한은 고개를 가로저었다.

그럴 줄 알았다며 고개를 끄덕인 담당의가 난처한 얼굴로 대답했다.

“한데 현재 혈압이 상당히 안정되어 있으십니다. 아니, 이 정도면 정상인보다 훨씬 건강한 상태이십니다.”

유명한 회장의 눈이 커졌다.

‘이게 무슨 소리인가?’

최후의 수면 상태로 들어가 꼼짝없이 죽는 줄 알았는데, 자고 일어나 보니 지병이었던 고혈압이 말끔하게 없어져?

담당의는 계속해서 차트를 읽어 내려갔다.

“그 외에도 회장님 신체의 모든 기능이 완벽하게 돌아가고 있습니다. 나이만 가리면 20대 청년의 검사 결과라고 해도 믿어질 정도입니다.”

어떻게 이런 일이 있을 수 있을까?

유명한 회장이 놀라고 있는 만큼, 아니 그 이상으로 담당의 또한 경악을 금치 못했다. 두 눈으로 직접 보고서도 믿기지가 않을 수준이었다.

불과 몇 주 전.

유명한 회장이 처음 쓰러져 이 병원으로 실려 왔을 때, 그를 검사했던 결과지의 잉크가 아직 다 마르지도 않았다.

그런데 며칠 새 뒤바뀐 이 검사 결과는 어떻게 설명해야 할 것인가?

그동안 체질이 바뀌기라도 했단 말인가? 그것도 전날 밤까지 불치병 때문에 죽어 가던 사람이.

담당의는 자신의 심경을 이렇게 토로했다.

"제가 의사 생활만 30년이지만 이런 경우는 처음입니다. 이건…… 이건 기적이라는 말 외에는 설명할 수 없군요."

익면증에 걸린 환자가 '최후의 수면' 상태에서 깨어난 데다, 오히려 잠들기 이전보다 훨씬 더 건강한 몸으로 변했다.

기적이라는 단어가 존재하는 이유는 바로 이 같은 상황을 표현하기 위해서가 아닐까?

놀라움을 숨기지 못한 담당의가 나지막이 탄성을 터트리고는 활짝 웃었다.

"축하드립니다, 유 회장님. 익면증은 완전히 치료되었습니다."

그러면서 지금 당장 마라톤 풀코스를 뛰어도 될 정도라고 덧붙였다.

하지만.

'…….'

유명한은 기뻐하기에 앞서 무언가를 곰곰이 생각해 보다가 고개를 들었다.

"혹시 제가 있던 병실 근처에 감시 카메라가 설치되어 있습니까?"

"예? 갑자기 그게 무슨……."

"확인하고 싶은 것이 있습니다. 병실 안이나 입구에 감시 카메라가 설치되어 있습니까?"

"병실 안에는 없지만 입구 쪽에는 하나 있을 겁니다."

옳거니.

유명한은 고개를 끄덕였다.

'이건 우연히 일어날 수 있는 일이 아니다.'

이미 우연으로 치부해 버릴 수준을 넘어섰다.

분명히 짐작도 하기 힘든 능력을 지닌 누군가의 개입이 있었으리라.

그 누군가에 대해서는 대충 짚이는 바가 있었다.

'너무도 큰 은혜를 졌다.'

빚지고 살아 본 기억이 없는 유명한이었다. 앞으로도 누구에게든 빚을 질 생각은 없었다.

한데, 목숨을 구한 빚은 어떻게 해야 갚을 수 있는 것일까?

아니.

빚을 갚고 갚지 않고를 떠나 은인의 이름 정도는 알아야 하지 않겠는가.

유명한은 그것을 직접 확인해 보고 싶었다.

"어젯밤에 녹화한 감시 카메라 영상을 내게 보여 주시오."

* * *

당연하게도 영상에는 아무것도 찍혀 있지 않았다.

"여기서 문이 한 번 오작동한 것이 전부입니다."

가드가 화면을 손가락으로 가리키며 그때의 상황을 설명했다.

창은 안으로 잠겨 있었으니, 입구는 병실 문이 전부다.

그런데 병실 문을 지키던 가드 넷이 입을 모았다. 병실로는 개미 새끼 한 마리도 들어가지 않았다고.

다들 경비 업체의 전문가들인 만큼 실수는 없었을 터.

"흐음……."

설마 진우에게 '은신' 스킬이 있을 것이라고는 상상도 하지 못한 유명한의 머릿속이 복잡해졌다.

마침 김 비서가 급히 영상실 안으로 들어왔다.

"회장님, 알아보고 왔습니다."

"그래, 어떻게 됐나?"

"그것이……."

슬쩍 주변인들의 눈치를 살피던 김 비서가 유명한의 귓가에 손을 붙였다.

"협회에 문의해 보니 그때 성진우 헌터님은 일본에 계셨다고 합니다. 헌터님의 입국일은 아마 내일이 될 것이라고 하더군요."

"……."

성진우 헌터가 아니고선 이런 일을 가능하게 만들 수 있는 사람이 없다고 생각했었는데.

유명한은 자신의 짐작이 틀렸음을 깨달았다. 그가 아니라는 사실을 알았다.

'그런데 어째서…….'

여러 증거들을 확인하고도 여전히 가슴 한구석에 미심쩍은 느낌이 남아 있는 것일까?

영문을 모를 일이었다.

하지만 유명한 회장이 진우와 닮은 점이 한 가지 있다면, 풀리지 않을 문제에 미련을 두지 않는다는 것이다.

"알겠네."

유명한이 이어 말했다.

"의사 말로는 지금 당장 마라톤을 완주해도 끄떡없을 거라고 하더군. 내일부터 바로 회사로 나갈 테니 자네가 준비해 주게나."

그답다고 할까.

평소와 다를 바 없는 유명한의 모습에 김 비서가 웃음을 삼키며 대답했다.

"회장님, 지금 매스컴에서 회장님을 뭐라고 부르는지 아십니까?"

어제까지만 해도 죽은 거나 다름없다던 인간이 멀쩡히 일어났으니 온통 난리가 났겠지.

하지만 그것이 뭐 대수인가?

유명한은 표정 하나 변하지 않고 되물었다.

"뭐라고 부르는가?"

"불사신이랍니다, 불사신."

"불사신?"

웬만해서는 웃음을 잘 보이지 않는 유명한의 입꼬리가 슬쩍 움직였다.

불사신.

'미다스의 손'이니, '포커페이스'니 하는 쓸데없는 소리만 늘어놓던 매스컴이 어쩐 일로 괜찮은 별명을 가지고 왔다.

허허.

유명한은 단어를 곱씹으며 기분 좋은 미소를 지었다.

"불사신, 불사신이라."

어떠한 역경에도 굴하지 않았고, 죽을병에서까지 살아 돌아온 자신에게 딱 맞아떨어지는 별명이 아닌가?

유명한은 자신에게 찾아온 두 번째 기회를 감사히 받아들이며 흡족한 얼굴로 웃었다.

"그것참 마음에 드는군."

* * *

한국이 유명한 회장의 소식으로 떠들썩한 때.

일본으로 돌아간 진우는 결국 29명의 거인 그림자 병사들을 모두 모으는 데 성공했다.

'드디어…….'

감격에 찬 진우가 1호부터 29호까지 거인 병사들을 일렬로 쫙 줄 세웠다.

거인의 사체가 있는 곳을 찾아다니며 병사들을 모으는 과정은 어떤 게임을 떠올리게 했지만, 수고의 보상은 게임 같은 것과는 비교하기 미안할 정도로 크게 차이가 났다.

거인 병사 29기.

검은색 증기를 풀풀 피워 대는 늠름한 스물아홉 거인 들을 바라보고 있으니 천군만마를 얻은 듯했다.

'한 마리 빠진 게 조금 아쉽기는 하지만…….'

게이트를 지키고 있었던 하나 빼고, 게이트에서 튀어나온 거인형 마수들의 숫자는 전부 서른 마리.

그중 하나는 바다로 도망쳐 그림자 추출을 할 수 없었다.

그래도 나머지 스물아홉을 온전히 다 모았다는 데서 가슴 벅찬 뿌듯함이 밀려왔다.

스물아홉의 거인 병사가 한군데 모여 있으니, 폐허로 변한 도시가 가득 찬 느낌이었다.

물론 진우가 거인 병사들을 불러낸 이유는 텅 빈 도시를 장식하기 위해서도, 거인 병사 콜렉션을 감상하기 위해서도 아니었다.

진우가 거인들을 둘러보며 물었다.

"너희들 중에서 누가 제일 강하지?"

개미 군단의 베르, 정예 군단의 이그리트, 하이오크 군단의 어금니처럼 거인 병사들도 그들을 통솔할 하나가 필요했다.

거인 병사들이 서로 눈치만 살피고 나서려 하지 않자, 참다못한 베르가 앞으로 나와 목청에 힘을 주었다.

키에에에에에에에엑-!

대기를 찢을 것 같은 거센 포효에 거인들이 어깨를 움찔 떨었다.

하긴.

거인 병사들 중에는 베르 손에 당한 녀석도 있을 테고, 설령 그렇지 않더라도 힘의 차이야 극명하니 두려워하지 않을 수가 없으리라.

키엑!

베르의 따끔한 질책을 얻어맞고 나서야 거인 병사 하나가 슬금슬금 손을 들어 올렸다.

베르가 뒤돌아서 고개를 숙이자 진우는 엄지를 척 세워 주었다.

"잘했어."

그런데 그때.

진우도 베르도 예상하지 못한 일이 일어났다.

손을 든 동료를 보고 또 다른 거인 병사 하나가 머리 위로 번쩍 손을 들어 올린 것이다.

'그래도 내가 재보다는 낫다' 하고 말하는 눈빛으로.

"오."

알고 보니 눈치를 본 게 나서지 않으려 했던 것이 아니라, 누가 가장 강한지 자기들도 여태 잘 몰랐던 모양이었다.

의외의 상황에 진우가 피식 웃음을 터트리며 둘을 불러냈다.

"22호, 6호 앞으로."

유난히 주먹이 큰 6호와, 전체적으로 다부진 체격의 22호가 걸어 나왔다.

진우의 눈매가 가늘어졌다.

'흐음…….'

두 병사들의 주장처럼 둘의 마력이 엇비슷해 진우의 뛰어난 기감으로도 우열을 가리기가 힘들었다.

일이 이렇게 됐다면 방법은 이제 하나뿐.

진우가 씩 웃었다.

"둘 다 준비됐지?"

6호와 22호가 서로를 마주 보고 섰다.

둘의 눈빛에서 한 치도 양보하지 않겠다는 의지가 강렬히 뿜어져 나왔다.

"시작!"

진우의 신호와 함께 두 거인 병사가 뒤엉켰다.

쿵! 쿠궁! 쿵!

한참 승부를 벌인 끝에 종이 한 장 차이로 아슬아슬하게 큰 주먹의 6호가 22호를 때려눕혔다.

“좋아. 이제부터 6호가 거인 군단의 대장이다.”

6호가 커다란 두 주먹을 위로 쳐들자 승부를 지켜봤던 다수의 그림자 병사들이 환호를 보내 주었다.

‘이제 거인들의 대장도 정해졌고.’

이걸로 진짜 일본에서 해야 할 모든 작업이 끝났다.

진우는 상태 창을 불러왔다.

‘상태 창.’

띠링, 하는 익숙한 기계음과 함께 글자와 숫자들의 조합이 눈앞에 떠올랐다.

이름 : 성진우

레벨 : 122

직업 : 그림자 군주

칭호 : 악마 사냥꾼 (외 2)

HP : 65,230

MP : 115,160

피로도 : 0

[스탯]

근력 : 292 체력 : 281

민첩 : 305 지능 : 310 감각 : 277

(분배 가능 능력치 포인트 : 0)

물리 데미지 감소 : 65%

[스킬]

패시브 스킬: (알 수 없음) lv.max, 근성 lv.1, 단검의 대가 lv.max

액티브 스킬: 신속 lv.max, 살기 lv.2, 난도 lv.max, 단검 쇄도 lv.max, 은신 lv.2, 지배자의 권능 lv.max

[직업 전용 스킬]

액티브 스킬: 그림자 추출 lv.2, 그림자 저장 lv.2, 군주의 영역 lv.2, 그림자 교환 lv.2

[착용한 아이템]

붉은 기사의 투구(S), 악마 군주의 귀고리(S), 악마 군주의 목걸이(S), 악마 군주의 반지(S), 구도자의 상의(A), 구도자의 장갑(A), 구도자의 하의(A), 구도자의 신발(A)

일본 원정의 성과가 한눈에 들어왔다. 괴물같이 늘어난 능력치들이 눈에 띄었다.

모든 스탯 수치가 3백에 가까웠으며, 가장 투자를 많이 했던 지능은 3백이 넘어간 지 오래였다.

하루도 거르지 않았던 일일 퀘스트의 보상과, 거인들을 사냥하며 올린 레벨들, 그리고 가진 골드를 털어 구입한 상점표 방어구 세트의 덕분이었다.

'구도자의 방어구 세트.'

그동안은 아이템에 집착하지 않았다.

하지만 천사상과 거인들의 왕이 언급했던 군주들과 지배자들이 힘이 얼마나 강한지 알 수가 없었다.

그들과 마주하게 되었을 때 스스로를 지킬 도구가 필요했다.

'힘이 봉인되어 반시체나 다름없던 거인들의 군주가 그 정도라면, 다른 녀석들은 정말로 괴물 같은 힘을 가지고 있을지도 모른다.'

진우는 그림자 군주의 기억 속에서 만난 여섯 날개의 천사들을 떠올렸다.

그들과 싸울 수 있으려면 지금보다는 훨씬 더 강해져야만 했다.

진우의 시선이 아이템 목록에서 레벨 쪽으로 올라갔다.

[레벨 : 122]

단 하나의 군주를 잡고서 레벨이 여덟 계단이나 올라갔다.

그 군주란 놈들과 싸우다 보면 자신이 얼마나 더 위로 올라갈 수 있을지 상상조차 가지 않았다.

두근.

가슴이 뛰었다.

두려움.

그리고 두려움 뒤에 숨어 있는 설렘이 동시에 느껴졌다.

'나는 성장한다.'

성장으로 얻은 힘은 내가 지키고자 하는 모든 것들을 지킬 수 있는 버팀목이 되리라.

또다시 심장이 뛰었다.

두근, 두근, 두근.

두 개의 심장이 거칠게 뛰는 소리에 귀청이 다 아플 지경이었다.

그러나 기분 나쁘지 않은 통증이었다.

'좋아.'

누군가의 접근을 감지한 진우가 그림자 병사들을 모두 자신의 그림자에 저장했다.

타타타타타—!

조금 떨어진 곳에서, 자신을 데리러 온 일본 헌터협회의 헬기가 지상으로 내려앉고 있었다.

일단은 집으로.

진우는 기쁜 마음으로 헬기에 몸을 실었다.

* * *

일본 정부는 출국 전까지 편히 쉴 수 있도록 진우에게 5성급 특급 호텔을 제공했다.

굳이 비행기를 기다릴 필요 없이 '그림자 교환'으로 돌아가려고 했던 진우는 일본 정부의 호의를 거절할 생각이었다.

그러나.

"국가의 은인을 소홀히 대접했다는 오명을 남기지 않게 해 주십시오. 이렇게 부탁드리겠습니다, 헌터님."

일본 정부의 간곡한 요청에 마음을 바꾸었다.

1박에 4백만 원이라는 특급 호텔 스위트룸에 처음 발을 들인 소감은 '정말로 이렇게 넓고 좋은 방을 나 혼자 써도 되는 건가?' 하는 것이었다.

어제 막 들여놓은 것처럼 반짝이는 집기들을 둘러보던 진우가 창가에 붙어 섰다.

그러자 시내의 전경이 한눈에 내려다보였다.

전망이 좋으면 좋을수록 집의 가격이 올라간다고 하더니, 과연 비싼 방값이 부끄럽지 않은 멋들어진 야경이었다.

'이런 도시가 마수들의 손에 불타 없어질 뻔했다니.'

진우는 황폐화된 도쿄를 떠올리며 혀를 끌끌 찼다. 더 늦기 전에 일본에 도착한 것이 다행이라는 생각이 절로 들었다.

'……그만 자자.'

오랜 야영을 끝내고 보낸 호텔에서의 하룻밤은 꿀맛 같았다.

다음 날.

비행기 시간이 다가오자 일본 헌터협회의 직원들이 찾아왔다.

"안녕하십니까, 헌터님."

안내를 맡은 남자 직원이 유창한 한국어로 인사했다.

"공항까지 모셔다드릴 차가 준비되어 있습니다."

그렇지 않아도 호텔 방에 갇혀 있기 지루했던 참이었다.

진우는 구석에 던져두었던 짐 가방을 들고 돌아왔다.

"지금 바로 출발하죠."

"헉!"

방을 나서려는 진우를 보고서 직원이 당황스러운 얼굴을 했다.

"허, 헌터님…… 혹시 여분의 옷이 없으신가요?"

직원의 반응을 이해하지 못하는 것은 아니었다.

격렬했던 전투의 흔적이 고스란히 남아 있는 상하의는 피와 땀으로 얼룩져 있었으니까.

'최대한 조심한다고 하기는 했는데…….'

거인들의 온몸에서 쏟아지는 대량의 혈액을 전부 다 피해 내는 건 애초에 불가능했다.

다른 옷들도 죄다 비슷한 처지여서 진우는 어깨를 으쓱하는 걸로 대답을 대신했다.

직원이 미소를 지으며 공손하게 물었다.

"저기, 헌터님만 괜찮으시다면 오늘 입으실 옷을 저희가 준비해 드려도 되겠습니까?"

듣던 중 반가운 소리였다.

괜히 피가 묻은 옷을 입고 다닐 이유도 없고, 죄지은 것도 아닌데 숨어 다니긴 싫었으니까.

진우의 표정을 보고 속마음을 알아챈 직원이 웃으며 말했다.

"바로 준비해 드리겠습니다. 잠시만 기다려 주세요."

미리 준비하고 있었는지 직원이 전화를 걸자 10분도 안 돼서 여러 벌의 정장을 손에 든 남자들이 우르르 몰려왔다.

'벌써?'

의외라는 눈빛의 진우에게 직원이 해맑게 대답했다.

"혹시 이런 일이 있을지도 모른다는 생각에 대기시켜 놨었습니다."

순식간에 색상과 사이즈별로 나열된 정장들을 보면서 진우는 터져 나오려는 탄성을 속으로 삼켰다.

'혹시 몰라서'라는 말로 설명하기에는 준비가 참으로 철저하지 않은가.
“혹시 옷 말고도 더 필요한 것이 있으시다면.”
진우는 손을 내저었다.
“아뇨, 괜찮습니다.”
지금까지의 서비스만으로도 충분히 만족스러웠다.
일본 헌터협회가 애를 쓰고 있는 것이 느껴졌다.
정장들을 둘러보던 진우는 그중 사이즈가 적당한 한 벌을 골라 갈아입고서 거울 앞에 섰다.
가져온 옷들이 다 최고급 정장이라 그런지 아주 사람이 달라 보였다.
‘이 정도면 괜찮은 거 같은데?’
자동으로 미소가 지어졌다.
옷매무새를 가다듬고 돌아서자, 아까 전까지 여분의 옷이 없냐고 당황하던 직원이 감탄을 터트렸다.
“아주 잘 어울리십니다, 헌터님.”
“이제 출발하죠.”
“알겠습니다. 헌터님 짐은 저희 직원들이 옮겨 드리겠습니다.”
기다렸다는 듯 방으로 들어온 건장한 직원 두 사람이 진우의 짐들을 들었다.
손가락 하나라도 까딱하게 만들지 않겠다는 일본 헌터협회의 의지가 느껴지는 극진한 대접을 받으며, 진우는 5성급 특급 호텔의 문을 나섰다.
곧 진우를 태운 검은 세단이 공항 쪽으로 출발했다.

* * *

공항에 들어서니 일본 헌터협회가 어째서 그렇게 복장에 신경을 써 줬는지 알 수 있을 것 같은 기분이 들었다.

차창 밖으로 보이는 사람, 사람, 또 사람들.

"……."

할 말을 잃고서 조용히 창 너머를 바라보고 있는 진우에게 직원이 격앙된 목소리로 말했다.

"여기 있는 모두가 헌터님을 한 번이라도 보고 싶다고 모여든 사람들입니다."

이 정도라면 억지로 긁어모은다고 모을 수 있는 숫자로 보이지도 않았다.

"대체 몇 명이나 모인 겁니까?"

"정확하지는 않지만, 십만 명이 넘는 것으로 예상됩니다."

"그렇게나 많이……."

진우가 탄 차는 통제되고 있는 도로 위를 미끄러지듯 조용히 움직였다.

커브를 틀자 또 지금까지 봐 왔던 사람들의 숫자만큼이나 많은, 아니 그 이상의 인파가 진우가 탄 차량을 맞아 주었다.

"이미 성 헌터님은 일본을 구한 영웅이십니다."

"……."

진우의 입장에서는 그저 자신이 할 수 있는 일을 했을 뿐이다.

하지만 그것은 진우가 아니면 할 수 없는 일이었다.

방송에서, SNS에서, 혹은 두 눈으로 직접 거인형 마수들을 접한 일본인들은 절망에 떨어야 했다.

아무도 일본에 발생한 국가적 재앙을 돌보려 하지 않았다.

모두가 일본은 끝났다고 한목소리로 입을 모았다.

그러나 그때.

옆 나라 한국에서, 어쩌면 한국 대통령보다 더 유명한 사람일지 모르는 고건희 한국 헌터협회장의 발표가 나왔다.

"한 사람. 일본의 거인형 마수들을 처치하고 싶어 하는 헌터가 있습니다."

기자회견을 생방송으로 보고 있던 수많은 일본인들이 숨을 멈추고 화면에 집중했다.

"그 헌터는 누구입니까?"

기자의 질문이 이어진 뒤, 고건희 협회장은 마이크에 최대한 입술을 붙이고서 말했다.

"성진우 헌터님이십니다."

진우가 제주도를 점거하고 있던 S급 개미 마수들을 혼자 전부 처리한 헌터라는 것은 널리 알려진 사실.

고건희 협회장의 입에서 성진우 세 글자가 나오자 일본 전체가 들썩거렸다.

그들에겐 진우만이 한 줄기 유일한 빛이었다.

그리고 일주일 후.

진우는 한국을 떠나기 전 공표했던 대로 일본 전역의 거인들을 깔끔히 제거하고 귀향길에 올랐다.

진우를 보기 위해 이렇게 많은 일본인들이 모여드는 것은 어찌 보면 당연한 결과였다.

재해 지역의 뒤처리 문제로 혼란한 상황만 아니었더라면 이보다 배는 더 많은 사람들이 몰려왔을 거라고, 직원이 설명을 덧붙였다.

그러면서 꺼내는 말이.

"실은 총리님께서도 성진우 헌터님을 만나 뵙기를 간절히 원하고 계십니다. 한 번만 시간을 내주실 수 없으십니까?"

직원의 표정이 어느 때보다 진지했다.

그가 위에서 받고 있는 압력이 어느 정도인지 쉽게 가늠이 갔다.

하지만 싫은 것은 싫은 것.

진우는 처음 제안을 받았을 때와 마찬가지의 대답을 내놓았다.

"쓸데없는 일에 시간을 버리고 싶지 않네요."

딱 부러지는 진우의 태도에 그만 웃어 버린 직원이 웃음을 삼키면서 고개를 끄덕거렸다.

"하하…… 알겠습니다."

이런저런 사소한 대화를 나누는 사이, 어느덧 차가 공항 입구 앞에 섰다.

진우는 평소처럼 차분히 차에서 내려 땅을 디뎠다.

그러자 누가 먼저라고 할 것도 없이 뜨거운 박수가 터져 나왔다.

진우가 사람들을 돌아보았다.

"헌터님!"

"성진우 헌터님!"

그들이 하는 말은 전혀 알아들을 수 없었지만 그들의 눈빛, 목소리, 손짓 하나하나가 언어를 대변했다.

깊은 감사와 존경의 마음이 공기를 통해서 전해져 왔다.

그림자 속에 숨어서 지켜보고 있던 베르가 진우에게 말을 걸어왔다.

'왕이시여, 많은 백성들이 주군께 진심 어린 경외의 마음을 보내고 있습니다.'

'그런 거 아니다.'

'왕께서도 손을 들어 백성들에게 화답하시는 것이…….'

'아니, 그런 거 아니라니까.'

어디서 자꾸 이상한 것만 보고 배워 가지고.

베르의 말을 무시하고 돌아서려던 진우가 멈칫하더니 물었다.

'근데 네가 그러면 다른 개미들이 좋아하냐?'

베르는 아주 자랑스럽게, 밖에 나와 있었다면 위풍당당한 표정을 짓고 있을 것 같은 목소리로 대답했다.

'물론입니다, 왕이시여.'

하긴.

베르한테는 포효 한 번으로 개미 병사들의 사기를 올려 주는 스킬까지 있으니.

진우는 고개를 끄덕였다.

이렇게 많은 사람들이 자신을 보러 와 줬는데 개미도 하는 인사를 못할 이유는 또 무엇인가?

다시 사람들을 향해 돌아선 진우가 머뭇거리며 들어 올린 손을 좌우로 흔들어 주었다.

그러자 박수 소리가 거세지면서 환호성이 터져 나왔다.

짝짝짝짝-!

가만 보니 안내를 맡았던 직원까지 옆에서 격렬히 손뼉을 마주치며 눈시울을 붉혔다.

"감사합니다!"

"감사합니다, 헌터님!"

"고마워요!"

코끝이 빨개진 직원이 소매 끝으로 눈가를 훔치고는 말했다.

"가시죠, 헌터님. 이제 곧 비행기가 뜹니다."

진우는 손을 내렸다.

그래도 박수 소리는 그치지 않았다. 진우의 뒷모습이 사라질 때까지, 보이지 않게 되는 순간까지 계속됐다.

십만이나 되는 인파의 배웅 속에서 진우가 탄 비행기가 날아올랐다.

그다음 날.

일본의 한 저명한 칼럼니스트가 이런 글을 썼다.

만약 국민들의 지지만으로 국가의 수장이 정해져야 한다면, 그날 우리는 최초의 외국인 총리를 보게 됐을 것이라고.

* * *

다섯 명의 국가 권력급 헌터 중 하나, 크리스토퍼 리드.

그가 아닌 밤중에 눈을 떴다.

원인은 주변의 소음.

최고의 헌터인 그가 들려오는 잡음에 일일이 신경을 썼다면 단 하루도 잠들 수 있는 날이 없었을 것이다.

그렇다.

그는 주위가 시끄러워서 깬 것이 아니었다.

오히려 그 반대.

'왜 이렇게 조용하지?'

조금만 정신을 집중해도 들려와야 할 온갖 소음들이 거짓말처럼 전부 사라져 있었다.

이불을 걷어 내고 일어서 방문을 열어 보았다.

대저택의 곳곳에 배치되어 있는 고용인들의 기척을 느낄 수 없었다.

마치 폐가에 들어와 있는 것처럼 을씨년스러운 분위기가 흘렀다.

텅 빈 복도를 가만히 바라보고 있던 크리스가 테이블 위에 올려 둔 와인 잔을 들고 다시 문 앞에 섰다.

그러고는 와인 잔을 복도에 던져 보았다.

그의 손끝을 떠나 곡선을 그리며 낙하하던 와인 잔이 바닥에 부딪혀 산산조각 났다.

하지만.

아무 소리도 들리지 않았다.

순간 섬뜩한 기운이 등골을 스치고 지나갔다.

있어서는 안 될 일이 일어났음을 깨달았다.

그의 날카로운 감각이 위험을 경고하고 있었다. 여태까지 한 번도 겪어 보지 못한 종류의 위험.

본능은 크리스에게 어떤 행동을 강요했다.

그는 빠르게 움직였다.

침대 옆 협탁으로 달려간 그가 위에 올려 둔 핸드폰을 드는 동시에 협탁 안의 서랍을 빼냈다.

거기에 들어 있는 구겨진 쪽지 하나.

앞면에 적힌 글귀는 이랬다.

도움이 필요하시다면 여기로 연락하십시오. 고건희 한국 헌터협회장이 그를 연결해 줄 겁니다.

헌터관리국 부국장은 떠나기 전 고용인에게 쪽지 한 장을 남겼다.

뒤늦게 이 사실을 안 크리스는 쪽지 내용을 보고서 분노해 버리려고 했으나, 셀너 부인의 얼굴이 묘하게 아른거리는 바람에 차마 버리지는 못했다.

'부인은 설마 이런 상황을 예견했던 것일까?'

답은 알 수 없다.

하지만 대답을 듣고 싶다면 일단 살아남아야 했다.

크리스는 쪽지를 뒤집었다.

뒷면에 적힌 것은 고건희 협회장의 폰 넘버였다.

고건희 협회장은 영어에 능통하다고 했다.

의사소통에 문제는 없을 터.

그에게 연락하면 미스터 성의 도움을 받을 수 있다.

'…….'

주제도 모르고 일본으로 건너간 그를 보고, 크리스는 며칠 안에 부고를 들을 수 있으리라 여겼다.

하지만 그의 소환수들과 활약상들을 보고 나서는 생각이 바뀌었다.

미스터 성의 실력은 진짜였다.
셀너 부인이 말했었다.

"성진우 헌터. 그라면 당신을 지킬 수 있을지도 몰라요."

그녀가 그렇게 말했다면 그것은 틀린 말이 아닐지도 모른다.
크리스는 급히 번호를 눌렀다.
아니, 누르려고 했다.
그러나 등 뒤에서 느껴지는 인기척에 그의 손가락이 멈추었다.
"……."
도움을 요청하거나 자신의 상황을 전하기에는 이미 늦었다.
핸드폰과 쪽지를 내려놓은 크리스가 조용히 몸을 일으켰다.
천천히 돌아서자 빙글빙글 웃고 있는 금발의 남성이 보였다.
한쪽 손은 주머니에.
S급 헌터, 그것도 세계 최고 수준 헌터의 저택을 침입한 사람의 태도로 보기 힘든 여유였다.
크리스는 물었다.
"너희는 누구냐?"
눈앞에 하나.
그리고 등 뒤 벽 너머에 둘.
모두 셋이었다.
눈앞에 있는 자도 상대가 가능할지 확실하지 않은데, 그만한 적이 둘이나 더 있다니.
크리스의 이마에 식은땀이 생겼다.

눈썹 위를 흐르던 땀방울이 관자놀이 옆을 지나 턱밑에 맺혔을 때.

남자의 입에서 목소리가 흘러나왔다.

"그렇게 인간들의 편의를 봐주면서 싸우려다간 아무것도 건질 수 없을 거다, 광휘의 파편이여."

이 세상 것이 아닌 것 같은 기묘한 목소리였다.

'마수어?'

눈을 부릅뜬 크리스가 소리쳤다.

"대체 무슨 소리를 지껄이고 있는 거냐!"

흥분한 크리스 앞에서 남자는 검지를 세워 자기 입술에 붙였다.

"쉬잇. 너한테 하는 이야기가 아냐."

남자가 구사하는 유창한 영어에 크리스의 두 눈이 커졌다.

인간의 말과 마수어를 자유롭게 쓸 수 있는 사람. 크리스가 알고 있는 바로는 존재하지 않았다.

남자의 입술에서 떨어진 검지가 하늘을 가리켰다.

"저 위. 네 녀석과 연결된 놈에게 하는 이야기니까."

크리스는 남자가 하는 말을 조금도 알아들을 수 없었다.

하지만 한 가지는 분명했다.

남자가 지금 자신을 완전히 깔보고 있다는 것.

크리스의 목소리가 쩌렁쩌렁 울리기 시작했다.

"우습게 보이는가, 내가?"

그의 눈에서 붉은 섬광이 터져 나오더니, 이내 온몸에서 거센 불길이 치솟았다. 붉게 변한 그의 몸이 점점 커지며 근처의 집기들을 밀쳐 냈다.

화르륵!

전신을 불꽃으로 휘감은 그의 모습은 그야말로 화신!

4미터는 족히 되어 보이는 괴물의 눈동자에서 불꽃이 튀었다.

"적어도, 너희 중 하나는 내 손에 죽는다!"

크리스가 뒤로 휘두른 주먹이 벽과 충돌하여 폭발을 일으켰다.

투쾅!

터져 나가는 벽을 피해 뒤로 물러선 남자 둘이 모습을 드러냈다.

"영체화……?"

"인간이 영체화를?"

그들은 변형된 크리스의 모습에 흥미롭다는 시선을 보냈다.

크리스가 서 있던 바닥이 부글부글 끓어 가며 녹아내렸다.

크리스는 인류 최악의 재앙이었던 '카미쉬 레이드' 이후 처음으로 죽음을 각오했다.

화르르륵-!

그를 둘러싼 불길이 폭발하듯 격렬해지며 주위의 모든 것들을 집어삼키기 시작했다.

사방이 거친 화염에 휩쓸려 나갈 때, 불꽃의 폭풍 한가운데 선 그의 포효가 지축을 뒤흔들었다.

"죽어라, 이 빌어먹을 마수 놈들아—!"

* * *

탑승한 비행기 옆자리에 우연히 아는 얼굴이 앉아 있을 확률이 얼마나 될까?

승무원의 안내에 따라 일등석으로 이동한 진우는 옆 승객의 얼굴을 빤히 바라보다가 기가 차다는 말투로 물었다.
"설마 이걸 우연이라고 우길 겁니까?"
"그렇게 봐 주셨으면 좋았겠지만…… 아무래도 무리겠죠?"
파란 눈 외국인의 입에서 유창하게 흘러나오는 한국어는 언제 봐도 위화감이 들었다.
진우는 그에게서 시선을 떼지 않으며 자리에 앉았다.
"또 보네요, 애덤 화이트 씨."
"다시 뵙게 돼서 영광입니다, 성진우 헌터님."
미 헌터관리국의 상급 요원 애덤 화이트는 처음 봤을 때와 마찬가지로 미소를 지으며 꾸벅 고개를 숙였다.
진우가 주위를 둘러보았다.
'어쩐지…….'
일등석에 상급 헌터가 둘씩이나 타고 있다 했더니, 둘 모두 헌터관리국 소속인 모양이었다.
진우와 시선이 마주친 검은 정장 두 사람이 묵례를 보내왔다.
헌터협회 감시과 사람들도 그렇고, 어째서 요원들은 검은 정장을 제복처럼 입고 다니는 것일까?
요원이라고 티라도 내고 싶은 건가?
진우가 그런 쓸데없는 호기심으로 두 남자를 응시하고 있을 때, 애덤 화이트가 감탄을 터트렸다.
"딱 한 번 뵈었을 뿐인데 아직도 제 이름을 기억하고 계시는군요."
"그 첫 만남이 좀 강렬했어야죠."
"그때 일은 정말 죄송하게 됐습니다. 설마하니 셀너 부인의 영향력이 미치지 않는 헌터님이 계실 거라고는……."

진우는 손을 흔들었다.

그날 사과는 부국장에게 지겹도록 받았다. 이제 와서 들추어내고 싶은 생각도 없었다.

다만 한 가지 궁금한 것은 그때 깔끔히 물러난 헌터관리국의 요원들이 어째서 다시 나타났느냐 하는 것이었다.

아직까지 귀찮다 말할 수준은 아니었지만, 이런 일이 반복되면 피곤해질 것은 뻔했다.

"협상은 결렬된 것 아니었습니까?"

진우의 목소리가 낮아졌다.

그러자 애덤의 얼굴에서 미소가 사라졌다.

"연락도 없이 이렇게 찾아뵙는 것이 실례인 줄은 압니다만, 긴히 말씀드려야 할 상황이 생겼습니다."

진우는 문득 미국 동부에 떴다는 S급 게이트의 소식을 떠올렸다.

"설마 미국도 S급 게이트를 막지 못해서……?"

"아! 아닙니다. 그 건은 잘 해결됐습니다."

S급 게이트 소식이 아니라면 또 무슨 문제가 생겼다는 걸까?

혹시 거인들의 왕을 처치한 것과 연관 있는 문제는 아닐까?

관심을 표하는 진우를 보고서, 애덤이 노트북을 꺼내었다.

그가 노트북 화면에 띄운 영상에서는 대규모 산불이 일어난 듯 검은 연기가 치솟고 있었다.

애덤은 진우에게 노트북을 넘겼다.

진우는 영상을 주시했다.

소방관들은 점점 더 거세지는 불꽃을 어찌하지 못하고 진화에 애를 먹는 중이었다.

마력이 담긴 불꽃이었다.

–뭐지, 이 불? 도저히 끌 수가 없어!
–보통 화재가 아냐!
–어이, 거기! 물러서! 불꽃에 살짝이라도 닿으면 숯덩이가 된다!

소방관들은 패닉 상태였다.
어떤 방법을 동원해도 불꽃은 약해질 기미를 보이지 않았다.
오히려 세력을 넓히며 조금씩 그들을 덮쳐 왔다.
검게 그을린 나무가 쓰러지고, 쓰러지면서 부딪힌 다른 나무에 불이 옮겨붙으며 또 다른 불을 낳았다.
불은 마치 성난 파도와 같이 몰려왔다.

–하느님, 맙소사!
–지원은?
–지원은 언제 오는 거야!

그때.
때마침 도착한 헬기에서 마법 계열 헌터들이 내려섰다. 그들은 수속성 마법을 있는 대로 퍼부었다.
마법의 물보라가 숲을 수십 차례 강타하자 불길이 서서히 잡혀 갔다.
진우는 그 장면을 자세히 들여다보았다.
'이 사람들…… 최상급 헌터들이다.'

마법의 위력을 보아하니 분명 최상급 헌터들이었다.

최상급 헌터 여럿이 있는 힘껏 달라붙어서야 간신히 제압이 가능했던 불꽃.

이 사태의 원인이 된 녀석도 평범한 헌터가 아니라는 소리였다.

—오, 헌터님들!

—사, 살았다…….

—감사합니다, 헌터님들!

소방관들은 연신 감탄사를 터트리며 위력이 줄어든 잔불들을 처리해 나갔다.

헌터들이 조금만 더 늦었어도 막대한 인명 피해가 생길 뻔했던 순간이었다.

—좀 더 안쪽으로!

—불이 꺼져 간다!

—끝났어. 불은 진압됐다.

어느덧 영상은 끝나 가고 있었다.

플레이 시간이 얼마 남지 않은 영상 앞에서, 진우는 의아한 듯 물었다.

"이걸 보여 주는 이유가 뭡니까?"

확실히 흥미로운 영상이긴 하지만, 미국에서 일어난 화재 때문에 자신을 찾아온다는 건 말이 되지 않았다.

애덤은 손을 뻗어 영상을 마지막 부분으로 넘겼다.

"여기…… 뒷부분을 보시면."

아직도 피어오르는 매캐한 연기를 해치고, 시꺼멓게 변해 버린 숲의 안쪽으로 들어가자 화재의 진원지가 모습을 드러냈다.

엄청난 폭발이 있었는지 주변의 모든 것들이 안쪽에서 바깥쪽을 향해 쓸려나간 흔적이 보였다.

그 중심에.

엎드려 있는 시체 한 구가 있었다.

살아 있는지 확인할 필요는 없었다.

뻥 뚫려 있는 가슴의 구멍은 정확히 심장이 있었을 자리였으니까.

"그가 일으킨 불을 끄는 데 1,800명의 소방관들과 14명의 마법 계열 헌터님들이 동원되었습니다."

그것도 최상급 헌터들로만.

시전자가 죽고 나서 남은 불을 끄기 위해 최상급 헌터 14명이 전력을 다해야 했다?

진우는 누워 있는 자가 누구인지 어렴풋이 알 수 있을 것 같았다.

"설마 이 사람……."

자신을 돌아보는 진우에게, 애덤은 침울하게 대답했다.

"역시 알아보시는군요. 예, 그분이 크리스토퍼 리드 헌터님이십니다."

혹시나 했던 진우의 눈이 커졌다.

말도 안 되는 일.

국가 권력급이라는, 세계 최고의 헌터 중 한 사람이 누군가에게 살해당했다고?

"저희도 믿기지 않습니다만, 분명 그는 살해당했습니다."

영상의 끝에서, 소방관 한 사람이 크리스의 주검을 정면으로 뒤집어 놓았다. 그러자 크리스의 상태를 좀 더 명확하게 파악할 수 있었다.

가슴의 구멍뿐만 아니라 몸 곳곳에 끔찍한 상처들이 남아 있었다.

분명 전투가 남긴 흔적이었다.

"그리고 이게."

애덤은 품속에서 사진 몇 장을 꺼내며 말을 이었다.

"헌터관리국에서 가장 유력한 용의자로 생각하고 있는 것의 사진입니다."

'것?'

남자나 여자, 혹은 사람이 아니라 물건을 가리키는 듯한 애덤의 말투에 의아한 눈빛을 보내던 진우의 시선이 그가 건네는 사진 쪽으로 내려갔다.

사진을 받아서 살펴볼 필요도 없었다. 자리에서 일어선 진우가 손가락을 까딱이자 애덤이 딸려 올라왔다.

"어, 어?"

애덤의 눈이 휘둥그레졌다.

진우는 '지배자의 권능'으로 끌어당긴 애덤의 멱살을 틀어쥐었다.

"커헉!"

코와 코가 맞닿을 정도로 가까워진 상태에서, 진우가 목소리를 극도로 낮추며 말했다.

"이게 만약 장난이라면…… 당신, 여기서 두 발로 멀쩡히 못 걸어 나가."

단순한 협박이 아니다.

진심으로 살의를 내비치는 진우의 눈이 맹수의 그것처럼 차갑게 번들거렸다.

멱살이 단단히 붙잡힌 애덤은 목에 핏줄을 세웠다.

"하지 마! 하지 마!"

물론 진우에게 외친 소리가 아니었다.

애덤의 필사적인 만류 덕에 진우를 덮치려던 상급 헌터 둘이 가까스로 움직임을 멈추었다.

불난 곳에 기름 붓는 행위를 겨우 중지시킨 애덤이 간절히 호소했다.

"사진 속 인물은 던전에서 나왔습니다! 당신이 생각하는 사람이 아닐 수도 있어요!"

"던전……?"

애덤의 멱살을 쥔 진우의 손이 조금 느슨해졌다. 약간 숨통이 트이게 된 애덤이 급히 말했다.

"그의 마력 파장은 마수들의 것과 같았고, 다짜고짜 우리 측 S급 헌터를 공격했습니다."

진우의 시선이 애덤의 손에서 떨어져 바닥에 놓인 사진들을 향했다.

감시 카메라에 찍힌 사람은…….

진우의 아버지였다.

'던전에서 나온 아버지가, 헌터들을 공격했다고?'

혼란스러워하는 진우에게 애덤이 약간의 설명을 더했다.

"몇 달 전 헌터관리국의 폭발 사고를 기억하십니까?"

그걸 어떻게 잊을 수 있을까.

세상이 떠들썩했던 사건을.

비밀 실험의 결과니, 최상급 헌터의 폭주니, S급끼리의 싸움이니 등등 많은 말이 오고 갔었다.

"그게 아버지 때문에 일어난 일이라고?"

애덤이 고개를 끄덕였다.

"그는 우리 측 헌터를 때려눕히고 잠적했습니다. 그 후 헌터관리국이 극비리에 그의 뒤를 쫓았지만, 마치 증발한 것처럼 어떤 증거도 찾을 수 없었습니다."

"……."

진우는 묵묵히 애덤의 설명을 들었다.

"헌터님의 마음은 이해합니다. 하지만 확실히, 그는 용의자로 지목될 만한 모든 요건들을 다 갖추고 있어요."

이미 헌터를 공격한 전례가 있으며, S급 헌터를 훌쩍 뛰어넘을 만큼 강하고, 아직 어디에 있는지 행방조차 묘연하다.

헌터관리국이 '자신이 성일환이라 주장하는 무언가'를 범인들 중 하나로 여기는 것도 이상하지 않았다.

하지만 만약 애덤의 말이 모두 100퍼센트 진실이라고 해도.

진우의 눈빛이 가늘어졌다.

"그럼 굳이 이 사진을 내게 보여 준 이유는 뭡니까?"

"국제 길드 컨퍼런스."

"……?"

"헌터관리국 상부에서 전 세계 유명 길드들의 대표가 한자리에 모이는 이번 국제 길드 컨퍼런스에서 그의 수배서를 배포할 예정입니다."

더 이상 수사를 비밀스럽게 진행하지 않겠다는 얘기.

이번 사건으로 국가 권력급 헌터라는 귀중한 자원을 잃게 되어 분노한 미국 정부가, 수단과 방법을 총동원해 범인을 잡아들이겠다는 소리였다.

그런 의미에서 길드 컨퍼런스만큼 안성맞춤인 기회는 없었다.

국가 권력급 헌터의 타살.

당연히 길드들의 관심이 집중될 수밖에 없고, 헌터관리국의 발표도 이목을 집중시키리라.

"저희 헌터관리국은 성진우 헌터님과 마지막까지 좋은 관계를 유지하고 싶었습니다."

"그래서 공개 수배 전에 먼저 이 사실을 내게 알리러 왔다?"

애덤은 부자유스러운 목으로 힘겹게 고개를 끄덕거렸다.

"초, 초청받아 참석한 자리에서 갑자기 아버지의 얼굴이 나온다면 헌터님도 당황스러우실 테니까요."

그게 진짜 던전에서 돌아온 아버지든, 아버지의 모습을 본뜬 가짜든 간에 말이다.

국가 권력급 헌터의 사망에서부터, 성일환의 존재와 수배 예고까지.

아직 극비인 정보들을 누설한 것은 진우의 능력을 높이 사 그를 적으로 만들고 싶지 않았던 헌터관리국의 배려였다.

'…….'

진우의 침묵이 이어졌다.

애덤의 호소력 짙은 눈빛과 목소리에서 진심이 느껴졌다.

그것은 호의의 감정이었다.

만약 조금이라도 악의가 느껴졌다면 진우는 참을 생각이 없었다.

하지만.

아버지의 모습을 한 '그것'이 이제 미국 국적이 된 한국인 헌터, 황동수의 목을 발로 짓누르는 사진이 증거로 남아 있었다.

그를 인간으로 생각하기 힘들었다는 헌터관리국의 주장에 반박할 수가 없었다.

"부디 이럴 수밖에 없었던 저희의 사정을 이해해 주셨으면 합니다."

그제야 진우가 멱살을 놓았다.

얼굴이 시뻘게져 있던 애덤이 캑캑거리며 기침을 토해 냈다.

진우는 다시 사진을 주워 들었다.

어떻게 봐도 그건 틀림없는 아버지의 사진들이었다. 사진을 들여다보는 내내 가슴이 쿵쾅쿵쾅 뛰었다.

그때, 기내 안내 방송이 흘러나왔다.

[비행기가 곧 착륙할 예정입니다.]

일등석에서 한바탕 소동이 일어나는 동안 여객기는 무사히 인천공항에 도착했다.

진우는 은신으로 공항 주위를 가득 메운 기자들을 피해 나와서 유진호에게 전화를 걸었다.

—형님! 한국 도착하셨습니까?

아버지가 완쾌되어서 그런지, 유진호가 전보다 한층 더 밝아진 목소리로 반겨 주었다.

하지만 진우는 웃지 못했다.

"나 다음 주에 미국 한번 다녀와야겠다."

-예? 그 국제 길드 컨퍼런스 말씀이십니까? 그거 안 갈 거라고 하지 않으셨습니까, 형님?

"상황이 바뀌었어."

정보를 얻어야 했다.

더 알아야 했다.

그게 아버지인지 아닌지 단정 지을 수 있는 확신이 필요했다.

그러려면 국제 길드 컨퍼런스에 참여하는 수밖에.

"비행기표 좀 예매해 줄래?"

그러자 곧 수화기 너머로 망설임 없는 대답이 들려왔다.

-그럼 왕복으로 두 장 예매해 놓겠습니다, 형님!

* * *

애덤은 진우가 나가고도 한참 동안 자리에서 일어나지 못했다.

일어나려다 휘청이는 그를 보고 헌터들이 물었다.

"괜찮으십니까?"

"괜찮아. 그냥 좀 힘이 빠졌을 뿐이야."

자신을 다독이는 말투로 대답한 애덤이 부축을 받아 힘겹게 일어섰다.

전공인 범죄심리학 덕분에 끔찍한 범죄자들을 많이 심문해 봤지만, 사람이 이렇게까지 무서웠던 적은 난생처음이었다.

고요하면서도 차갑게 목을 죄어 오는 성진우 헌터의 눈빛.

그가 다시 자신을 해치러 올 가능성이 없다는 사실을 알면서도, 그 눈빛만 떠올리면 오금이 저려 왔다.

사진을 보여 주기 전과 후의 성진우 헌터는 아예 다른 사람 같았다.

'사람이 그렇게도 달라질 수 있구나.'

그러나 그보다 더 놀라운 사실은 따로 있었다.

애덤이 헌터들에게 물었다.

"순식간에 일어난 일이라 확인하는 건데, 방금 성진우 헌터가 손을 대지 않고 날 움직이지 않았나?"

어디 가도 눈썰미 하나로는 뒤처지는 일이 없는 상급 헌터 두 사람이 애덤의 질문에 고개를 끄덕였다.

'역시……!'

애덤은 경악했다.

자신이 잘못 본 게 아니었다. 그는 염동력을 쓸 수 있었다.

여태까지 염동력은 국가 권력급 헌터들만의 전유물이라고 생각했다. 그런데 성 헌터 또한 아무렇지 않게 염동력을 구사했다.

애덤은 소름이 쫙 돋았다.

국가 권력급 헌터 다섯 명 외에 처음 발견한 염동력 스킬 보유자였다.

'이럴 때가 아니다.'

그는 떨리는 손으로 전화를 들었다.

대기음이 몇 번 울리고 나서 부국장이 전화를 받았다.

애덤이 떨리는 목소리를 억누르며 말했다.

"부국장님…… 방금 여섯 번째를 찾은 것 같습니다."

* * *

미 헌터관리국이 초청 길드 명단을 공개했다.

[시카리오 길드, 알론 디아스 (멕시코)]
[아진 길드, 성진우 (한국)]
[이라에트비타 길드, 파비오 가르코 (이탈리아)]
…….

국제 길드 컨퍼런스.

각국을 대표하는 길드를 초청해 헌터계의 동향과 전망을 논하는 중대한 행사다.

그런데 거기 한국 대표로 '아진' 길드가 선택된 것이다.

아진의 참가는 국내외를 막론하고 큰 화제를 낳았다.

아진에 소속된 최상급 헌터는 길드 마스터인 진우 한 명이 전부.

한 명의 헌터가 최상급 헌터들이 수두룩한 세계 유수의 길드들과 비교해도 모자라지 않다는 사실을, 미 헌터관리국이 공인한 것이나 다름없었다.

그러나 당연하게도 어느 한 사람 불만의 목소리는 없었다.

자격을 논할 필요가 있을까?

이미 진우는 한국과 일본 양국에서, 해당 국가가 주저앉을 뻔했던 중대한 위기를 두 번이나 막아 낸 전력이 있었다.

그것도 홀로.

그러니 아진 길드, 정확히는 아진 길드의 전부라 할 수 있는 진우의 실력을 의심하는 사람은 없었다.

아니.

오히려 세계에 흩어져 있는 최강의 헌터들이 한자리에 모이는 행사에, 또 한 명의 강한 헌터가 오게 됐다며 흥분을 감추지 못하는 이들이 많았다.

세계 유명 언론들은 일본의 던전 브레이크 소식을 논할 때는 '반드시'라고 해도 좋을 정도로 아진 길드의 국제길드 컨퍼런스 이야기를 꺼냈다.

물론 한국에서도 예외는 아니었다.

국제 길드 컨퍼런스에 대한 관심이 뜨겁게 달아오르자 방송국에선 '헌터스'의 대표 최종인에게 인터뷰를 요청했다.

최종인은 진우 대신 자신을 불러낸 줄 알고 있으면서도 흔쾌히 요청에 응했다.

평일 방송 황금 시간대인 오후 8시, 방송국에서 촬영한 인터뷰는 전국으로 생방송됐다.

"안녕하세요, 헌터스의 대표를 맡고 있는 최종인입니다."

최종인의 스마트한 얼굴에 떠오른 깔끔한 미소가 여심을 뒤흔들었다.

방송 게시판에선 헌터스 길드가 헌터관리국의 초대를 받았어야 됐다는 여성 시청자들의 원성이 가득했다.

"반갑습니다, 최 대표님."

고개를 숙였다 든 여성 진행자가 준비했던 질문을 꺼냈다.

"요즘 아진 길드의 소식이 많은 분들의 관심을 받고 있는데요, 최 대표님께선 어떻게 생각하시나요?"

최종인은 조금의 고민도 없이 말했다.

"미 헌터관리국의 선택은 당연하다고 봅니다."

"이해한다가 아니고 당연하다고요?"

"네, 당연하다고 생각합니다."

“하지만 아진 길드는 한 사람이 전부라고 봐도 과언이 아닌 길드 아닌가요?”

“그런데 그 한 사람이 성진우 헌터잖습니까?”

최종인이 웃으며 대답하자 마주 보고 있던 진행자도 따라 웃음을 터트렸다.

그 웃음이 그치기 직전에 최종인은 능숙하게 말을 이었다.

“전투에 동원할 수 있는 길드 소속 인원을 길드원이라고 정의한다면, 이미 성진우 헌터에게는 수백 명의 길드원들이 존재합니다.”

“성진우 헌터님의 소환수를 말씀하고 계시는 거죠?”

“그렇습니다. 아마 한국뿐만 아니라 세계 어느 나라의 길드와 비교해도 아진 길드의 무력은 밀리지 않을 겁니다.”

“성진우 헌터님 한 사람 때문에요?”

“네, 그 한 사람 때문에요.”

웅성웅성.

최종인의 단호한 태도에 방청객들이 수선을 떨었지만, 정작 발언을 꺼낸 장본인은 침착했다.

진우의 활약을 직간접적으로 지켜봐 왔기에 그는 장담할 수 있었다.

지금도 그랬다.

주위를 포위한 개미 마수들에게서 길을 뚫어 냈던 진우의 모습을 떠올리면 뒷머리가 쭈뼛 서면서 온몸에 소름이 돋았다.

‘누가 그 사람을 E급 헌터였다고 생각하겠어?’

최종인이 아진 길드와의 실력 차를 깔끔하게 인정하자 인터뷰 현장이 뜨거워졌다.

만족스러운 미소를 짓던 진행자는 조심스럽게 최종인의 눈치를 살폈다.

"그래도 매년 한국을 대표해 길드 컨퍼런스에 참가해 오던 헌터스 길드 입장에서는, 그렇게 기분이 좋지만은 않을 수도 있겠다는 생각이 드는데요."

"미국행이 좌절된 건 물론 배가 아픕니다. 여권도 갱신해 놓고 기다리고 있었거든요."

최종인이 너스레를 떨자 방청석에서 깔깔 웃음이 나왔다.

"하지만 배가 아픈 것 이상으로 자랑스럽습니다."

줄곧 미소를 유지하던 최종인의 얼굴이 짐짓 진지해졌다.

방청석에서도 웃음이 점점 잦아들고, 진행자의 눈빛 또한 진중해졌다.

지금부터 하는 말이 본론이다.

최종인의 표정에서 그런 분위기가 물씬 흘러나왔다.

자연스레 모든 청중들의 시선이 그의 입술로 향했다.

잦은 방송 출연으로 인터뷰에도 꽤 익숙해진 최종인이 그렇게 잠깐 뜸을 들이며 모두의 애를 태웠다가, 다시 입을 열었다.

"생각해 보세요. 도저히 제 힘으로 감당할 수 없는 마수와 마주쳤을 때, 망설임 없이 앞을 맡길 수 있는 헌터가 나타난 겁니다."

진심이 담긴 말에는 언어로 표현하기 힘든 무게가 실린다.

한마디의 말에 실린 무게가 세트장을 짓누르자 진행자도, 방청객도 모두 말을 잃고 최종인을 바라보았다.

고요해진 세트장 위에서 최종인이 조용히 말했다.

"실제로 저와 저의 길드원들, 그리고 다른 많은 길드원들도 성 헌터의 도움으로 살아 돌아올 수 있었습니다."

최종인은 방청객들을 둘러보았다. 일부러 유도한 것은 아니었지만, 어쩐지 엄숙한 분위기가 되었다.

그런 분위기를 조금 완화시키고자 최종인은 미소를 지으며 말을 끝맺었다.

"저는 한국을 대표하는 헌터로 성 헌터가 뽑혔다는 사실이 진심으로 자랑스럽습니다."

그러자 방청객들의 우레와 같은 박수 소리가 쏟아졌다.

* * *

촬영을 성공적으로 마치고 방송국을 나서는 최종인에게 전화가 한 통 걸려왔다.

부르르- 부르르-

'음?'

진동하는 핸드폰을 들어 올렸더니 길드 내에서 자신의 참모 역할을 담당하는 조명기 부장의 번호가 떠 있었다.

"예, 최종인입니다."

-대표님, 오늘 오전 생성된 수서동 게이트, 저희가 예약 따냈습니다. A급 게이트지만 측정치가 그리 높지는 않답니다.

"잘됐네요."

반가운 소식에 미소를 떠올리려던 최종인이 고개를 갸웃거렸다.

"그런데 이번에도 아진 길드는 예약 신청을 안 했습니까?"

-네. 그렇지 않아도 요즘 아진 길드 쪽이 너무 조용하네요.

성진우 헌터가 일본에서 돌아온 지 나흘이 지났다.

그사이 수도권에 나타난 상급 게이트만도 무려 네 개.

하루당 하나꼴.

상급 게이트의 수가 가파르게 늘고 있는데도 아진 길드, 아니 정확히 말하자면 아진 길드의 전부라 할 수 있는 성진우 헌터의 움직임이 잡히질 않았다.

물론 그 덕분에 수도권의 다른 대형 길드들은 연일 축제 분위기긴 했다.

게이트만 생성됐다 하면 득달같이 달려들어 마수들의 뿌리를 뽑아 놓던 던전 파괴의 화신, 마수 처치의 귀신이 며칠째 모습을 드러내지 않고 잠잠하니 말이다.

하지만.

게이트가 있는 곳에 성진우가 없다는 묘한 괴리감이 최종인을 괜히 불안하게 만들었다.

'백호의 백윤호나 사신의 임태규라면 몰라도, 나는 다르다.'

나무에서 떨어진 사과를 보고 그저 기뻐하기만 한다면 원숭이와 다를 것이 무엇인가?

누군가는 공짜 사과에 군침을 흘리고, 다른 누군가는 만유인력을 떠올리기 마련.

갑작스러운 행운에 마냥 기뻐하고만 있을 정도로 자신은 수준이 떨어지지 않는다고 최종인이 생각하는 순간.

조명기 부장의 해맑게 웃는 목소리가 들려왔다.

-그래도 아진 길드와 경쟁이 전혀 없었기 때문에 길드 매출이 무려 40퍼센트나 올랐습니다, 대표님!

"여기 원숭이가 하나……."

-예?

"아닙니다."

빠르게 말을 얼버무린 최종인이 말을 이었다.

"협회 쪽에서는 뭐 알고 있는 거 없답니까?"

-그냥 계속 집에서 쉬고 있는 것으로 알고 있었습니다. 요즘은 길드 사무실에도 잘 안 나가고 있답니다.

"흐음……."

-뭐 복잡하게 생각할 거 있겠습니까, 대표님? 그냥 국제 길드 컨퍼런스 준비 차원에서 쉬고 있는 거 아닐까요?

최종인은 고개를 저었다.

"그럴 리가요."

성진우 헌터가 어떤 사람인데.

최종인이 말했다.

"등급 재심사 전에는 하루에 하급 게이트들을 서너 개씩 클리어하고, S급이 되고 나선 다른 길드 구역의 게이트까지 넘나들다가, 얼마 전에는 혼자 일본까지 가서 S급 던전 브레이크를 해결하고 돌아온 사람이 바로 성진우 헌터입니다."

듣고 보니 그렇다.

조명기까지 덩달아 아진 길드가 조용한 이유가 궁금해졌다.

마수가 있는 곳에는 늘 성 헌터가 있지 않았던가?

설마 거인 레이드 때문에 지친 것은 아닐 테고.

대표님이 아진 길드의 행보를 의아해 하는 것도 이상한 일은 아니라는 생각이 들었다.

—정말 그러네요.

"참. 그러고 보니 오늘은 아진 길드 경력 사원 면접일 아닙니까? 그런데 오늘도 출근을 안 했다고요?"

—예. 면접 장소에도 성 헌터님은 안 계셨습니다. 유진호 부사장이 혼자서 다 하고 있던데요?

"……."

잠시 흐르는 정적.

침묵하고 있던 최종인이 침착히 말을 이었다.

"그걸 조 부장님께서 어떻게 아시는 겁니까?"

* * *

—죽겠습니다, 형님.

전화를 받자마자 유진호가 죽는소리를 했다.

진우가 씩 웃었다.

하루 종일 지원자들 얼굴 보느라 힘들었을 거다.

추리고 추렸는데도 수백 명이 넘어간다던가?

어린 나이에도 불구하고 유진호는 진우를 대신해 부사장의 역할을 잘 해내고 있었다.

'이래서 피는 못 속인다는 건가?'

조금 어수룩해 보이는 동생이지만, 유진호의 몸에는 타고난 기업가인 유명한 회장의 피가 흐르고 있으니 말이다.

덕분에 진우는 길드 일을 유진호에게 맡기고 마음껏 움직일 수 있었다.

"수고했다."

–아닙니다, 형님. 그런데 그쪽은 좀 어떠십니까?

"여기?"

진우는 뒤를 돌아보았다.

대기하던 군인들이 준비가 끝났다는 신호를 보내왔다.

진우의 입가에 미소가 떠올랐다.

"똑같지, 뭐. 오늘은 늦어질 것 같으니 먼저 퇴근해."

–알겠습니다, 형님.

유진호의 공손한 인사를 끝으로 두 사람의 통화는 끊겼다.

일본 헌터협회 직원이 달려와 핸드폰을 비롯한 진우의 짐을 받아 들었다.

짐을 맡긴 후, 진우는 천천히 목과 어깨를 풀었다.

이 고양감.

레이드를 시작하기 전 가볍게 몸을 푸는 순간의 고양감은 늘 마음을 편안하게 해 준다.

진우가 몸을 풀고 있는 동안 말벗을 해 주고 싶었던 것인지, 아니면 정말로 궁금했던 것인지 직원이 물었다.

"헌터님이 피해 지역에 생성된 상급 게이트들을 처리해 주고 계시다는 사실을 알리면 명성이 더 높아지실 텐데, 어째서 비밀로 하시는 겁니까?"

진우의 대답은 간단했다.

진우는 몸풀기를 마치며 씩 미소를 지었다.

"조용한 게 좋아서요."

겸손은 일본에서도 최고의 미덕 중 하나다.

조용한 게 좋다는 진우의 대답을 겸손하게 행동하고 싶다는 뜻으로 받아들인 직원이 눈물을 글썽거렸다.

"필요한 게 있다면 언제든 말씀하십시오! 성심껏, 아니 죽을힘을 다해 돕겠습니다!"

……뭔가 오해가 좀 있는 것 같지만 결과만 좋다면 오케이.

어색하게 웃던 진우가 직원의 어깨를 두드려 주고는 게이트 앞으로 다가갔다.

일본 군인들이 길을 만들어 주며 진우에게 경례했다.

이번 게이트는 A급.

진우는 매일 한국과 일본을 오가며 일본이 자체적으로 해결 불가능한 상급 게이트들을 독차지하고 있었다.

마력 감지가 가능한 일본의 위성과 이동 스킬, 그림자 교환 덕분이었다.

진우가 게이트 앞에 서서 위를 올려다보았다.

과연.

A라는 등급이 무색하지 않을 정도로 커다란 게이트였다.

여기서는 게이트를 예약하기 위해 큰돈을 쓸 필요도 없었고, 일본 정부에서는 세금도 전액 면제를 약속했다.

하지만.

그런 금전적인 이득보다는 길드들의 기능이 상실된 일본의 넓은 땅덩이에서 만들어진 게이트를 전부 차지할 수 있다는 점이 훨씬 더 큰 메리트였다.

'악마왕의 단검.'

스르륵.

"헉."

진우의 손끝에서 나타난 단검들을 보고서 젊은 군인 하나가 무의식적으로 탄성을 터트렸다.

그러고는 자신도 민망한지 진우에게 꾸벅 고개를 숙였다.

피식 웃어넘긴 진우가 게이트를 향해 걸음을 옮겼다.

'길드 컨퍼런스까진 앞으로 사흘.'

단 하루도 낭비할 수 없다고 다짐한 진우가 게이트 안으로 몸을 던졌다.

그러자 기계음과 함께 익숙한 목소리가 들려왔다.

띠링.

[던전에 입장하였습니다.]

* * *

"이래도 괜찮겠습니까?"

우진철이 조심스레 물었다.

보고를 받는 고건희 협회장은 조금의 동요도 없었다.

"뭐가 말인가?"

"성진우 헌터님…… 최근 계속해서 일본에 계십니다."

헌터협회에서는 헌터폰에 있는 추적 기능을 이용해 헌터들의 위치를 알 수가 있다.

고건희 협회장의 지시대로 성진우 헌터의 행방을 묻는 사람들에겐 거짓 정보를 넘기고 있지만.

"이러다 성 헌터님이 그냥 일본 쪽에 남기로 결정하시면……."

한국은 두 눈 뜨고서 최고의 헌터를 잃고 만다.

그것이 우진철의 걱정이었다.

하지만 진우의 가치를 누구보다 높게 평가하는 고건희 협회장이 웬일로 이번 일에는 별다른 관심을 보이지 않았다.

그게 우진철의 가슴을 더 답답하게 만들었다.

초조해 보이는 우진철의 얼굴이 안쓰러웠는지 고건희가 허허 웃으며 입을 열었다.

"걱정하지 말게."

"혹시 뭔가 알고 계시는 거라도 있으십니까?"

"거인형 마수들을 잡으러 일본에 가기 전, 그가 나를 찾아왔었다네."

당연한 이야기다.

성진우 헌터가 거인들을 잡으려 한다는 이야기를 가장 먼저 발표한 사람이 바로 고건희 협회장이니까.

고건희는 기억을 더듬었다.

"나는 그를 말렸지. 리스크에 비해 성 헌터가 얻어 갈 수 있는 것이 너무 적다고. 그 유리라는 헌터처럼 큰돈을 약속받은 것도 아니잖나?"

우진철은 고개를 끄덕였다.

진우는 자신이 처치한 마수들 사체에 대한 권리만을 요구했을 뿐이다.

한 나라를 구해 준 대가치곤 너무 적었다.

'그렇다고 하루에 도시가 몇 개씩 붕괴되고 있던 나라와 협상을

벌일 시간은 없었겠지만…….'

어쩔 수 없는 일이라고 할까.

자국의 헌터들을 보호해야 하는 협회장님이 성 헌터를 보낸 것이 이상할 정도였다.

"그런데 그가 말했네."

고건희가 그때를 떠올리며 씩 웃었다.

호기심을 이기지 못한 우진철이 먼저 물었다.

"뭐라고…… 말했습니까?"

고건희가 대답했다.

"아진 길드의 영역에 일본을 넣고 싶다고."

"커헉."

우진철의 입에선 신음이 튀어나왔다.

처음 진우에게서 그 말을 들었던 고건희의 반응도 그와 별반 다르지 않았다.

"제주도에서의 피해와 거인들의 공격으로 일본 대형 길드들은 대부분 힘을 잃었지. 그 빈자리를 아진 길드가 차지하겠다고 당당히 말하더군."

"허어……."

우진철은 입을 다물지 못했다.

거인들을 처치하기 전에 벌써 거기까지 생각해 둔 것은 자신감일까, 아니면 뛰어난 계산 감각일까?

어쨌든 진우는 목적을 이루었다.

일본 쪽에서는 두 손을 번쩍 들고 환영할 만한 이야기였으니 말이다.

"그러니 내가 그를 안 보내 줄 수가 있었겠나?"

상대적으로 좁은 서울을 두고 대형 길드들이 자리싸움을 하는 동안 일본을 자신의 구역으로 삼는다.

사냥꾼의 자질 중 하나는 사냥터를 고르는 능력.

어떤 사냥감이든 처리할 수 있는 실력까지 포함해서, 성진우는 실로 타고난 헌터였다.

고건희는 머릿속의 말을 입 밖으로 꺼내며 다시 한번 감탄했다.

"정말 대단한 친구야."

"……동의합니다."

우진철도 동감이었다.

비행기도 타지 않고 한국과 일본을 순간적으로 오갈 수 있는 능력은 둘째 치더라도, 말도 되지 않는 목표를 현실로 만들어 낸 능력에는 감탄밖에 나오지 않았다.

마침 틀어 놨던 TV에서 최종인의 인터뷰 장면이 흘러나왔다.

-저는 한국을 대표하는 헌터로 성 헌터가 뽑혔다는 사실이 진심으로 자랑스럽습니다.

몸을 소파에 기댄 고건희 협회장이 웃으며 화면 속 최종인에게 말했다.

"나도 그리 생각한다네."

4. 미국으로

4. 미국으로

고건희는 TV를 껐다.

벌써 밤 9시.

퇴근 시간이라고 하기에는 너무 늦은 시간이다. 하지만 우진철은 할 말이 남아 있는 모양이었다.

"중국에서 성진우 헌터님의 자료를 요청해 왔습니다."

"자료? 개인 정보 말인가?"

"그런 것은 아닙니다."

"그럼?"

"성진우 헌터님의 레이드 기록이나 관련 기사 같은 공식적인 자료들을 부탁했습니다."

하긴.

중국 측도 바보가 아니라면 S급, 아니 이미 그 이상일지도 모르는 최상급 헌터의 개인 정보를 넘겨받을 수 있으리라 기대하진 않겠지.

하지만 중국은 왜 이제 와서 성진우 헌터에게 관심을 보이는 것일까?

중국을 포함한 어느 나라의 러브콜도 받아들이지 않겠다는 성 헌터의 뜻을 분명히 전달해 뒀을 텐데.

"자료를 요청한 쪽은 중국 정부가 아닙니다."

"뭐?"

"개인의 요청이었습니다."

"개인이?"

한 나라를 대표하는 헌터협회는 헌터 개개인에게 자료를 전해 주지 않는다.

그런데 개인이라니?

당연히 거절해야 할 일인데 수락 여부를 물어보니 의아해 하는 고건희에게, 우진철이 보충 설명을 했다.

"중국의 칠성급 헌터 류즈캉이 성진우 헌터님에게 관심을 가진 것 같습니다."

류즈캉!

생각지도 못했던 이름이 나오자 고건희의 말문이 막혔다.

중국은 세계 규격의 헌터 등급을 따르지 않고 자국만의 독자적인 등급 체계를 사용한다.

등급 앞에 별의 개수가 많을수록 뛰어난 헌터를 의미하는데, 다섯 개의 별을 보유한 오성급 헌터가 가장 높은 등급이었다.

그런데.

오직 한 사람, 류즈캉만이 유일하게 등급 외로 분류되어 칠성급 헌터라 불리었다.

물론 대우도 오성들과는 차원이 다르다.

그러나 '국가 권력급' 헌터 중 한 명으로도 잘 알려진 그가 예외적인 대접을 받고 있다고 해서 이견을 제시할 수 있는 이는 없었다.

그는 그만한 능력을 가졌고, 중국은 그 사실을 존중했다.

'그 류즈캉이 성진우 헌터에게 관심을 보인다고?'

이게 어떻게 된 일일까?

의아해 하는 고건희의 갈증을 우진철이 해소해 주었다.

"류즈캉은 거인형 마수와 싸워 보지 않았습니까? 그래서 거인들을 모두 처치한 성진우 헌터님께 관심이 생긴 모양입니다."

옳거니.

고건희가 고개를 끄덕였다.

얼마 전 일본에서 탈출한 거인형 마수 하나가 중국으로 향했다.

그 마수는 중국 해안에서 류즈캉에게 처치됐다고 알려져 있었다.

"강자는 강자를 알아본다는 건가?"

고건희가 장난기 어린 미소를 머금었다.

아진 길드를 초청한 헌터관리국.

그리고 진우에게 관심을 보이기 시작한 중국 최고의 헌터, 류즈캉.

미국도 중국도 성진우 헌터의 진짜 가치를 드디어 알아보기 시작했다.

진즉부터 그의 가치를 알고 있었던 고건희로서는 뿌듯한 일이었다.

하지만.

'그렇다고 자료를 덜컥 내줄 수는 없지.'

인재를 탐내는 이들에게 우리 인재가 얼마나 뛰어난지 광고할 필요는 없지 않은가?

국가 권력급 헌터 하나가 짜증을 좀 내겠지만 뭐 어떤가? 이쪽에는 성진우 헌터가 있는데.

그렇게 결론을 내린 고건희가 호탕하게 웃으며 말했다.

"그 요청, 거절해 버리게."

* * *

던전이 변했다.

요 며칠 새 일본 전역에 생성된 상급 던전들을 클리어하며 느낀 소감이었다.

내부를 둘러보는 진우의 시선이 예리해졌다.

분명 마수들의 기척이 느껴지기는 하는데, 시야에 잡히지 않았다.

기감이 둔하다거나 경험이 부족하다면 충분히 혼란스러울 수 있는 상황.

하지만 진우는 어느 쪽에도 해당하지 않았다.

'이번엔 위인가?'

멈춰 선 진우가 고개를 들었다.

아니나 다를까.

조금 앞쪽에 뭔가 진득한 액체가 투둑 떨어지더니 바닥이 타들어 갔다.

치지지직-

산성 물질에 녹아 가는 바닥에서 매캐한 연기가 피어올랐다.

냄새가 고약하다.

자연스레 진우의 미간이 구겨졌다.

진우가 더 이상 다가올 기미를 보이지 않자 동굴 천장에 붙어 있던 커다란 덩어리들이 아래로 떨어졌다.

투둑, 툭.

바닥에 달라붙은 덩어리들은 천천히 사람의 형태를 갖춰 갔다.

얼굴이 있어야 할 곳이 하얀 가면으로 가려져 있고, 몸은 검은 액체로 이뤄져 있는 특이한 형태의 마수. 여태껏 어디서도 발견된 적 없는, 괴상한 녀석이었다.

숫자는 열둘.

진우는 조용히 옛 친구의 이름을 불렀다.

'나이트 킬러.'

그러자 손에 단검 하나가 나타났다.

예전에는 '바루카의 단도'와 함께 주력 무기 중 하나였지만, 악마왕의 단검을 얻은 뒤로는 내내 창고에 처박아 뒀던 무기.

오랜만에 쓸 곳을 찾아냈다.

익숙한 그립감에 잠시 반가움을 표했던 진우가 다가오는 마수 하나를 향해 '나이트 킬러'를 던졌다.

'단검 쇄도!'

쉬이익-!

살벌한 굉음을 내며 일직선으로 날아간 단검이 마수의 가슴에 적중했다.

하지만 명중시킨 보람도 없이, 가슴을 그대로 통과해 버린 단검은 뒤쪽 벽에 박혔다.

그뿐만이 아니었다.

마수의 몸을 통과하며 묻은 검은 액체가 단검을 녹이기 시작했다.

치이익— 치이이익—

흐물흐물해진 단검이 형체도 알아보기 힘든 걸쭉한 무언가로 변해 벽을 타고 흘러내렸다.

'역시나.'

평범한 물리 공격은 통하지 않을 것 같다는 예상이 맞았다.

그때.

옛 동료, '나이트 킬러'의 마지막 순간을 애도할 시간도 없이 마수들이 일제히 덤벼들었다.

재빠른 몸놀림.

하지만 진우는 '지배자의 권능'으로 받아쳤다.

콰앙—!

보이지 않는 손에 타격당한 마수들이 동시에 뒤로 튕겨 나갔다.

후두두둑!

나가떨어지며 가리가리 찢어진 마수들의 몸은 다시 스멀스멀 뭉치더니 온전한 상태로 회복했다.

"허."

기가 막힌 회복력에 진우가 실소했다.

마음 같아서는 그림자 병사들을 불러내어 회복력 대결을 시켜 보고 싶었지만.

'……참자.'

물리적인 공격은 유형이든, 무형이든 통하지 않는다.

그럼 이제 어떡해야 할까?

쏟아지는 공격들을 여유롭게 피해 내며 고민하던 진우는 유독 하나의 움직임이 부자연스럽다는 사실을 발견했다.

'음?'

진우의 눈매가 가늘어졌다.

자세히 보니 팔 하나가 회복되지 않고 있는 마수는 얼굴을 가린 하얀 가면의 모퉁이가 깨져 있었다.

아마도 '지배자의 권능'으로 날려 버릴 때 부서진 모양이었다.

'거기가 약점이었냐?'

진우가 씩 웃었다.

공격할 방법만 알면 처치하는 건 그리 어려운 일이 아니다.

쉭, 쉭!

마수들이 이를 악물고 휘둘러 대는 주먹을 이리저리 피해 가며, 진우는 친구들을 불러냈다.

'악마왕의 단검.'

양손에 하나씩 나타난 단검을 굳게 쥔 진우가 눈을 번뜩였다.

콰직!

미간에 악마왕의 단검이 꽂힌 마수가 맥없이 쓰러졌다.

털썩.

그것이 시작이었다.

유려하게 춤을 추듯 미끄러지는 진우의 움직임은 순식간에 모든 마수들의 가면을 부숴 놓았다.

콰각!

콱!

드디어.

콰직!

마지막으로 남아 있던 마수의 가면이 세로로 쪼개졌다. 액체로 변한 놈은 형태를 잃고서 그대로 무너져 내렸다.

깔끔하게 12마리 전부를 처치한 진우가 악마왕의 단검을 창고로 돌려보냈다.

만약 여기 서 있는 사람이 자신이 아니었다면 어떻게 됐을까?

분명 일반적인 공격이 통하지 않는다는 걸 깨닫기 전까지 몇 사람은 당했을 것이다.

그러고도 약점을 알아내기 전까지 또 몇 사람이 더 희생됐을 것이다.

어쩌면 약점을 알아내기 전에 전원이 목숨을 잃었을지도 모른다.

그게 정예 공격대라고 해도.

그만큼 강하고 빠르며 위험한 녀석들이었다.

문제는 이게 처음이 아니라는 것.

'확실히…… 던전이 변했어.'

그날, 거인들의 왕이 처형당한 이후로 세계의 모든 던전에서 마석들이 사라졌다.

던전에서 흘러나오는 마력의 많은 부분을 차지하던 광물이 없어지면서, 던전 안을 채우는 마력들은 전부 마수들의 것이 되었다.

즉, 같은 등급의 던전이라도 예전보다 훨씬 더 위험하게 바뀌었다는 뜻이었다.

'거기에 이렇게 위험한 놈들까지 출몰하기 시작했으니…….'

진우의 미간이 구겨졌다.

어중간한 공격대가 상급 던전에 발을 들였다간 큰 사고를 피할 수 없으리라.

그렇지 않아도 요즘 사고가 빈번하다는 뉴스가 사방에서 들려왔다.

불안한 마음에 베르에게는 집을 지키라고 명령해 두었다.

베르 녀석이라면 어지간한 던전이 터지더라도 혼자 처리할 수 있으니까.

'하지만…….'

게이트의 생성 빈도가 높아지고, 마수들이 강해지는 것이 나쁜 일만은 아니다.

적어도 진우에게는 말이다.

그럴수록 레벨을 올리기는 쉬워진다.

아직 이 던전 안에도 처치해야 하는 마수가 잔뜩 남아 있었다.

던전 안쪽에서 무시무시한 마력을 내뿜고 있는 마수들의 숫자가 생생히 느껴졌다.

진우의 얼굴에 미소가 떠올랐다.

'처음 보는 마수의 상대법도 익혔으니, 이제 제대로 사냥을 해 볼까?'

준비운동은 끝.

지금부터는 토벌의 시작이었다.

"나와라."

스르륵-

진우의 등 뒤로 그림자 속에 숨어 있던 그림자 병사들이 전원 모습을 드러냈다.

처치 방법은 알려 줬으니 처치에 곤란을 겪을 일은 없을 터.

진우가 눈빛을 보내자 졸지에 집을 지키게 된 베르 대신 전군의 지휘를 맡게 된 이그리트가 병사들을 전진시켰다.

두두두두두!

거대한 동굴 전체에 그림자 병사들의 발소리가 요란하게 울렸다.

* * *

최고의 헌터들이 국제 길드 컨퍼런스를 위해 하나둘 미국 땅을 밟았다.

그중에는 국가 권력급 헌터들도 있었다.

하지만 토마스 안드레의 관심사는 오직 한 사람뿐이었다.

'내일이 성진우의 입국일…….'

진우의 스케줄을 확인한 그는 진우의 입국일 전날 황동수를 사장실로 불러들였다.

"부르셨습니까?"

황동수는 조심스럽게 토마스의 눈치를 살폈다.

스케빈저에 들어온 지 몇 해가 지났지만 아직도 마스터를 대하기가 껄끄러웠다.

강대한 힘에 종잡을 수 없는 성격, 그리고 지독한 소유욕까지.

S급 헌터인 황동수조차 토마스 안드레 앞에만 서면 한없이 작아졌다.

"미스터 황."

토마스는 바로 본론을 꺼내었다.

"성진우를 건들지 마."

황동수의 눈이 커졌다.

어떻게 그를 알고 있냐는 눈빛을 보내던 그의 시선이 곧 토마스의 뒤에 서 있는 로라에게 향했다.

로라는 해야 할 일을 했을 뿐이라는 눈빛으로 응수했다.

칫.

황동수의 입에서 새된 소리가 나왔다.

토마스는 말을 이었다.

“미스터 황의 형과 성진우 헌터의 일은 나도 알고 있어. 의심 가는 부분도 있겠고, 정확히 알고 싶은 마음도 있겠지.”

황동수의 형, 황동석은 성진우와 같은 던전에 들어갔다가 실종되었다.

황동석의 고정 멤버라 할 수 있는 여덟 명은 모두 죽고, 거기서 살아 나온 두 사람이 손을 잡고 길드를 만들었다.

황동수는 성진우에게 묻고 싶은 말이 많았다.

그의 불만은 표정에서부터 드러났다.

“하지만…….”

그러나 그가 채 무슨 말을 꺼내기도 전에, 검지를 치켜든 토마스가 손가락을 흔들었다.

선글라스 아래의 입술이 곡선을 그린다. 토마스는 미소를 지었다.

“미스터 황에게 발언권을 준 기억은 없는데?”

듣고만 있어라.

명백한 경고의 메시지.

최정상급 헌터에게 위협적인 경고를 날릴 수 있는 얼마 되지 않는 남자.

그가 바로 토마스였다.

그와 자신의 격차를 잘 알고 있는 황동수는 조용히 입을 다물었다.

토마스가 다시금 강조했다.

"절대 성진우를 건들지 말 것. 컨퍼런스 기간에는 길드 소유의 별장에 가서 휴가라도 즐기도록. 어때, 내 간곡한 부탁을 들어줄 수 있겠나?"

"……."

"미스터 황?"

황동수는 마지못해 고개를 끄덕였다.

"……그렇게 하죠."

"좋아. 나가 봐."

얼굴이 굳어진 황동수가 빠르게 사장실을 빠져나갔다.

로라가 걱정스레 물었다.

"이걸로 된 걸까요?"

토마스 또한 굳어진 얼굴로 고개를 저었다.

"아니."

그는 방금 황동수의 표정에서 적의를 읽었다. 아직 그는 미련을 버리지 못하고 있었다.

"로라."

"네."

"성진우가 미국을 떠날 때까지 미스터 황을 집중 감시해."

"그가…… 받아들이려 할까요?"

토마스에게 눌려서 그렇지, 황동수의 성격도 만만한 편이 아니다.

하지만 토마스는 신경 쓰지 않았다.

아니, 황동수의 반감 따위에 일일이 신경 쓰고 있을 정도로 가볍게 여길 일이 아니었다.

턱을 긁적거리며 고민하던 토마스가 대수롭지 않게 대답했다.

"뭐…… 좀 답답한 게 죽는 것보단 낫겠지."

* * *

"무슨 기자들이 이렇게 많아?"

공항에 도착한 독일 최강의 헌터, 레나트 니어만이 감탄을 터트렸다.

독일을 대표하는 '리히터' 길드의 마스터답게 매년 국제 길드 컨퍼런스에 참가하고는 있었지만 이 정도 숫자의 기자들을 보는 것은 처음이었다.

놀라는 레나트에게 리히터 길드의 부마스터가 말했다.

"왜, 그 요새 한창 말이 많은 한국인 헌터가 오늘 입국한답니다."

"아-."

레나트는 단박에 이해했다.

아무리 S급 헌터라도 S급 던전 브레이크를 혼자서 해결하기는 어렵다.

하물며 그 S급 던전에서 튀어나온 놈들이 거인형 마수라면?

모두가 나서기 꺼렸던 던전 브레이크를 홀로 막아 낸 헌터가 처음 미국 땅을 밟게 됐는데 언론들이 들썩이지 않을 리 있겠는가?

기자들의 관심이 옮겨 온 것인지, 문득 레나트도 관심이 생겼다.

'그가 온단 말이지?'

마침 그때 한국발 비행기에서 내려선 승객들이 공항으로 쏟아져 들어왔다.

부마스터가 한쪽을 가리켰다.

"아! 저기 있네요, 그 사람."

부마스터 역시도 S급의 헌터.

마스터인 레나트에 비교할 바는 아니지만 다수의 사람들 속에 섞인 진우의 얼굴을 한눈에 알아볼 정도의 감각은 있었다.

레나트가 눈을 반짝였다.

"잠깐 인사나 하고 갈까?"

"예?"

"강한 헌터와 안면을 익혀 둬서 나쁠 건 없으니까."

"그렇긴 하죠."

부마스터도 수긍했다.

혹시나 국제적 공조나 타 길드의 도움이 필요할 때 이렇게 쌓아 올린 인맥은 분명 강력한 힘이 된다.

만나기 힘든 세계 각국의 헌터들을 한자리에 불러 모아 교류를 도모하자는 국제 길드 컨퍼런스의 취지에도 어긋나지 않는 일이었다.

옷매무새를 다듬던 레나트가 진우 일행에게 다가갔다.

아니, 다가가려 했다.

하지만 레나트는 몇 걸음 떼지 못하고 멈춰 섰다. 그의 안색이 점점 창백해졌다.

그가 멈추는 바람에 한 걸음 앞서 버린 부마스터가 뒤를 돌아보았다.

"안 가십니까?"

레나트가 굳은 얼굴로 말했다.

"저거…… 저게 안 보여?"

"예?"

아무래도 부마스터는 전혀 볼 수 없는 모양이었다. 하지만 세계에서 손꼽히는 헌터 중 하나인 레나트는 똑똑히 느낄 수 있었다.

레나트는 믿을 수 없다는 듯 중얼거렸다.

“소환수란 게 어디 다른 공간에서 불러오는 것이 아니라, 저렇게 한꺼번에 데리고 다니는 거였어?”

“예?”

무슨 소리일까?

레나트의 반응에 놀란 부마스터도 진우가 오는 방향을 돌아봤지만, 소환수의 모습은커녕 소환수의 머리카락 하나 찾을 수 없었다.

“소환수가 있다고요?”

“그래! 엄청나게!”

레나트는 진우의 그림자 속에 숨어 있는 그림자 병사들의 기척을 감지했다.

백, 2백, 3백.

아니, 다 셀 수나 있을까?

레나트는 침을 꼴깍 삼켰다.

‘미국을 상대로 전쟁을 벌이러 왔다고 해도 믿을 만한 숫자다.’

자신이 담당자였으면 절대 ‘저런 것’을 자기 나라에 불러들이진 않을 거라고 생각하며 레나트는 부르르 몸을 떨었다.

두 가지 중 하나였다.

미 헌터관리국은 저 한국 헌터의 힘을 잘 모르고 있거나, 그의 힘이 자국에게 향하지 않을 거라고 확신하고 있거나.

그가 다가올수록 몸을 짓누르는 압박감이 더 커져 갔다.

이런 압박감은 토마스 안드레나 크리스토퍼 리드와 같은 국가 권력급 헌터에게서나 느껴 볼 수 있었던 감각이었다.

'…….'

결국 진우가 앞을 스쳐 지나갈 때, 레나트는 자신도 모르게 시선을 내리깔고 말았다.

그와 눈을 마주칠 용기가 없었다.

본능이 그렇게 시켰다.

진우 일행이 모두 지나쳐 간 뒤, 부마스터는 갑자기 이상한 행동을 보였던 레나트를 의아하게 바라보며 물었다.

"마스터, 어디 아프십니까? 안색이……."

"아니…… 그런 게 아니야."

레나트는 식은땀을 훔쳐 냈다.

아는 만큼 보인다고, 상대와의 격차를 파악할 수 있는 것도 물론 실력의 일부.

그러나 지금 이 순간만큼은 저 무시무시한 헌터를 앞에 두고서도 전혀 주눅 들지 않은 부마스터나 다른 기자들이 부러웠다.

* * *

진우가 고개를 갸웃하자, 유진호가 뒤를 돌아보며 물었다.

"아는 얼굴이라도 있으셨습니까, 형님?"

"아니. 웬 외국인이 자꾸 쳐다보길래."

유진호는 별거 아니란 듯 웃었다.

"형님 뉴스가 그렇게 나갔는데 어디 팬이 한두 명이겠습니까? 사인이라도 받고 싶었나 봅니다, 형님."

글쎄, 사인 한 장 받으려고 기다린 것치고는 꽤 뛰어난 헌터였지만.

진우도 피식 웃으며 걸음을 옮겼다.

진우와 유진호 외에도 일행에는 두 사람이 더 포함되어 있었다. 협회에서 지원 나온 우진철 부장과 통역 담당 여직원이었다.

"어! 저기!"

"성진우다!"

기자들이 진우를 발견했다.

촤촤촤촤촤촤촤촤촤촤촤촤촤—!

기자들의 카메라에서 일제히 플래시가 터져 나왔다.

그러자 품에서 선글라스를 꺼내 쓴 우진철이 날카로운 눈매로 사방을 경계했다.

잔뜩 긴장해 있는 우진철을 보고 유진호가 물었다.

"그러고 보니 우 부장님은 왜 오신 거죠?"

한국 헌터협회 서울 본부의 부장이라면 여간 높은 직책이 아니다.

한 부서의 책임자라는 뜻이니 말이다.

협회에서 통역 담당을 붙여 준 것까지는 고마운데, 어째서 중역인 우진철까지 함께하게 됐는지가 유진호의 의문이었다.

우진철은 잠깐 진우의 눈치를 살피더니 얼굴을 붉히며 말했다.

"성 헌터님의…… 경호를 맡았습니다."

용기 내어 꺼낸 답변이건만.

안타깝게도 공항 내의 소음에 묻혀 유진호의 귀까지 닿지 못했다.

유진호가 귀에 손을 붙이고 다시 물었다.

"뭐라고요?"

"……의…… 경호를……."

"누구를 경호한다고요?"

귓바퀴까지 붉어진 우진철의 얼굴을 보고, 진우가 유진호의 어깨에 팔을 걸치며 대화를 중단시켰다.

"형님?"

진우가 턱짓으로 낯익은 얼굴을 가리켰다.

"저기, 아무래도 우리를 마중 나온 사람들 같은데?"

입구 근처의, 깔끔한 정장을 입고 금발을 단정히 넘긴 밝은 미소의 청년은 애덤 화이트였다.

진우의 짐작이 맞았는지 애덤은 곧장 진우에게 다가왔다.

애덤 뒤의 두 덩치도 그대로였다.

진우와 눈이 마주친 덩치 두 명은 누가 먼저랄 것 없이 쑥스러운 듯 고개를 숙였다.

아마 일전에 비행기에서 상대와의 실력 차이를 생각하지도 않고 애덤을 보호한다며 덤비려 했던 기억이 떠오른 듯했다.

정말 사인이라도 부탁할 것 같은 표정에 진우는 속으로 실소를 삼켰다.

두 덩치들에게 간단히 눈인사로 대꾸하고서 애덤이 내민 손을 맞잡았다.

애덤이 밝은 목소리로 말했다.

"기다리고 있었습니다, 성 헌터님."

"전에는 아시아 담당 요원이라고 들었던 것 같은데요, 화이트 씨?"

"하하."

뒷머리를 긁적거린 애덤이 말을 이었다.

"얼마 전까지는 그랬었는데 지금은 성 헌터님 담당이기도 합니다."

사람 좋은 미소로 인사를 주고받은 애덤이 진우 일행을 밖으로 안내했다.

"가시죠. 차를 대기시켜 놨습니다."

준비된 차는 두 대였다.

협회 소속 두 사람은 뒤 차에 타고, 유진호는 자연스럽게 앞 차로 향했다. 그런데 애덤이 유진호의 앞을 가로막았다.

"……?"

진우와 유진호 두 사람 모두 의아해 하자 애덤이 정중히 말했다.

"성 헌터님을 제외한 세 분은 숙소로 안내되실 겁니다."

애덤의 시선이 진우를 향했다.

"그리고 성 진우 헌터님은 저희와 같이 가 주실 수 있겠습니까?"

아버지의 일인가?

순간 진우의 눈빛이 차가워졌다. 싸늘해진 공기를 느꼈는지 애덤이 황급히 손을 내저었다.

"절대 성 헌터님께서 손해 보실 일은 아닙니다. 저희 미 헌터관리국이 성 헌터님을 어떻게 생각하는지 말씀드렸지 않습니까?"

끝까지 좋은 관계를 유지하고 싶다.

일전에 그가 그렇게 말했었다.

실제로 도움을 주려 하기도 했고, 지금도 악의는 느껴지지 않았다.

조금이라도 악의가 섞여 있다면 예리하게 다듬어진 감각 스탯이 놓치지 않았을 것이다.

거인들의 왕이 제시했던 동맹의 허점도 그렇게 잡았으니까.

진우는 차분히 되물었다.

"무슨 일인지는 비밀입니까?"

애덤은 옆에서 숨죽인 채 대화를 경청하는 유진호를 바라보며 어색한 미소를 지었다.

"몇 가지 사항은 일급 기밀에 해당합니다."

애덤의 설명을 듣고 유진호가 얌전히 뒤로 물러났다.

"형님, 이따 숙소에서 뵙겠습니다."

"그래."

유진호가 뒤 차에 타는 걸 확인한 진우가 애덤과 같은 차에 올라탔다.

차는 별도의 지시 없이 진우가 타자마자 곧바로 출발했다.

뒤 차와는 목적지가 다른지, 처음부터 갈라서더니 어느새 보이지 않을 정도로 멀어졌다.

이만하면 때가 됐다고 생각한 진우가 물었다.

"어디로 가는 겁니까?"

"헌터관리국 본부 건물로 갑니다."

헌터관리국?

국제 길드 컨퍼런스는 숙소 근처의 건물을 빌려서 진행한다고 알려져 있다. 그러니 이 차가 달리고 있는 이유는 컨퍼런스 때문이 아니다.

진우가 다시 물었다.

"이제 말해 줘도 되지 않습니까?"

애덤은 기다렸다는 듯 차 안의 버튼을 조작했다.

삑.

그러자.

스윽—

운전석 뒤에서 투명한 창이 올라와 앞 좌석과 뒷좌석을 완전히 분리시켰다.

투명한 창 위에는 홀로그램으로 쓰인 '방음'이라는 영어 단어가 깜박거리고 있었다.

공중에 뜬 글자.

진우가 홀로그램 메시지에 별 반응을 보이지 않자 애덤이 멋쩍어하며 물었다.

"이거 최신 기술인데…… 안 놀라우십니까?"

"비슷한 걸 매일 보고 있어서요."

"……."

기대하고 있었는지 약간 시무룩해 하던 애덤이 금방 다시 원래의 미소를 되찾았다.

"그럼 잠시."

똑똑.

창을 두드려 성능을 확인해 본 애덤이 끊어졌던 대화를 이어 나갔다.

"사실 저희는 지금 발등에 불이 떨어진 상태입니다."

크리스토퍼 리드.

미국 국적의 국가 권력급 헌터 두 사람 중 하나가 비명에 갔다.

미 헌터관리국은 그 손실을 진우가 생각하고 있는 것보다 훨씬 더 뼈아프게 느끼고 있었다.

"크리스토퍼 헌터님은 미국의 최대 전력 중 한 축이셨습니다. 때문에 지금 헌터관리국은 전력 보강이 절실해진 상태지요. 아직 크리스토퍼 님이 살해당했다는 소식이 비공개라 잠잠하지만, 곧 저희는 그분을 대신할 수 있는 헌터님을 모시기 위해 총력을 다할 겁니다."

"나도 그 대상 중 하나입니까?"

애덤은 고개를 끄덕였다.

솔직해서 좋다.

그러나 그렇다고 해서 거절한 제안을 다시 들이미는 것까지 반기지는 못했다.

진우는 심드렁한 반응을 보였다.

"그 이야긴 이미 끝났을 텐데요?"

"네, 물론이지요."

그러나 전혀 끝난 것 같지 않은 눈빛으로, 품속에서 핸드폰을 꺼낸 애덤이 저장된 사진 몇 장을 보여 주었다.

"이것은 완전히 새로운 제안입니다."

인류 최악의 재앙.

역사상 가장 기억하고 싶지 않은 레이드.

드래곤 '카미쉬'.

처음이자 마지막으로 등장했던 드래곤을 사냥하는 과정이 담긴 사진들이었다.

세계 최고의 헌터들을 모아 사투를 벌여 현재 '국가 권력급'이라 불리고 있는 다섯 명만을 남기고서 간신히 제압했다.

사진을 넘기던 애덤의 손이 멈추었다.

일류 마법 계열 헌터들이 카미쉬의 사체에서 룬석을 뽑아내는 장면이었다.

"성 헌터님께서도 잘 아시다시피 룬석의 가치는 그 룬석을 지니고 있던 마수의 강함과 비례합니다.”

화면을 터치하자 다음 사진이 나왔다.

철저한 보안 속, 겹겹이 둘러싸인 케이스 안에 잠들어 있는 룬석의 모습이었다.

카미쉬의 룬석.

돈으로 가치를 따질 수 없음은 물론이거니와, 어떤 대가를 치르더라도 구할 수 없는 물건.

최고의 스킬!

“저희는 이 룬석의 주인을 찾고 있습니다.”

마력, 스킬, 마법.

이런 것들과는 하등 연관이 없는 애덤조차도 이 룬석을 보고 있는 것만으로도 가슴이 뛰었다.

자신도 그러한데 마법 계열인 성진우 헌터는 어떤 기분일까?

애덤은 슬쩍 진우의 눈치를 살폈다.

아니나 다를까.

미 헌터관리국의 첨단 기술에도 눈 하나 깜박이지 않던 그 성진우 헌터의 얼굴에서 긴장된 기색이 엇비쳤다.

됐어!

애덤은 손에 힘이 불끈 들어갔다.

그런데.

진우의 요구는 애덤의 예상과 달랐다.

“사진…… 사진 좀 앞으로 넘겨 봐요.”

“예?”

“그 앞 사진이 보고 싶습니다.”

애덤은 고개를 갸우뚱거리면서도 진우의 요청대로 사진을 앞으로 넘겼다.

"잠깐."

넘어가던 사진이 멈추었다.

진우는 손끝으로 사진의 한쪽을 가리키며 나직이 말했다.

"이거, 지금 어디 있습니까?"

진우가 가리킨 곳은 기둥이었다.

카미쉬의 사체 옆으로 올라가고 있는 기둥들.

사체를 보관할 건물을 짓고 있다는 증거였다.

그걸 보고 눈이 번쩍 뜨였다.

8년 전에 죽은 마수다.

상급 던전에서 나온 마수일수록 높은 가치를 가지고 있고, 사체가 되자마자 조각조각 분해되어 필요한 곳에 쓰인다.

그래서 카미쉬의 사체가 남아 있을 것이라는 기대는 전혀 하지 않았다.

아마 사체를 사겠다는 국가, 기업, 연구소 등이 줄을 서 있었을 테니까.

그런데 사진 속에 남아 있는 카미쉬의 사체는 전혀 손상되지 않은 상태였다.

격렬했던 전투의 흔적만을 찾아볼 수 있을 뿐, 인위적인 훼손이 없어 사체는 비교적 온전했다.

어쩌면 카미쉬의 사체가 남아 있을지도 모른다는 생각이 떠오른 순간.

진우의 심장이 요동쳤다.

"설마 미국은 카미쉬의 사체를 보관해 오고 있었던 겁니까?"

"그, 그렇긴 합니다만……."

애덤은 진우의 반응을 이해할 수가 없었다.

세상의 모든 헌터가 침을 뚝뚝 흘릴 룬석 이야기를 하고 있었는데, 룬석에는 딱히 관심도 보이지 않다가 갑자기 사체 이야기라니.

하지만 대화의 주제를 바로잡기에는 진우의 태도가 너무 진지했다.

진우는 다시 한번 사진을 짚었다.

"이거 어디 있습니까? 우선 이리로 갑시다."

"예?"

"제 시간을 흔쾌히 헌터관리국에 내드렸습니다. 이 정도는 충분히 요구할 수 있을 텐데요?"

"아……."

일이 이렇게 흘러갈지 몰랐던 애덤은 당혹감을 감추지 못했다.

하지만 분명하게 말해서 결코 나쁜 일은 아니었다.

성진우 헌터와 자신이 소속된 미 헌터관리국 중 상대가 절실히 필요한 쪽은 당연히 후자였다.

헌터관리국은 성진우 헌터의 관심을 끌고 싶어 한다.

그래서 처음에는 셀너 부인의 능력을 사용하려 했고, 그게 불가능해진 지금은 카미쉬의 룬석을 이용해 관심을 불러일으키려 했던 것이다.

그런데 예상하지 못했던 곳에서 불꽃이 일어났다.

그것은 애덤에게 위기인 동시에 기회이기도 했다.

'어떤 방법을 사용해도 괜찮다고 했지?'

애덤은 국장과 부국장이 헌터관리국 소속의 에이전트들을 모아두고 했던 말을 떠올렸다.

어떤 수를 쓰든 성진우 헌터의 호감을 얻어라.

그가 미국으로 올 가능성이 조금이라도 높아질 수 있도록.

진우에게 필요한 것이 헌터관리국에 있다면 서로 간의 관계를 위해 기꺼이 제공할 의사가 있었다.

그의 호감을 사는 것.

그 무엇보다 중요한 목적을 상기하며, 애덤은 목을 가다듬고 입을 열었다.

"사실 카미쉬의 사체가 있는 장소는 저도 알지 못합니다. 제가 아는 것은 어디까지나 상부에서 허락이 떨어진 정보들뿐입니다."

진우는 고개를 끄덕였다.

확실히.

소속 기관의 숨겨진 정보들까지 모두 알고 있기엔 애덤 화이트가 너무 젊어 보이긴 했다.

그러나 애덤은 방금 한 말의 내용과 다르게 자신감 있는 말투로 말을 이었다.

"하지만 성진우 헌터님의 요구라면 상부에서도 쉽게 허락이 떨어질 것 같군요. 일단은 보고를 올려야 하니 연락을 좀 기다려 주시겠습니까?"

진우의 표정이 밝아졌다.

그림자 추출 스킬은 대상이 사망한 지 오래될수록 실패 확률이 올라간다.

카미쉬는 죽은 지 무려 8년이나 지난 마수.

안 될 가능성이 높다.

괜히 여러 사람 피곤하게 만들고 헛걸음만 하게 될 수도 있다.

하지만 해 보지 않고선 모르는 일 아닌가?

아무리 희박한 가능성이라도 만약 만분지 일, 아니 천만분지 일의 가능성으로 추출에 성공한다면, 역사상 가장 강했던 마수를 그림자 병사로 가지게 되는 것이다.

생각만 해도 가슴이 뛰었다.

실패해도 잃는 것이라곤 약간의 시간이 전부.

성공했을 때와 비교하면 해 볼 만한 도박이었다.

미국이 허락할지는 모르겠지만 말이다.

진우가 물었다.

"지금 헌터관리국으로 가고 있는 거 아닙니까?"

"맞습니다."

"그럼 어차피 기다릴 거 같이 가서 기다리죠."

"허……."

진우의 격한 관심에 애덤은 기뻐해야 할지 슬퍼해야 할지 모르겠다는 얼굴이 되었다.

* * *

그 비슷한 표정을 미 헌터관리국의 국장도 지었다.

혹시나 돌아봤더니 옆의 부국장도 자신의 표정 또한 저렇지 않을까, 하는 얼굴을 하고 있었다.

"그래서 지금 성 헌터님이 여기 와 계시다고?"

국장은 다시 한번 사실을 확인했고, 애덤은 묵묵히 고개를 끄덕였다.

"룬석은? 룬석 얘기는 없던가?"

성진우를 미국으로 끌어들일 수만 있다면 카미쉬의 룬석을 넘겨줘도 괜찮다는 결정을 내렸다.

미국 국적의 헌터가 강해지는 것은 미국이 강해지는 것과 다름없으니까.

그런데.

"네. 오는 내내 룬석에 대한 언급은 거의 없으셨습니다."

"허어…… 이거 참."

애덤의 대답에 국장은 입가를 쓸어내렸다.

토마스도 그렇고, 성진우도 그렇고.

어찌 된 게 정점에 선 헌터들은 하나같이 행동을 예측하기가 힘들었다.

이쯤 되니 최상위 헌터가 되면 일반인들과 사고방식이 달라지는 게 아닐까, 그런 생각마저 들었다.

"그럼 정말로 그가 원하는 건 사체를 보는 것이 다다?"

"예."

애덤이 자신감에 찬 얼굴로 고개를 끄덕였다.

기분은 나쁘지 않았다.

애당초 애덤의 목적은 진우를 협상 테이블까지 데려와 앉히는 것.

결국 진우가 자의로 헌터관리국을 찾아왔으니 상부에서 요구한 임무는 이미 완수한 셈이었다.

이제 나머지는 협상 카드를 고를 수 있는 상부의 몫.

결정권을 가진 국장은 곰곰이 고민하다가 애덤에게 말했다.

"부국장과 따로 이야기를 좀 해야겠네. 자네는 이만 나가 주게나."

"알겠습니다."

자리에서 일어선 애덤이 국장실을 나가고, 국장은 난처한 얼굴로 부국장을 돌아봤다.

"이거, 그가 카미쉬의 사체를 보고 싶다는 이유가 뭐 때문일 거 같나?"

"글쎄요……. 하지만 한 가지 분명한 것은 그가 관광객이 아니라는 점입니다. 아마도 그에게 있어 카미쉬의 사체는 카미쉬의 룬석보다 더 큰 가치가 있는 모양입니다."

스킬의 가치는 무궁무진하다.

최상급 헌터들은 자신에게 필요한 룬석을 구매하는 데 돈을 아끼지 않는다.

수십, 수백, 때로는 수천억까지.

결코 넘쳐 나는 돈을 주체할 수 없어 아무 데나 뿌리고 다니는 것이 아니다.

스킬은 곧 헌터가 가진 힘이고, 힘은 생명과 직결되기 때문이다.

'그런데도 사체를 한 번 보는 것이 스킬을 얻는 것보다 더 큰 이득이 될 수 있다는 말이지……?'

국장이 떠올린 생각을 부국장이 말로 표현했다.

"아무래도 성 헌터님의 능력과 관계가 있는 것 같습니다."

"……."

미 헌터관리국은 헌터들의 정보를 입수하는 데 있어서 세계 그 어느 기관과도 궤를 달리한다.

당연히 진우에 대한 정보도 상당히 모였다.

그렇기에 셀너 부인의 능력에다 카미쉬의 룬석까지 배팅할 수 있었던 것이고.

"그의 능력은 자신이 쓰러뜨린 마수들에게만 국한된 것이 아니었나?"

개미 마수를 처치하면 개미 병사들이 나타났고, 거인형 마수를 잡으면 거인 병사들이 나타났다.

전투를 거듭할수록 성진우 헌터는 강해진다.

그래서 헌터관리국은 무슨 수를 써서라도 진우를 자국의 헌터로 만들고 싶어 했던 것이다.

그런데 만약 그가 자신이 쓰러뜨리지 않은, 죽은 지 한참 지난 마수의 사체까지 소환수로 만들 수 있다면?

"맙소사……."

부국장의 눈이 커졌다.

"그는 카미쉬까지 자신의 소환수로 만들 생각인 겁니다!"

그의 목소리가 떨렸다.

인류 최악의 재앙을 자신의 소환수로 만들 생각을 하다니.

확실히 룬석 따위가 눈에 들어오지 않을 만했다.

국장은 단호히 고개를 저었다.

"절대 안 되네. 한 사람의 힘이 그렇게까지 강해져서는 안 돼."

"하지만 그의 요구를 거절하면 그와 우호적인 관계를 유지하기가 힘들어질 겁니다."

본부까지 찾아와 대답을 기다리고 있다는 것은 그만큼 기대하고 있다는 표현이었다.

간단한 이치다.

상대를 믿지 못해 상대의 요청을 거절하게 되면 신뢰는 무너지기 마련.

"흐음."

국장이 미간을 잔뜩 구기고서 고민에 잠겼다.

자신들의 추측대로 성진우 헌터가 정말로 카미쉬를 소환수로 만들어 부릴 수 있다면, 그의 힘은 어떤 국가나 단체도 통제가 불가능한 수준이 되어 버린다.

그의 소환수는 파괴되어도 금방 재생되지 않던가?

무한한 회복력을 지닌 카미쉬가 적이 되어 다시 나타난다면?

단순히 헌터 한 사람과의 우호적인 관계를 유지하기 위해 짊어져야 할 짐치곤 리스크가 너무 컸다.

국장은 마지막 결정을 내리기에 앞서 물었다.

"우리에겐 아직 국가 권력급인 토마스 안드레와 세계 각국에서 불러온 오십에 가까운 S급 헌터들이 있네. 우리가 그에게 이렇게 매달릴 만한 가치가 있을까?"

"실은……."

잠시 머뭇거리던 부국장은 검증이 끝나지 않아 보고를 미뤄 두었던 이야기를 꺼내었다.

"성진우 헌터가 새로이 나타난 국가 권력급 헌터일 가능성이 있습니다."

"뭐?"

국장이 벌떡 일어섰다.

"일주일 전 화이트 요원의 보고가 있었습니다. 성진우 헌터는 염동력을 사용할 수 있었습니다."

"……!"

국가 권력급 헌터들은 치유 계열인 한 명을 제외하고는 네 명 모두 물체에 손을 대지 않고 힘을 가할 수 있었다.

그 전에도, 그 후에도 많은 강자들이 있었지만 그와 같은 능력을 지닌 이들은 역사상 단 넷뿐이었다.

유일하게 그들의 공통점을 알고 있는 헌터관리국은 그 힘을 국가 권력급 헌터의 조건으로까지 여길 정도였다.

그런데 그 힘이 성진우 헌터에게서도 발견되었다고?

어쩌면 성진우 헌터는 크리스토퍼 리드라는 강력한 무기를 잃게 된 미국에게 신이 내린 선물이 아닐까, 하는 생각이 국장의 머릿속에 스쳐 지나갔다.

갓 블레스 아메리카.

신의 축복은 언제나 이 나라와 함께해 왔다.

국장의 표정이 바뀌었다.

"자네는 그를 믿을 수 있다고 보는가?"

능력의 평가는 객관적이지만 믿을 수 있느냐, 없느냐의 기준은 어디까지나 주관에 의지한다.

부국장은 자신이 그동안 관찰해 왔던 진우에 대해 말했다.

"누군가가 중국의 류즈캉이나 토마스 안드레에게 총을 겨눴다면 그는 어떻게 되겠습니까?"

"상상만 해도 끔찍하군."

토마스와 류즈캉 모두 적에겐 자비가 없었다.

그 누군가는 목숨을 잃거나, 운이 좋아도 총을 들었던 팔 한쪽은 날아갔을 것이다.

"하지만 성진우 헌터는 그러지 않았습니다. 긴급한 상황에도 대화가 통하는 상대였습니다."

국장은 시선을 내리깔고 고개를 끄덕거렸다.

부국장의 설명은 조금 더 이어졌다.

"그리고 일본의 일도 그렇습니다. 별다른 요구도 없이 아무도 나서려 하지 않았던 일본의 던전 브레이크를 혼자서 해결하지 않았습니까?"

러시아의 헌터 유리 오를로프가 일본 정부에 하루에 100억이라는 큰돈을 요구했던 것과는 대조적으로 말이다.

"……."

국장의 고민은 길지 않았다.

잠시 입을 일자로 꾹 다물고 있던 국장이 자리에서 일어났다.

"내가 그를 안내하겠네. 어쩌면 그의 능력을 직접 확인할 좋은 기회일지도 모르지."

얼굴이 한층 환해진 부국장도 따라 일어섰다.

"그런데 카미쉬의 사체는 대체 어디 있는 겁니까, 국장님?"

그러자 국장이 씩 웃었다.

"자네는 왜 우리 건물의 지하가 20층이나 되는지 생각해 본 적 없나?"

* * *

진우는 국장의 안내를 받아 엘리베이터에 올라탔다.

"좀 더 차분하게 얘기를 나눠 보고 싶지만…… 헌터님께서도 이쪽을 더 원하시겠지요?"

애덤이 국장의 말을 실시간에 가깝게 한국말로 바꿔 주었다.

진우는 고개를 끄덕였다.

국장, 부국장, 애덤과 함께 탄 엘리베이터는 빠르게 지하로 내려갔다.

'카미쉬를 쓰러뜨린 그 자리에 헌터관리국 건물을 지어 올리다니.'

미국답다고 할까?

인류 최악의 재앙을 막아 내며 희생되었던 헌터들의 목숨과 그들의 숭고한 희생정신을 잊지 말자는 취지에서, 카미쉬의 사체는 영원히 헌터관리국 지하에 보관될 예정이라고 했다.

팅.

지하 24층에서 엘리베이터의 문이 열렸다.

대기하던 관리자들이 나와 네 사람을 맞아 주었다.

"국장님."

"국장님."

군부대 소속인 모양인지 정중하게 인사를 올리는 직원들에게 고개를 끄덕인 국장이 진우를 안내했다.

"이리로 오시죠."

진우는 침을 꼴깍 삼켰다.

몇 겹으로 철저하게 보안을 유지하던 문이 열리자 서늘한 한기가 뺨을 스치고 지나갔다.

'아니, 한기가 아니야.'

미약하나마 공기 중에 마력이 섞여 있었다.

누구의 마력인지는 생각할 필요도 없었다.

두근, 두근, 두근.

가능성이 전혀 없지는 않을지도 모른다는 생각에 가슴이 뛰었다.

8년이 지나서도 남아 있는 마력이라면 본체가 그림자 병사가 됐을 때는 얼마나 강력한 힘을 보여 줄 것인가?

진우는 터질 듯 뛰는 심장을 진정시켜 가며 국장의 뒤를 따랐다.

"여깁니다."

국장은 환하게 불이 들어와 있는 어마어마한 크기의 공동에서 멈춰 섰다.

거기에 카미쉬가 있었다.

수백에 달하는 최정예 헌터들을 모두 죽이고, 마지막 남은 5인의 국가 권력급 헌터들에게 죽임을 당했던 모습 그대로 보존되어 있었다.

붉은 드래곤!

그 압도적인 형상에 진우는 숨을 멈추었다.

"실은 헌터관리국 건물에서 사용하는 모든 전력은 카미쉬의 마정석에서 나온 것입니다."

국장은 자랑스럽게 카미쉬의 사체를 원형대로 보관하기 위한 에너지가 어디서 나오는지를 설명했다.

하지만 이미 진우의 귀에는 들리지 않았다.

시선이 사체에 고정되어 있었다.

그 눈빛을 보고, 국장은 드디어 때가 왔음을 알아차렸다.

"……헌터님, 이제 만족하셨습니까?"

"물러서 주세요."

진우가 사람들을 돌아보며 이야기하자 관리자들이 웅성이기 시작했다.

“국장님, 지금 저 사람이 무슨 짓을 하려는 겁니까?”

“카미쉬의 사체는 우리 미국의 보물입니다!”

하지만 국장이 큰 소리로 그들을 다그쳤다.

“내가 허락했네!”

삽시간에 모든 소음이 사라졌다.

여기 내려오기 전에 모든 이야기가 끝났었다.

진우는 국장에게 약속해 두었다. 사체에는 아무 일 없게 하겠다고. 부국장이 그랬던 것처럼, 국장도 진우를 믿기로 했다.

“다들 지켜보도록 하지. 무슨 일이 일어나는지.”

진우의 말대로 사람들은 순순히 멀찌감치 뒤쪽으로 물러섰다.

진우가 카미쉬를 향해 손을 뻗었다.

그리고 조용히 말했다.

“일어나라.”

기다렸다는 듯 ‘팅’ 소리와 함께 메시지가 떠올랐다.

[그림자 추출에 실패했습니다.]

[2번의 기회가 더 남아 있습니다.]

진우는 표정 변화 없이 차분히 다음 시도를 했다.

“일어나라.”

최강의 마수를 손에 넣고 싶다.

그 염원이 담긴 목소리가 울려 퍼지며 내부를 흔들었다.

일어나라-

그러자 천정에 달려 있던 조명이 깜박이더니 어디선가 한 줄기 싸늘한 바람이 불어왔다.

크아아아아아-!

진원이 어디인지 가늠이 불가능한 드래곤의 비명 소리에 사람들이 모두 귀를 틀어막았다.

혼란스러운 와중에도 평정심을 잃지 않고 있는 사람은 진우 한 사람뿐이었다.

진우는 바닥에 번져 나가는 카미쉬의 그림자를 발견했다.

'성공…… 성공한 건가?'

그때.

진우의 눈이 커졌다.

그림자에서 무언가가 서서히 위로 올라오고 있었다.

검은 증기에 둘러싸인 그것은…… 어떻게 봐도 드래곤의 모습이었다.

"어, 어어!"

"저게…… 저게 뭐야!"

관리자들이 기겁하며 뒤로 물러섰다. 진우의 능력을 짐작하고 있던 국장과 부국장조차도 일순간 숨을 멈추었다.

크아아아아아-!

포효를 내지르던 드래곤이 발아래의 인간을 발견하고 울부짖음을 멈추었다.

[나를 불러낸 것은 너인가? 망자들의 왕, 그림자 군주여.]

5. 분노한 사자

5. 분노한 사자

심연의 나락으로 떨어졌던 영혼을 끄집어 올릴 수 있는 존재는 그림자 군주뿐이다.

드래곤은 한눈에 진우의 정체를 알아보았다.

인간의 모습을 빌린 망자들의 왕은 위엄 넘치는 눈으로 자신을 주시하고 있었다.

그가 가진 군주로서의 권능이 온몸에 전율을 불러일으켰다.

그러나 그것도 잠시.

드래곤의 시선이 좀 더 뒤쪽으로 이동했다.

그러자 입을 쩍 벌리고 자신을 바라보는 인간들의 멍청한 얼굴이 눈에 들어왔다.

'인간…… 인간?'

드래곤은 숨이 끊기기 전까지 지니고 있었던, 인간들을 향한 끝없는 악의를 떠올렸다.

그러자 인간들의 손에 숨통이 끊어지던 순간의 고통까지도 같이 떠올랐다.

'인간을…… 죽인다.'

뚝.

거기서 이성이 끊겼다.

몸을 일으키는 드래곤의 눈에 붉은빛이 맺혀 갔다.

[모두…… 모두 죽여 주마.]

보관소 내부 공기가 끓어오르기 시작했다.

"맙소사……."

국장은 신음을 토했다.

잠든 용의 크기에 맞게 설계된 공간이었다.

그러나 몸을 일으킨 드래곤이 머리를 쳐들기 시작한 순간, 이 드넓은 공동이 한없이 작아 보였다.

콰직!

천장에 닿은 드래곤의 머리가 콘크리트를 부서뜨렸다.

"뭐, 뭐야?"

"설마……?"

벌어진 드래곤의 입에 붉은빛이 뭉쳐지는 것이 보였다.

붉은빛 덩어리.

국장과 부국장은 수없이 돌려 본 기록 영상에서 그 붉은빛 덩어리가 무슨 짓을 했었는지 몇 번이고 보았다.

다급해진 애덤이 국장의 어깨를 잡고 소리쳤다.

"국장님, 피하셔야……."

"저건 카미쉬의 브레스(breath)야! 어디로 도망갈 수 있단 말인가!"

붉은 섬광이 터져 나오면 보관소는 물론이거니와 헌터관리국 본부 전체가 무너지게 되는 것은 자명한 일.

드래곤의 공격을 피할 수 있는 곳은 없었다.

쿠당!

얼굴이 하얗게 질린 관리자 하나가 다리에 힘이 풀렸는지 나자빠졌다.

다른 두 사람은 급히 사체 보관소를 빠져나가기 위해 열심히 도어락의 비밀번호를 눌러 댔다.

그러나 그것이 소용없음을 아는 국장과 부국장은 넋이 나간 얼굴로 진우와 되살아난 카미쉬를 번갈아 보았다.

콰아아아－

마력이 만들어 낸 붉은빛은 드디어 섬광이 화한 구체로 변했다.

눈앞에 서 있는 모든 '인간'들을 지워 버릴 준비를 끝마친 드래곤이 초고온의 숨결을 토해 내기 직전.

[죽어라!]

진우의 목에 힘줄이 돋았다.

"그만!"

눈부심에 반사적으로 팔을 들어 눈을 가렸던 국장 일행이 천천히 손을 내렸다.

빛이 내부를 덮었을 때 모든 게 끝났다고 생각했다.

하지만 속단이었다.

"어떻게…… 어떻게 이럴 수가."

분노하던 카미쉬의 입에서 불꽃이 사그라지고 있었다.

숨결 한 번으로 최정예 헌터들 백 이상의 목숨을 녹여 버렸던 드래곤이 성진우 헌터의 말 한마디에 곧바로 공격을 멈춘 것이 아닌가?

꿀꺽.

국장은 아직도 놀란 심장이 진정되지 않은 눈으로 진우를 바라보았다.

그리고 더 놀라운 광경에 그만 눈이 튀어나올 뻔했다.

진우가 카미쉬에게 말을 건넨 것이다.

“네 머리에 박혀 있던 마정석은 이미 제거된 지 오래다. 지배자들의 명령대로 따를 필요는 없어.”

국장의 옆에 달라붙은 부국장이 소스라치게 놀라며 물었다.

“지금, 지금 성진우 헌터가 마수어를 하고 있는 겁니까?”

“……나도 내가 보고 있는 걸 어떻게 해석해야 할지 모르겠군.”

다들 경악을 금치 못하고 있는 동안, 진우는 속으로 안도의 한숨을 내쉬었다.

‘휴우.’

어떻게 해야 하나 짧은 시간 고민이 깊었는데 결과가 좋아 다행이었다.

드래곤에게서 거센 분노가 솟구쳐 올라옴을 감지했을 땐 진우도 솔직히 아찔했었다.

‘무슨 그림자 병사의 자아가 이렇게 강해?’

거인들의 왕이 했던 말처럼 상위의 존재일수록 더욱더 강력한 자아를 가지고 있다는 것이 사실인 듯했다.

드래곤은 순순히 새 군주의 명령에 복종한 자신을 스스로 놀라워했다.

[그림자 군주에게 복속된다는 기분은 이런 것이었나…….]

몸을 세우고 있던 드래곤이 자세를 낮추어 진우에게 경의를 표했다.

드래곤이 움직이자 움찔거렸던 사람들이 안도의 한숨을 내쉬었다.

코를 땅에 박은 드래곤이 나직하게 말했다.

[용제를 모시던 미천한 종이 새로운 군주님께 인사를 올립니다.]

괴물 특유의 그르렁거리는 목소리 속에도 정중함이 녹아 있었다.

진우는 천천히 드래곤에게 다가갔다. 그리고 녀석의 코 위에 손을 대었다.

드래곤은 살포시 눈을 감고 주군의 손길을 즐겼다.

형언할 수 없는 편안한 기분이 코를 타고 전신으로 흘러갔다.

드래곤의 기분이 좋아지는 것을 진우 또한 느낄 수 있었다. 겨우 진정시켰던 가슴이 또다시 거세게 뜀박질했다.

쿵쾅쿵쾅.

'카미쉬가…… 그 드래곤 카미쉬가 정말로 내 병사가…….'

진우의 얼굴에 자연스레 미소가 떠올랐다.

믿기 힘든 광경에 벌린 입을 다물지 못하던 애덤이 무언가를 발견하고는 부국장에게 말했다.

"부국장님, 지금 저거 꼬리를 흔들고 있는 거 아닙니까?"

아니, 인류 최악의 재앙이 강아지도 아니고 무슨 쓸데없는 소리를.

말도 안 된다고 단정 짓고 카미쉬의 꼬리 쪽을 바라봤던 부국장이 그만 신음을 내뱉었다.

"지저스……."

진우가 손을 떼자 꼬리의 흔들림도 멈추었다.

드래곤이 다시 고개를 들었다.

'카미쉬'는 인간 측에서 편의상 드래곤에게 붙여 둔 이름.

진우는 새로운 그림자 병사에게 어떤 이름을 붙여 줄까 고민하다가 녀석이 인사하면서 했던 말을 상기했다.

"용제를 모셨다고?"

[그렇습니다, 왕이시여.]

드래곤은 여전히 공손한 어투로 말을 이었다.

[저는 광룡들의 왕, 파멸의 군주님을 모셨습니다.]

'망자들의 왕, 그림자 군주…….'

그리고 거인들의 왕, 태초의 군주.

진우는 드래곤이 말하는 주인이 그때 시스템에게서 들었던 아홉 군주 중의 하나라는 사실을 깨달았다.

하지만 지금은 그것이 중요한 게 아니었다.

지금 알고 싶은 건 드래곤의 진짜 이름이었다.

그래야 이름을 그대로 붙여 줄 수 있으니까.

"그럼 네 이름은 뭐였……."

진우는 말을 잇지 못했다.

녀석을 올려다보는 진우의 눈동자가 크게 흔들렸다.

모래성이 바람에 흩날리는 것처럼 드래곤의 몸이 천천히 사르륵 흘러내리고 있었다.

[그러나 왕이시여, 저는 이만 인사를 드려야겠군요.]

"뭐?"

진우의 감각 스탯이 드래곤의 감정과 교감했다.

그것은 한 치의 거짓도 섞이지 않는 슬픔의 감정이었다.

드래곤은 정말로 아쉬워하고 있었다.

[아무래도 너무 늦게 주군을 뵌 듯합니다.]

그림자 군주가 가진 힘도 8년이란 세월을 뛰어넘진 못했다.

너무 오랜 시간 심연의 끝자락에 갇혀 있었던 탓에 약해진 드래곤의 마력이 허공으로 흩어져 갔다.

"시스템! 시스테엠!"

안타까운 마음에 시스템을 외쳐 보는 진우였으나, 시스템은 늘 그렇듯 아무런 응답이 없었다.

진우가 드래곤의 감정을 느낄 수 있는 것처럼 드래곤도 진우의 감정을 알 수 있었다.

[영원히 주군을 모실 수 있는 왕의 병사들이 부럽습니다.]

진심이었다.

병사를 잃고 싶지 않아 하는 왕에게 드래곤은 마지막 조언을 남겼다.

[왕이시여. 지배자들의 힘을 빌린 인간들이 넷 있었습니다. 부디 그들을 조심하시옵소서.]

형태가 희미해짐과 동시에 드래곤의 목소리도 멀어져 갔다.

[잠깐이나마 새로운 왕을 뵈어 영광이었습…….]

정적이 찾아왔다.

거짓말처럼 드래곤의 그림자는 사라져 버렸고, 그때까지 깜박이던 등도 원상태로 돌아왔다.

숨죽이고 하나부터 끝까지 지켜보던 국장은 서둘러 드래곤의 사체를 바라보았다.

그러나 드래곤의 사체는 아무 일도 없었던 듯 그대로였다.

국장은 꿈이라도 꾼 것 같은 기분에 머리가 멍해졌다.

하지만.

이 모든 게 꿈이라면 성진우 헌터가 저리도 허탈한 표정을 짓고 서 있지는 않았겠지.

"……."

진우는 드래곤의 그림자가 있던 곳에서 한참 동안 시선을 떼지 못했다.

이윽고.

익숙한 '띠링' 소리와 함께 시스템 메시지가 떠올랐다.

[그림자 추출에 실패했습니다.]

[대상의 사망 경과 시간이 너무 오래되어 더 이상의 추출은 무의미합니다.]

[대상의 그림자가 무(無)의 세계로 돌아갔습니다.]

연이어 뜨는 기계음.

띠링, 띠링 하는 소리가 이렇게까지 싫었던 적은 처음이었다.

굳게 쥔 진우의 주먹이 가늘게 떨렸다.

투콰!

분노한 진우가 바닥을 내려치자, 잠깐이지만 건물이 흔들거렸다.

* * *

진우는 숙소로 돌아왔다.

진우가 내내 저기압이었던 탓에 그의 안내를 맡은 애덤은 오는 동안 단 한 마디도 하지 못했다.

진우를 대신해 호텔에 체크인을 하고 나서야 겨우 입을 열 기회가 생겼다.

"미국에 계신 동안 제가 성 헌터님을 담당하게 되었으니 필요한 일이 있으시면 언제든 연락 주시지요."

애덤은 환한 얼굴로 말했지만, 돌아오는 대답은 쌀쌀했다.

"……알겠습니다."

미소를 짓고 있던 애덤의 얼굴 근육이 굳어졌다.

'무…… 무서워.'

기분이 언짢은 정상급 헌터가 앞에 있다는 게 이렇게 무서운 일임을 그는 오늘 처음 알았다.

진우의 분위기가 이러했기 때문에 당연히 협상 자리는 뒤로 미뤄졌다.

국장도 부국장도 이미 혼이 다 빠져나가 버린 것 같은 상태였기에 아쉬워하는 기색은 없었다.

잠이나 자야겠다고 생각한 진우가 방으로 올라가려는데.

"어?"

마침 호텔 입구로 나오던 우진철이 진우를 발견하고는 다가왔다.

"성 헌터님, 왜 연락이 안 되셨던 겁니까?"

"아…… 잠깐 연락이 안 되는 곳에 있었습니다."

헌터관리국 안에서 외부인은 전화를 쓸 수 없다.

손님이라고 하더라도 예외는 없으며, 기밀 유지를 위해 필요한 조치였다.

만약 셀너 부인 같은 중요 인물의 얼굴이라도 찍힌다면 헌터관리국 전체가 뒤집힐 일이니 말이다.

검지로 이마를 긁적거리던 우진철이 물었다.

"그럼 유진호 헌터님은 만나셨습니까?"

"예?"

그러자 우진철의 얼굴에 당혹감이 떠올랐다.

"유 헌터님은 성 헌터님 연락 받고 나가셨는데요? 헌터관리국에서 성 헌터님이 기다리고 계시다고."

"제가 방금 거기서 오는 길인데, 무슨 소리를 하시는 겁니까?"

두 사람의 대화를 듣게 된 애덤이 곧바로 사실을 확인해 주었다.

"방문자 리스트에 유진호 헌터님은 없었습니다."

"예? 그럴 리가요? 2시간 전에 S급 헌터분이 직접 오셔서 데려갔는데."

진우가 끼어들었다.

"S급 헌터 누구 말씀이시죠?"

"황동수 헌터. 그분이 여기 호텔까지 왔습니다."

어째서일까.

어떻게 된 영문인지 모르겠다는 표정의 두 사람과 달리, 진우는 황동수라는 이름을 듣자마자 불길한 기운을 느꼈다.

'이것도 감각 스탯의 힘인가?'

진우의 눈빛이 심상치 않자 애덤이 다시 핸드폰을 꺼내 들었다.

"제가 황동수 헌터님의 길드에 연락해 보겠습니다."

몇 번의 신호음이 울리고, 황동수가 속한 스케빈저 길드의 상급 헌터 전담 매니저인 로라가 애덤의 전화를 받았다.

애덤은 자신을 간단히 소개하고서 사정을 설명했다.

그러나 저쪽도 마찬가지로 당황할 것이라는 예상과 다르게 수화기 너머의 목소리는 침착했다.

-이 일을 성진우 헌터님도 알고 계시나요?

황동수 헌터가 유진호 헌터를 데려갔다고만 설명했는데 성진우 헌터의 이름이 튀어나왔다.

고개를 갸웃거리던 애덤이 슬쩍 진우의 눈치를 살폈다.

진우는 고개를 가로저었다.

고개를 끄덕인 애덤이 빠르게 말을 지어 냈다.

"아직 성진우 헌터님께서는 모르고 있으십니다. 성진우 헌터님이 헌터관리국에 계신 동안 유진호 헌터님의 일행분들이 문의를 해 왔거든요."

-그럼 저희가 최대한 빨리 알아보겠습니다.

전화는 그렇게 끊겼다.

묵묵히 듣고 있던 진우는 전화가 끊기자마자 입구로 향했다.

"성 헌터님! 스케빈저 길드에서 알아본다고 했으니 곧 연락이……!"

애덤이 진우를 따라 황급히 호텔 입구를 빠져나갔으나 이미 진우는 사라지고 난 뒤였다.

"뭐지……? 어디로 간 거야?"

애덤은 난처한 얼굴로 도로를 멍히 바라보았다.

* * *

사람들이 북적거리는 대로를 피해 한적한 뒷골목으로 이동한 진우가 은신을 풀었다.

자신을 미끼로, 한 S급 헌터가 유진호를 데려갔다.

그런데 그 S급 헌터가 소속된 길드에서는 일의 앞뒤를 캐묻지도 않고 알아보겠다는 말만을 전한 후 일방적으로 전화를 끊었다.

'뭔가 있어…….'

길드 관계자가 곧바로 자신의 이름을 꺼낸 것과 무관하지 않으리라.

진우의 얼굴이 굳어졌다.

만약 이게 시비를 거는 거라면 놈은 날을 잘못 잡았다.

진우는 명령을 내렸다.

'찾아라.'

천이 넘는 병사들이 각자 흩어져 유진호의 마력을 쫓아다닌다면 늦지 않게 찾아낼 수 있을 터.

사사삭, 사사사삭-

진우의 발밑에서 떨어져 나온 천 개의 그림자들이 사방으로 발빠르게 움직이기 시작했다.

* * *

토마스가 굳은 얼굴로 아파트 내부를 둘러보았다.

황동수가 있었어야 할 고급 아파트 안에는 그를 감시하라고 지시해 두었던 헌터들이 거품을 물고 쓰러져 있었다.

"쯧."

혀를 찬 토마스가 자신의 트레이드 마크와도 같은 선글라스를 벗었다.

"……."

험악하게 구겨진 그의 얼굴이 드러나자 그와 함께 아파트를 찾은 부하들의 얼굴이 창백해졌다.

토마스는 이를 뿌득뿌득 갈더니 낮은 목소리로 지시를 내렸다.

"황동수……. 성진우가 황동수를 찾기 전에 찾아내. 무슨 수를 써서든, 반드시 먼저 찾아내야 한다."

* * *

진우는 도시가 한눈에 내려다보이는 빌딩 위에 섰다.

높은 감각 스탯으로 극대화된 시력이 빌딩 바로 아래의 도로에서부터 저 멀리 주택가까지 샅샅이 훑어 갔다.

그러면서도 귀로는 그림자 병사들이 보내오는 소리에 집중했다.

–스미스! 요즘 어떻게 지내나?

–손님, 저희 매장에서는 단순 변심에 의한 환불은 원칙적으로…….

–어제 왜 파티 안 왔냐?

수없는 잡담들.

그 밖에도 자동차의 경적 울리는 소리나 TV 소리, 고양이 울음소리, 욕실에서 나오는 물소리 등등, 도시의 온갖 잡음이 진우의 귓가로 몰려들었다.

기본적인 오감에다 마력을 탐지하는 감각까지, 모두 육감을 총동원한 진우의 이마에 땀방울이 맺혀 갔다.

'진호한테 심어 둔 그림자 병사만 그대로였다면 이런 고생을 할 필요도 없었을 텐데…….'

하지만 누가 그랬던가?

후회하는 순간 그때는 이미 늦어 버린 거라고.

만약의 일을 대비해 진호에게 심어 두었던 개미 병사는 유명한 회장의 병실로 이동하기 위해 사용했다.

그 뒤로는 정신없이 바빴던 데다가, 미국에서는 같이 다닐 예정이어서 그만 깜박하고 말았다.

그 결과가 이 고생이다.

'카미쉬의 그림자는 사라지고, 진호는 행방이 묘연하고…….'

진우의 이마에 하나둘 힘줄이 솟기 시작했다.

가뜩이나 저조했던 기분에 먹구름이 몰려왔다.

벼락이라도 뿌릴 것 같은 날카로운 시선이 움직임 하나도 놓치지 않으려는 듯 사방을 주시했다.

하지만 유진호는커녕 그와 비슷하게 생긴 동양인 청년을 찾기도 힘들었다.

'설마…… 도시를 빠져나갔나?'

진우에겐 귀여운 동생에 불과하지만, 유진호도 D급의 전투 계열 헌터다.

어지간한 일반인들이라면 떼로 몰려들어도 유진호를 당할 수 없다.

헌터관리국으로 간다던 차가 도시를 벗어나려 한다면 유진호도 분명 낌새를 느꼈을 거고, 저항을 시도했을 것이다.

문제는.

'진호를 데려간 자식이 S급 헌터라는 거지.'

진우는 그림자들의 이동 범위를 더 확대시켰다.

'황동수라고 했지.'

그가 무슨 생각으로 자신을 이용해 유진호를 데려갔는지는 알 수 없었다.

그러나 기브 앤 테이크.

신경을 거슬리게 만든 대가만큼은 반드시 받아 내야겠다고 내심 다짐했다.

그리고 만약 진호에게 무슨 일이라도 생긴다면…….

진우의 눈에서 위험한 안광이 번들거렸다.

곧.

더 활발한 수색을 시작한 그림자 병사들에게서 도시 전체를 아우르는 무수한 정보가 쏟아져 들어왔다.

* * *

결국 황동수가 사고를 쳤다.

이 사실을 알게 된 스케빈저 길드에는 비상이 걸렸다.

상대는 성진우.

만에 하나 일이 잘못될 경우 황동수의 목숨은 보장할 수 없었다.

황동수는 스케빈저 길드의 에이스 중 에이스.

전력의 거대한 축이었다.

그를 잃을 수 없는 토마스 안드레는 길드 사무실에 앉아 초조하게 연락들을 기다렸다.

"소식은 아직인가?"

부하 직원이 어두운 표정으로 고개를 끄덕였다.

"그렇습니다."

토마스의 이마에 새겨진 주름이 한층 더 깊어졌다.

핸드폰이 꺼져 있어 황동수의 위치 추적이 불가능했다. 그가 자주 들르는 곳은 직원들을 시켜 모두 뒤져 봤지만, 불행히도 성과라고 할 만큼 건진 것은 없었다.

미스터 황은 오늘을 단단히 벼르고 있었던 모양이었다.

'목숨이 아깝지도 않은가?'

아니.

미스터 황도 S급 헌터다. 성진우와 자신의 격차 정도는 그도 인식하고 있을 터였다.

그럼에도 이렇게 무모한 짓을 벌이는 것은 믿는 구석이 있기 때문이다.

'내가 나설 수밖에 없다는 걸 알고 있어서겠지.'

그의 추측은 틀리지 않았다.

그가 다소 사고를 일으킨다 하더라도 계약 기간이 끝날 때까지 그는 스케빈저 길드의 재산이었다.

스케빈저 길드는 황동수의 실력과 가능성을 보고 많은 돈을 투자했다.

이 토마스 안드레가 자신의 재산을 포기할 사람이 아니란 사실을 알고 있기에 뒷일을 생각하지 않고 일을 저지른 거다.

'……내가 헌터들을 너무 신사적으로 대했나?'

일이 수습되고 나면 앞으로 다시는 문제를 일으키지 않게 단단히 단속해야겠다고 토마스는 거듭 곱씹었다.

토마스의 잔뜩 가라앉은 분위기에 직원들은 숨소리조차 조심스러웠다.

그때.

전화가 울렸다.

어떤 소식이든 연락을 기다리고 있던 토마스가 잽싸게 수화기를 들어 올렸다.

–미스터 황의 위치를 알 수 있을 것 같습니다.

로라의 목소리였다.

벌떡.

토마스가 자리를 박차고 일어났다.

"어떻게?"

그가 어떤 심정인지 잘 알고 있다는 듯 로라의 설명은 멈추지 않고 빠르게 이어졌다.

–헌터관리국에 협조를 구해 최근 한 달간 미스터 황의 이동 경로를 전부 분석해 봤어요. 도합 세 번, 평소의 행동반경을 벗어나 일정에 없는 장소로 이동한 흔적이 있더군요.

좋았어!

토마스가 고개를 끄덕였다. 생각했던 것보다 빠르게 꼬리를 잡았다.

"그쪽으로 우리 애들을 전부 보내도록. 나도 그리로 출발한다."

–알겠습니다.

전화를 끊으려던 토마스가 멈칫하며 다시 수화기를 들어 올렸다.

"그런데…… 헌터관리국의 꼰대들은 어떻게 설득시킨 거지, 로라?"

헌터관리국은 헌터폰에 내장된 위치 추적기를 통해 모든 헌터들의 현재 위치와 이동 경로를 기록한다.

하지만 그들은 쉽게 자신들의 정보를 내어 주는 기관이 아니다.

아무리 스케빈저의 요청이 있었다고 해도 심사에만 최소 몇 시간 이상은 걸릴 텐데, 이렇게 빠르게 황동수의 기록을 꺼내 놓다니.

있을 수 없는 일이었다.

토마스는 로라가 어떻게 그들을 움직인 것인지 의아했다.

그러나 로라의 대답은 생각보다 간단했다.

–빨리 황동수 헌터를 찾지 못하면 성진우 씨와 마스터가 부딪칠 수도 있다고 했거든요.

* * *

"길드원들 전원이 막 이동을 시작했습니다!"

스케빈저의 동향을 감시하던 애덤의 다급한 목소리가 핸드폰을 때렸다.

부국장이 물었다.

–100명 전부?

"예정되어 있던 레이드까지 방금 취소했습니다. 모든 헌터들이 어디론가 움직이고 있습니다."

–이게 대체…… 지금 무슨 일이 일어나고 있는 거지?

"……."

애덤은 쉽게 입을 열 수 없었다.

스케빈저 길드의 S급 헌터가 성진우 헌터의 일행을 속여서 데려갔고, 성진우 헌터와 스케빈저 길드가 움직이기 시작했다.

보통 일이 아니었다.

스케빈저 길드 전체가 나섰다는 말은 곧 스케빈저의 주인인 토마스 안드레가 뒤에 있다는 소리.

불길한 기운에 애덤의 이마가 식은땀으로 젖어 갔다.

아니나 다를까.

길드 건물 입구에서 나오는 토마스를 보고 애덤은 얼어붙었다.

'헉…….'

주위를 한 번 둘러보던 토마스는 대기시켜 놓았던 차에 올라타고서 어디론가 바쁘게 출발했다.

스케빈저 헌터들이 사라진 방향과 같았다.

애덤은 떨리는 목소리를 가다듬으며 부국장에게 자신이 본 것을 말했다.

"부국장님…… 골리앗…… 토마스 안드레까지 움직입니다."

* * *

"정말 이래도 괜찮은 겁니까?"

남자가 의식을 잃고 바닥에 쓰러진 유진호를 내려다보며 걱정스러운 목소리로 물었다.

황동수는 고개를 끄덕였다.

"어떻게 하겠다는 게 아냐. 난 딱 한 가지만 알면 돼."

마스터인 토마스가 경고했다.

성진우를 건들지 말라고.

하지만 황동수는 처음부터 성진우를 건들 생각이 없었다.
굳이 성진우가 아니더라도 자신의 질문에 대답해 줄 수 있는 사람이 하나 더 있었으니까.
그날.
자신의 형 황동석과 성진우, 그리고 유진호가 들어갔던 던전에서 무슨 일이 있었는지.
유진호에게 묻는 말에만 솔직히 대답하면 보내 주겠다고 했다.
그러나 유진호는 만신창이가 될 때까지도 끝내 입을 열지 않았다.
유진호가 입을 다물면 다물수록 심증은 더욱 깊어져 갔다.
듣고 싶은 답은 하나.

-성진우가 형을 죽였다.

그 한마디만 들을 수 있으면 유진호에게 볼일은 없었다.
그런데 체구도 작고 어수룩해 보이는 녀석이 무슨 깡으로 S급 헌터 앞에서 이리 굳게 입을 다물고 있는 것인지.
그 용기만은 칭찬해 줄 만했다.
'그러나 무모함이 면죄부가 되어 줄 수는 없지.'
황동석은 온몸이 성한 곳 하나 없는 유진호의 옆구리를 툭툭 걷어찼다.
"어이. 일어나."
이 녀석이 기절했다 깨어난 게 벌써 네 번째였던가?
질기게 버티는 유진호에게 짜증이 난 황동석의 발길질이 좀 더 거세졌다.

"일어나라고!"

퍽!

"커헉!"

입속에 고인 피를 왈칵 토하며 몸을 움츠리는 유진호를 보고, 다른 사내가 낄낄댔다.

"그래도 꼴에 탱커라고 꽤 잘 버티네요. 보통 사람 같았으면 벌써 죽었을 텐데."

황동수는 무표정한 얼굴로 유진호의 뒷머리를 잡아 고개를 들췄다.

"잘 들어. 난 너를 죽일 생각이 없다. 여기 웃고 있는 녀석은 제법 실력 있는 힐러지. 이 녀석은 네가 죽기 직전이 될 때마다 너를 살려 낼 거다."

유진호의 흐릿한 시선이 낄낄대던 사내를 향하자, 그는 미소를 지으며 인사하는 것처럼 손가락을 까딱거렸다.

황동수의 손이 거칠게 움직였다.

"커헉!"

그 손에 붙들려 있는 유진호의 고개 또한 크게 움직였다.

먼지가 가득한 건물 내부가 눈에 들어왔다.

황동수가 말을 이었다.

"여긴 가동이 중단된 지 5년도 더 된 공장이다. 네가 아무리 비명을 질러 대도 와 줄 사람은 없다."

유진호의 고개를 단단히 고정한 채, 황동수가 자신의 얼굴을 들이밀었다.

두 사람의 시선이 점점 가까워졌다.

"그러니 내가 알고 싶은 것을 말해 줄 때까지 넌 영원히 여기서 고통을 받아야 한다는 소리지."

코가 맞닿을 거리에서 황동수가 이를 드러냈다.

"어때? 이제 순순히 털어놓을 마음이 생기나?"

"……."

유진호의 입술이 달싹거렸으나 너무 작은 소리라 황동수의 귀에도 들리지 않았다.

"뭐라고?"

"……."

고개를 갸웃거리던 황동수가 귀를 가까이 댔다.

유진호는 입술 바로 앞까지 붙은 황동수의 귀에 속삭였다.

"……좆까."

황동수의 얼굴이 일그러졌다.

쿠웅!

유진호의 옆머리를 그대로 바닥에 처박아 버린 황동수가 숨을 씩씩 내쉬었다.

"어이! 죽인 거 아냐?"

눈이 휘둥그레진 힐러가 달라붙어 맥박을 살폈다.

"휴우-."

아직 유진호의 심장이 뛰고 있는 걸 확인한 그가 안도의 한숨을 내쉬었다.

하지만 방금 분명 조금만 힘을 더 줬어도 이 어리고 약한 헌터의 숨통이 끊어졌을 것은 틀림없었다.

"미스터 황, 조심 좀 해 달라고. 돈 때문에 살인에 가담하긴 싫으니까."

"……주의하지."
황동수도 자신의 실수를 인정했다.
아슬아슬한 상황 때문일까.
처음부터 불안감을 감추지 못하던 사내가 황동수를 만류했다.
"그만하고 가시죠. 이만하면 충분히 알아볼 만큼은 다 알아보신 것 아닙니까?"
"무슨 소리야. 이제 시작인데."
황동수는 입꼬리를 올리고 비릿한 미소를 지었다.
잔인한 성정은 자신의 형과 똑 닮아 있었다.
황동수를 설득하는 데 실패한 사내는 불안한 마음에 자꾸 주변을 두리번거렸다.
그때.
사내는 공장 안의 저편에 서 있는 뭔가를 발견했다.
뭐지?
사내의 눈이 가늘어졌다.
그 순간.
"어? 어어?"
사내가 놀라 그곳을 가리키자, 황동수와 힐러도 고개를 들었다. 거기엔 검은 갑옷을 입은 하이오크 하나가 있었다.
"……오크?"
황동수가 몸을 일으켰다.
유진호의 상태를 살피던 힐러도 몸을 일으켰다.
"주위에 던전 브레이크라도 터졌나?"
황동수는 고개를 저었다.

그랬다면 주변이 아수라장이 됐을 터였다.
혹시 몰라 기감을 확장해 인근의 기척을 뒤져 봤지만 다른 마수의 흔적은 느껴지지 않았다.
하이오크는 혼자였다.
“신기한 일이군.”
그런데 신기한 일은 거기서 그치지 않았다.
하이오크는 떨고 있었다.
공포에 가득 찬 얼굴로, 금방이라도 떨어질 것 같은 눈물을 간신히 참아 내며, 겁에 질려 사지를 떨고 있었다.
“미스터 황. 저 녀석, 당신을 보고 겁먹은 것 같은데?”
“……장난칠 시간은 없다.”
황동수의 주먹에 하얀빛이 맺히기 시작했다.
어디서 나온 오크인지는 모르겠으나 발견한 이상 살려 보낼 수는 없었다.
성큼성큼 가까워진 황동수가 오크의 머리통을 날리기 위해 주먹을 들어 올린 순간.
어디선가 묵직한 남성의 목소리가 들려왔다.
-교환.

* * *

거실의 TV에서는 최근 잦아진 던전 관련 사고들에 대한 뉴스가 흘러나오고 있었다.
아직 대형 사고가 터지지는 않았지만 레이드 중에 희생당하는 헌터들의 숫자가 늘고 있다는 소식이었다.

“아들은 괜찮으려나?”

뉴스를 지켜보던 어머니가 진우를 떠올리며 불안한 목소리를 냈다.

아들이 얼마나 뛰어난 헌터건 간에 자식이 걱정되는 부모의 마음을 어쩔 수가 있을까?

진우의 명에 따라 그림자에 숨어 집을 지키던 베르가 그 말을 들었다.

‘왕의 어머니시여, 주군께서 성하시지 못할 사고라면 그 누구도 살아남지 못할 것입니다.’

베르는 목구멍 위로 올라오려는 말을 속으로 간신히 삼켰다.

쓸데없이 주군의 어머니를 놀라게 할 수는 없는 일.

덕분에 답답함은 자신의 몫이었다.

화면에 비치는 저급한 괴물들 따위와 주군을 비교하는 주군의 어머니가 야속했지만, 베르는 인내에 인내를 더하며 주군의 강대함에 대해 설파하고 싶은 마음을 억눌렀다.

―다음은 현재 미 헌터관리국에서 주최하고 있는…….

화면이 바뀌고, 미국 공항의 모습이 흘러나오며 국제 길드 컨퍼런스에 대한 뉴스가 나왔다.

화면 속에서 진우가 공항으로 들어섰다.

플래시 세례를 받으며 걸어 들어오는 아들의 모습에, 어머니는 언제 걱정했었나 싶게 흐뭇한 미소를 지었다.

“진아야, 오빠 나왔다.”

"정말?"

진아가 하던 공부를 팽개치고 방에서 쪼르르 뛰쳐나왔다.

벌써 한두 번 본 것도 아닌데, 화면으로 만나는 오빠는 여전히 신기하고 반가웠다.

하지만 진아와 어머니 두 사람은 전혀 알지 못했다.

지금 두 사람보다 더 열렬히 화면을 지켜보며 환호하고 있는 누군가가 근처에 존재한다는 사실을.

'왕이시여……!'

베르는 감격에 찬 눈빛으로 화면에 시선을 고정했다.

그런데.

갑작스럽게 온몸에 한기가 들기 시작했다.

아무 전조도 없이 몸이 떨려 왔다.

이 느낌.

전에도 한 번 이 비슷한 느낌을 받은 적이 있었다.

그게 언제였을까?

기억을 더듬어 가던 베르가 마침내 그때의 상황을 떠올려 냈다.

그때.

살의에 가득 찬 왕의 시선이 자신을 내려다보고 있었던 바로 그 순간이었다.

피할 수 없는 죽음.

그 죽음의 냄새를 감지한 본능이 말해 주는 경고.

그림자 병사가 되고 난 이후 처음 겪어 보는 왕의 분노에, 베르는 공포로 사고가 마비될 지경이었다.

그러나 자신은 왕의 병사!

정신이 번쩍 들었다.

'……왕이 분노하고 계신다.'

왕께 무슨 일이 생겼다는 걸 알게 된 이상 이렇게 겁에 질려 떨고 있을 수만은 없는 일.

베르는 바로 진우에게 신호를 보내 대화를 시도했다.

'왕이시여, 고정하소서. 제가 즉시 그리로 가겠나이다.'

대답은 빠르게 돌아왔다.

'너는…… 움직이지 마라.'

분노가 응축된 것 같은 왕의 음성이 느껴지자 베르는 사시나무처럼 사지를 떨었다.

'명을 따르겠습니다.'

그저 복종하겠다는 말밖에는 나오지 않았다.

그리고 동시에.

왕의 분노를 산 멍청이가 어떤 녀석인지 궁금해졌다.

'어찌도 이리 어리석은 짓을…….'

두려움에 몸을 떨어 대던 베르는 조금이라도 공포를 잊기 위해 그림자 깊은 곳으로 숨어들어 갔다.

* * *

부산.

기사단 길드는 레이드 준비에 한창이었다.

길드 마스터 박종수는 공격대원들의 상태를 마지막으로 점검해 보며 레이드 성공에 대한 의지를 불태웠다.

"요즘 던전에서 사고가 많다고 하니 다들 정신 똑바로 차리고 합시다. 우리는 한 사람도 다치는 일 없게."

"옙!"

진우의 소환수들과 함께 레이드를 뛴 뒤로 묘하게 겸손해진 길드원들이 기합이 들어간 모습을 보였다.

그런데.

박종수의 뒤에서 연신 고개를 끄덕이며 리액션을 하고 있던 부사장 정윤태가 무언가를 발견하고서는 눈을 휘둥그레 떴다.

"헉!"

박종수가 급히 뒤를 돌아보았다.

"왜? 무슨 일이야?"

정윤태가 바닥을 가리키며 그림자와 박종수를 번갈아 보았다.

"해, 행님! 그림자가예, 행님 발밑에 그림자가 방금 막 부르르……."

정윤태는 가늘어진 박종수의 눈매를 보고는 말을 멈추었다.

"윤태야, 내가 레이드 전에 술 입에 대지 말라고 몇 번이나 말했냐?"

"아입니더, 행님, 저 오늘 한 방울도 안 마셨습니더. 진짜 그림자가 막 살아 있는 것처럼 떨었다니까예!"

한심한 눈빛으로 정윤태를 바라보던 박종수가 한숨을 푹 내쉬었다.

"안 되겠다. 넌 오늘 쉬어라."

"행님! 진짜라니까예!"

"자, 다들 슬슬 들어갑시다. 오늘도 우리 기사단 화이팅!"

"아, 행니임-!"

정윤태의 억울한 목소리가 허공을 울리는 가운데.

진우가 병사들을 뿌려 놓은 곳마다 떨리는 그림자를 봤다는, 믿지 못할 신고가 줄지어 이어졌다.

목격자들의 시선도 아랑곳하지 않을 만큼.

그림자 병사들은 진심으로 분노하는 주군의 감정에 전율할 수밖에 없었다.

* * *

—교환.

하이오크 병사가 사라지고 진우가 나타났다.

'……!'

황동수 일행은 예상치 못한 불청객의 등장에 뱀을 마주한 쥐처럼 다들 얼어붙었다.

특히 진우를 알아본 황동수는 순간 호흡이 멎을 뻔했다.

진우는 안중에도 없다는 듯 황동수를 성큼성큼 지나 유진호에게 걸어갔다.

딱히 입을 열지 않았는데도, 유진호의 곁에 서 있던 두 사람은 미리 말을 맞추기라도 한 것처럼 동시에 비켜섰다.

진우는 창고에서 꺼낸 힐링 포션을 유진호의 입에 조금씩 흘려보냈다.

그러나.

[잔여 체력이 10% 이하일 때는 힐링 포션으로 체력을 회복할 수 없습니다.]

'띠링' 하는 소리와 함께 치료할 수 없다는 메시지가 눈앞에 떠올랐다.

콰직.

힐링 포션 병이 진우의 손안에서 부서졌다.

'생명의 신수'는 병을 고치는 아이템이다. 병이 아닌 부상에는 도움이 되지 않는다.

병을 고치는 데 치료 마법이 도움되지 않는 것처럼.

'치료 마법이 필요하다.'

그런데 힐이 가능한 유일한 그림자 병사인 베르는 한국에 있었다.

지금 불러온다고 해도 시간이 얼마나 걸릴지…….

그때 정신을 차린 황동수가 진우에게 말을 걸었다.

"너…… 너 뭐야? 방금 오크…… 어떻게 한 거지?"

진우는 들은 체도 하지 않고 옆의 두 사람에게 물었다.

"둘 중에 힐러가 있나?"

힐러라는 단어에 치유 계열 헌터인 남자가 엉겁결에 고개를 끄덕였다.

진우는 유진호를 가리켰다.

"치료해라."

힐러의 시선이 황동수에게로 옮겨 갔다.

황동수는 고개를 가로저었다.

진우가 유진호의 상체를 조심스럽게 눕히고 일어섰다.

"마지막으로 말한다. 치료해라."

다시 힐러의 시선이 황동수에게로 향했다.

황동수의 대답은 똑같았고, 고개를 끄덕인 힐러가 진우를 바라보며 씩 입꼬리를 올렸다.

"이거 나보다는 내 보스를 먼저 설득해야……."

그는 말을 잇지 못했다.

투쾅!

진우는 황동수가 유진호에게 했던 것처럼 힐러의 머리를 바닥에 찍어 버렸다.

너무 순식간이라 아무도 진우의 움직임을 보지 못했다.

S급인 황동수조차 진우가 공격한다는 기미조차 깨닫지 못하고 쓰러진 힐러를 발견했을 뿐이다.

진우는 남은 사내에게 돌아섰다.

"너도 힐러냐?"

사내는 자신에게 다가오는 진우의 얼굴을 확인하고선 턱을 떨었다.

"서, 성진우? 성진우 헌터?"

뒷걸음치는 그가 황동수를 노려보며 소리쳤다.

"황동수 씨! 이게 성진우와 관련된 일이라고는 안 했잖아! 이거 뭐야? 이거 뭐냐고!"

"치료 마법이 가능하냐고 물었다."

"아, 아니요. 저는……."

사내의 대답도 거기서 끊겼다.

투쾅!

보이지 않는 손에 타격당한 사내의 머리가 바닥에 처박혔다.

순식간에 상급 헌터 두 명이 의식을 잃었다.

진우의 힘을 직접 확인한 황동수의 심장이 거칠게 쿵쾅거렸다.

그때였다.

"혀, 형님."
바닥이 두 번이나 크게 울렸기 때문이었을까?
유진호의 의식이 돌아왔다.
"형…… 님."
진우가 몸을 숙여 유진호의 목소리에 귀를 기울였다.
"진호야."
부어오른 눈을 가늘게 뜬 유진호가 피범벅이 된 얼굴을 움직여 힘겹게 입을 열었다.
"황동수…… 황동석…… 동생……. 조심하세요……."
숨소리가 색색 새어 나오는 유진호를 안타까운 시선으로 내려다보던 진우가 유진호의 말을 막았다.
"쉿. 더 말하지 마."
"형님……."
유진호는 진우가 내민 손을 잡고서 눈물을 글썽거렸다.
진우가 물었다.
"조금만 참을 수 있겠어?"
끄떡끄떡.
말하는 것도 힘들어진 유진호가 대답 대신 고개를 움직였다.
진우는 동생의 손을 놓고 천천히 일어섰다.
진우의 시선이 황동수를 향했다.
황동수도 진우를 노려보았다. 살기가 담긴 진우의 시선에 다리가 떨려 왔지만, 달아나는 것에는 취미가 없었다.
번뜩이는 진우의 안광이 점점 가까이 다가왔다.
황동수는 애써 아무렇지 않은 척하며 목에 힘을 주었다.

"너지? 내 형, 황동석을 죽인 게. 그렇지?"

황동수의 겁먹은 얼굴이 가까워진다.

약자에게 강하고, 강자에게 약했던 누군가의 얼굴이 자동으로 겹쳐졌다.

진우의 눈빛은 더없이 차가웠다.

황동수가 소리쳤다.

"대답해! 성진우, 네가 형과 형의 팀원들을 죽였나?"

황동수의 코앞까지 다가온 진우가 말했다.

"가서 형한테 물어봐."

뿌득.

황동수가 빛으로 둘러싸인 주먹을 휘둘렀다. 노린 것은 진우의 얼굴.

하지만 고개를 숙여 피한 진우가 곧바로 황동수의 복부에 주먹을 꽂아 넣었다.

"커헉!"

단 일격에, 황동수가 왈칵 피를 쏟아 냈다.

* * *

"차 세워!"

"예?"

"차 세우라고!"

토마스가 고함치자 기사가 급히 차를 멈췄다.

앞서가던 마스터의 차가 예고도 없이 멈춘 까닭에 뒤따라오던 길드의 차량들도 모두 급정거했다.

끼익, 끼이익-

여기저기 소음이 진동했다.

그러거나 말거나.

쾅!

차 문을 발로 날려 버리고 나온 토마스의 고개가 어딘가를 향했다.

그의 얼굴이 흉악하게 일그러졌다.

"제길……."

멈춰 선 차량들 속에서 세계 최고로 손꼽히는 스케빈저 길드의 정예 헌터들이 뛰어나왔다.

"마스터, 뭡니까?"

"무슨 일이에요?"

다급한 길드원들의 질문에 토마스가 짧게 답했다.

"이미 시작됐다. 나 먼저 갈 테니 곧바로 따라와."

"예?"

뭐가 시작됐다는 걸까?

그러나 설명을 부탁하기도 전에 토마스가 무릎을 굽혔다.

그의 다리 근육이 팽팽하게 부풀어 오르며 바닥의 아스팔트가 녹아내리기 시작하자, 헌터들은 자연스럽게 토마스에게서 두세 걸음씩 물러났다.

쿠웅-!

바닥을 박차고 뛰어오른 토마스가 순식간에 아득히 멀어졌다.

* * *

'뭔가…… 온다.'

강력한 무언가가.

토마스가 진우의 힘을 느꼈듯 진우도 토마스의 존재를 느꼈다.

진우는 손을 멈추었다.

다른 손에는 유진호 못지않게 중상을 입은 황동수의 멱살이 잡혀 있었다.

콰앙!

공장의 지붕 한쪽이 내려앉으며 국가 권력급 헌터 중 하나인 토마스 안드레가 내려섰다.

토마스의 접근을 알고 있었던 진우는 눈 하나 깜짝하지 않고 그쪽을 돌아보았다.

토마스가 몸을 일으키며 주변을 확인했다.

유진호와 진우, 그리고 진우의 손끝. 차례로 이동하던 시선이 황동수에게 고정되었다.

토마스의 미간이 구겨졌다.

진우의 강한 마력에 가려져 황동수의 기척이 느껴지지 않았다.

선글라스를 벗어던진 토마스가 물었다.

"황동수…… 아직 살아 있나?"

"아직은."

영어에 익숙하지 않을 진우를 위해 토마스가 간단한 단어들로 또박또박 말을 건넸다.

"그를 풀어다오. 그를 풀어 준다면 이번 일은 없던 일로 하겠다. 내가 이렇게 부탁하지."

진우가 황동수의 멱살을 쥔 손에 더 힘을 주면서 물었다.

"싫다면?"

"부탁이 부탁이 아니게 되겠지."

세계 최강의 헌터 중 한 사람이 이를 드러냈다.

평범한 헌터라면 오금을 저릴 만한 상황.

하지만 진우의 기세는 조금도 밀리지 않았다.

"얼마든지."

6. 맹수의 급(級)

6. 맹수의 급(級)

토마스의 눈썹이 꿈틀했다.

별것도 아닌 헌터가 방금과 같은 대답을 내놓았다면 바로 찢어 죽였을 것이다.

미국은 하나의 국가와 대등한 '국가 권력급' 헌터인 자신을 함부로 처벌할 수 없으니까.

역대 최악의 재앙으로부터 3억 미국 시민들을 구해 낸 대가로 토마스는 무소불위의 권력을 손에 넣었다.

하고 싶은 것들을 마음껏 저지를 수 있는 힘이 있었다.

하지만 그럼에도 불구하고 토마스는 쉽게 움직이지 못했다.

눈앞의 상대가 '성진우'였기 때문이다.

성질을 숨기지 못하고 잠깐 손을 움찔했던 토마스는 황동수를 노려보며 이를 갈았다.

'내가 그렇게 건들지 말라고 했거늘…….'

성진우, 그는 예상했던 대로 쉬운 상대가 아니었다.

직접 보니 더욱 잘 알 수 있었다.

굳이 표현하자면 수렁.

한번 발을 잘못 들이면 쉽게 빠져나가지 못할 것 같은, 어둡고 불길한 마력이 그의 전신에서 흘러나왔다.

그러나 이쪽도 순순히 물러설 수는 없었다.

스케빈저의 에이스 헌터가 그의 손에 붙들려 있기도 했고, 무엇보다 국가 권력급 헌터의 자존심이 걸린 문제이기도 했다.

토마스는 잔뜩 일그러진 얼굴로 다시 물었다.

"……너, 혹시 내가 누구인지 모르는 거냐?"

진우는 딱 잘라 말했다.

"상관없다. 네가 누구든지."

그때.

의식이 돌아온 황동수가 토마스를 발견하고는 외쳤다.

"마스터, 이 새끼 죽여 버려요! 어서!"

쾅-!

진우의 주먹에 맞은 황동수는 다시 의식을 잃고 축 늘어졌다.

토마스의 이마에 힘줄이 돋았다.

"감히……."

내가 누구인지 알고 있으면서도 내 앞에서 이런 짓을?

그렇지 않아도 일그러져 있던 그의 얼굴이 악귀처럼 흉측하게 구겨졌다.

자신에게 복종하지 않는 대상을 어떻게 취급해야 하는지, 그는 경험을 통해 몸에 익히고 있었다.

화이트 트래쉬.

하류층 백인.

토마스는 가난한 이민자 가정에서 자라났다.

빈민가에 위치한, 흑인들로 가득 찬 학교는 아는 이 하나 없는 백인 소년에게 결코 친절한 장소가 아니었다.

사방이 적이었다.

눈이 마주치는 것만으로 시비가 붙기 일쑤였으며, 상대의 손에 흉기가 들려 있었던 경우도 허다했다.

하나가 아닌 여럿을 상대해야 했던 상황도 많았다.

그러나 아무것도 가진 게 없어 보였던 백인 소년에게 하늘은 단 하나, 최고라고 말할 수밖에 없는 재능을 내려 주었다.

압도적인 폭력(暴力).

남을 짓밟을 수 있는 힘!

역설적이게도, 소년의 배경은 소년이 가진 재능을 확인하기에 최적의 환경이었다.

끊이지 않는 무수한 싸움 속에서 소년은 자신의 천부적인 자질을 거듭 증명해 나갔다.

자신의 힘이 자신에게 적대적이었던 이들을 어떻게 바꿀 수 있는지 똑똑히 봐 왔다.

그는 왕처럼 군림했다.

힘.

권력, 재력, 폭력.

세상에 존재하는 수많은 힘이 한 인간을 왕으로도, 혹은 노예로도 만들 수 있다는 사실을 그는 일찍이 깨달았다.

그리고 이 세상에 전혀 다른 형태의 '힘'이 등장했을 때.

그는 진정한 왕으로 군림할 기회를 잡았다.

말을 해서 통하지 않는 상대는 힘으로 굴복시키면 그뿐.

앞을 막는 자는 부순다.

자신을 내려다보는 자는 무릎 꿇게 만든다.

폭력이야말로 정의!

토마스는 자신이 배우고 익힌 것에 충실히 따랐다.

시간이 멈추고.

악의를 품은 토마스가 앞으로 튀어 나갔다.

두 사람의 간격이 순식간에 제로가 되었다.

코가 맞닿을 만큼 가까워진 거리에서 토마스와 진우의 눈이 마주쳤다.

'자신의 무지를 원망해라!'

토마스가 손을 내뻗었다.

진우의 머리를 한 손으로 움켜쥐기 위해서였다.

무지막지한 악력은 자신의 장기.

상대가 아무리 최상급 헌터라 해도 머리뼈를 부수는 것은 어려운 일이 아니었다.

이미 자신의 간격 안에 들어온 순간, 승부는 끝난 것과 다름없었다.

토마스의 입꼬리가 올라갔다.

그러나.

'뭐……?'

별안간 눈앞에서 빛이 번쩍였다.

* * *

때마침 현장에 도착한 스케빈저의 헌터들은 보았다.

폐공장 벽을 뚫고 빠르게 튕겨 나오는 무언가를.

쿠웅-!

그 무언가는 벽을 무너뜨리고 나서 바닥에 떨어진 후에도 한참을 땅 위에서 미끄러졌다.

츠으으으윽-

그리고 그것이 눈앞에서 멈춰 섰을 때.

그제야 그것의 정체를 알게 된 헌터들은 누가 먼저라고 할 것도 없이 전부 경악을 금치 못했다.

"토마스!"

"마스터, 괜찮으십니까?"

누가 골리앗을 이렇게 날려 버릴 수 있단 말인가?

믿을 수 없는 일이었다.

충격이 얼마나 컸는지 토마스의 전신에서 김이 모락모락 올라왔다.

하긴.

평범한 인간이었다면 땅에 쓸리며 살가죽이 다 벗겨지고도 남았으리라. 아니, 그전에 이미 벽에 부딪히며 온몸이 박살 났어야 했다.

그러나 토마스는 멀쩡했다.

드래곤 카미쉬의 브레스를 맨몸으로 받아 냈던 탱커답다고 할까?

다만 몸을 일으키는 그의 표정까지 멀쩡하진 않았다.

돌처럼 딱딱하게 굳은 얼굴로 일어선 그가 헌터들을 돌아보았다.

국가 권력급 헌터의 살벌한 시선에 같은 소속인 헌터들까지 얼굴이 창백해졌다.

"……."

토마스는 말없이 자신이 튕겨 나온 폐공장을 향해 걸어갔다. 아득할 정도로 강한 살기가 전신에서 뿜어져 나왔다.

저벅, 저벅.

앞서가는 그를 멍하니 바라보던 부마스터가 헌터들을 독촉했다.

"뭐 해? 다들 움직여!"

백여 명의 최상급 헌터들이 일제히 폐공장 안으로 들이닥쳤다.

* * *

토마스를 날려 버린 진우가 주먹을 꽉 쥐었다.

조금만 더 늦었어도 유진호의 목숨이 위태로울 뻔했다.

하이오크 병사의 눈을 통해 황동수가 유진호의 머리를 찍는 장면을 봤을 때는 순간 피가 거꾸로 솟는 느낌이 들었다.

그런데 이제 와서 뭐?

황동수를 풀어 준다면 없던 일로 하겠다고?

웃기는 소리.

강한 힘에 휘둘리지 않기 위해서 지금까지 자신을 한계에 한계까지 몰아붙이며 성장시켜 왔다.

그의 요구는 생각해 볼 가치도 없었다.

그런데.

그에 대한 토마스 안드레의 응답이 이것이었다.

방금 공격에는 살의가 담겼었다.

싸움은 끝나지 않았다.

멀리 나가떨어졌던 토마스는 더 강한 살의를 품고 이리 접근해오고 있었다.

진우는 아직 의식이 돌아오지 않은 황동수를 구석으로 던져 놓았다.

그리고 카이셀과 이그리트를 불러냈다.

스르륵-

검은 비룡과 검은 기사가 모습을 드러냈다.

진우는 유진호를 가볍게 안아 들어 이그리트에게 넘겨주었다.

"진호를 가장 가까운 병원으로 데려가라. 어떻게든 치료를 받을 수 있게 만들어."

꾸벅 고개를 숙인 이그리트가 비룡을 타고 뒤쪽으로 빠져나갔다.

끼악-!

토마스는 달아나는 비룡 따위에는 관심도 주지 않았다. 그의 시선은 오로지 진우에게만 고정되어 있었다.

진우의 시선도 그리로 향했다.

구겨진 토마스의 얼굴과 함께, 그의 어깨 너머로 몰려오는 최상급 헌터들이 눈에 들어왔다.

숫자는 백여 명.

세계 최고라 일컬어지는 스케빈저의 정예들을 전부 데려온 모양이었다.

그러나.

'병력이라면 이쪽도 충분하다.'

진우는 자신의 그림자에 숨어 명령을 기다리고 있었던 그림자 병사들을 밖으로 불러냈다.

진우의 발밑으로 어둠이 서서히 번져 나가며, 그림자 병사들이 하나둘 위로 솟아올랐다.

병사들을 발견한 토마스가 그 자리에 멈춰 섰다.

그 숫자는 무려 일천.

폐공장 안을 가득 메우고도 뒤쪽에 한참이나 더 병사들의 행렬이 이어졌다.

토마스의 눈이 가늘어졌다.

'숫자만 많은 게 아니다.'

개중에는 S급에 맞먹는 소환수도 몇 보였다.

거대한 방패를 든 기사와 검은 로브를 뒤집어쓴 주술사, 그리고 저 뒤쪽에 자리 잡고 있는 거인들까지.

그들의 마력은 최상급 헌터들과 비교해도 결코 뒤지지 않았다.

당장 스케빈저 길드가 전력으로 상대해도 승부를 장담할 수가 없을 정도로 뛰어난 소환수들이었다.

오싹오싹.

상식을 벗어난 진우의 소환수들에 토마스는 전율을 느꼈다.

그리고 동시에 기뻤다.

그래.

적어도 이 정도쯤은 되어야 상대할 맛이 나지 않겠는가?

토마스는 미소를 지으며 혀끝으로 입술을 축였다.

이제 황동수 따위는 관계없다.

금이 간 자존심을 회복할 방법은 한 가지뿐.

'저 시건방진 놈을 죽인다…….'

그러나 그 전에.

토마스는 진우에게 마지막 자비를 제안했다.

"지금이라도 실수를 인정하고 물러난다면 목숨은 살려 주겠다."

진우는 대답 대신 중간 손가락을 들어 올렸다.

"……."

토마스의 이마 여기저기에 굵은 혈관들이 툭툭 불거져 나왔다.

"네놈, 끝까지……."

쫘악.

토마스는 자신의 상의를 찢어 버렸다.

마수들에게서 얻은 소재로 만들어진 최고급 셔츠가 종이처럼 찢겨 나갔다.

이어.

우드득-

우득-

그의 전신 근육이 부풀어 오르기 시작하더니 마치 온몸에 갑옷을 두른 것처럼 경화되었다.

소름 끼치는 마력이 그의 발밑에서 흘러나왔다.

마력이 어찌나 강한지, 그의 어깨에서 금빛의 증기가 스멀스멀 피어오르는 것처럼 보였다.

지상 최강의 탱커가 자신의 전력을 드러냈다.

묵묵히 토마스의 변화를 지켜보던 진우도 자신의 마력을 해방했다.

슈아악-

궤를 달리하는 두 괴물의 마력에 스케빈저의 정예 헌터들은 숨을 죽였다.

'헉!'

'누가 골리앗을 날렸나 했더니…….'

헌터들의 시선이 한곳으로 모였다.

성진우.

확실히 그 거인들을 처치한 성진우라면 가능할 만했다.

진우를 바라보며, 스케빈저의 헌터들은 침을 꼴깍 삼켰다.

긴장한 그들과 달리 진우는 차분했다.

그동안의 성장을 확인해 볼 수 있는 절호의 기회였다.

전력을 다하기에 부족하지 않은 상대.

문득 진우는 카미쉬에게 들었던 말을 떠올렸다.

'지배자의 힘을 빌린 인간이 넷 있었다고 했었지?'

어쩌면.

그건 카미쉬 레이드에서 살아남았던 다섯 명, 즉 '국가 권력급' 헌터들 중 네 명을 말하는 것은 아닐까?

그렇다면 토마스 안드레도 지배자의 힘을 빌리고 있는 인간일 가능성이 높다.

진우가 먼저 움직였다.

"가라."

주군의 명령이 떨어지기 무섭게 병사들이 뛰쳐나갔다.

토마스의 목청에 힘줄이 돋았다.

"온다!"

한 사람과 한 길드.

천에 가까운 소환수들과 백에 가까운 정예 헌터들이 격돌했다.

쾅-!

가장 선두에 있던 아이언을 날려 버린 토마스가 안광을 뿜어내며 진우를 찾아 헤맸다.

한쪽에서 누군가 무서운 속도로 달려오고 있었다.

그쪽이냐-!

토마스가 돌아섰지만 진우가 빨랐다.

순식간에 토마스의 품 안으로 파고들어 간 진우가 '악마왕의 단검'을 옆구리에 꽂았다.

그러나 경화된 토마스의 피부를 뚫고 들어가지는 못했다.

'……!'

진우의 눈이 커졌다.

퍼걱!

팔꿈치로 진우를 날려 버린 토마스가 입꼬리를 말아 올렸다.

이것이 국가 권력급의 힘.

제법 뛰어난 속도를 가지고 있다고는 하나, 자신의 방어력을 넘어설 수는 없는 것이다.

힘의 격을 느끼고 절망해라!

승기가 넘어왔다고 판단한 토마스는 거기서 공격을 그치지 않고 손을 뻗었다.

우웅-

그러자 손끝에서 강한 인력이 발생해, 튕겨 나가던 진우가 도로 끌려왔다.

보이지 않는 손.

공중에 떠 있던 카미쉬를 땅으로 끌어내린 자신의 능력이었다.

토마스와 무서운 속도로 가까워진 진우가 눈을 번쩍 떴다.

'지배자의 권능!'

쿠웅-!

위에 강타해 온 강한 충격에 토마스의 어깨가 들썩거렸다.

'뭐?'

국가 권력급 헌터들만 보유하고 있었던 권능을 온몸으로 확인한 토마스가 화들짝 놀랐다.

그 틈을 놓치지 않고.

진우의 주먹이 두 번째로 토마스의 얼굴에 꽂혔다.

투콰-!

그리고 헌터가 된 이후 처음.

골리앗이라고 불리는 남자의 얼굴에서 붉은 피가 튀었다.

"커헉!"

* * *

헌터관리국도 손가락만 빨고 있진 않았다.

관리국 소속의 차량들 수십 대가 헌터들을 싣고 스케빈저들이 향한 목적지로 달렸다.

그러나 목적지가 얼마 남지 않은 지점에서 선두의 차량이 멈춰 섰다.

초조하게 밖을 내다보던 애덤이 급정거에 흔들렸다.

"뭐, 뭡니까?"

운전자가 돌아보았다.

그는 헌터관리국 소속의 유일한 S급 헌터였다.

“화이트 씨, 이쯤에서 무슨 일인지 설명해 주셔야겠습니다.”

“지금 그걸 일일이 설명하고 있을 시간이…….”

애덤은 말을 잇지 못했다.

S급 헌터의 얼굴이 새파랗게 질려 가고 있었기 때문이다. 숱한 난관을 거쳐 오며 강심장이 된 그에게서 처음 발견한 표정이었다.

심상치 않은 기류를 감지한 애덤이 물었다.

“무슨 일이…… 일어난 겁니까?”

S급은 딱딱한 얼굴로 말했다.

“이 이상 가면 우리, 모두 목숨을 걸어야 할 겁니다.”

* * *

일격에 입술 끝이 터졌다.

충격으로 밀려나며, 토마스는 자신의 안면을 강타한 괴력에 경악했다.

‘어떻게…… 어떻게 이런 힘이?’

묵직한 한 방.

머리가 흔들릴 정도였다.

그것만이 아니었다.

그 또한 의지만으로 힘을 가할 수 있는 능력을 가지고 있으면서도, 일부러 인력에 저항하지 않고 순순히 이쪽으로 끌려왔다.

누가 생각이나 했겠는가?

‘보이지 않는 손’을 인력에 저항하는 데 사용하는 것이 아니라 다른 방향에서 써서 시선을 끈 뒤, 쉽게 피하지 못할 진짜 공격을 날릴 것이라고.

인력의 가속도는 시전자를 찌르는 창이 되어 더 큰 데미지로 돌아왔다.

놀라운 전투 센스가 아닐 수 없었다.

'얼마나 많은 싸움을 헤쳐 나왔기에 이런 대처가 가능한가?'

진우의 힘을 인정하면서도 동시에 그를 애송이라고 깔보았던 토마스는 두 번째 일격으로 생각을 달리했다.

튕겨 나가던 토마스가 바닥에 착지했다.

콰지직, 콰직!

마찰에 시멘트 바닥이 부서지며 돌조각과 먼지들이 사방으로 튀었다.

예상대로 진우는 쉴 틈을 주지 않고 쇄도해 왔다.

노련한 사냥꾼의 모습. 균형을 잡기 전을 노린 것 같지만, 이번엔 이쪽이 더 빨랐다.

토마스는 오만을 버렸다.

주변을 생각하며 싸우다가는 자신이 질 수 있다는 사실을 깨달았다.

상대는 생각보다 훨씬 더 만만하지 않았다.

"강화."

그러자 거짓말처럼 갑옷처럼 변형된 근육으로 무장되어 있던 토마스의 견고한 신체가 폭발적으로 커졌다.

슈악-!

원래 2미터에 가까운 신장을 가지고 있었던 그가 눈 깜짝할 사이 3미터를 훌쩍 뛰어넘는 괴물로 변했다.

으아아아-!

토마스는 포효를 내지르며 대리석 기둥과 같이 두꺼워진 양손을 머리 위로 들어 올렸다.

그야말로 급작스럽게 이루어진 일!

'……!'

돌격해 들어가던 진우가 위험을 감지했다.

뭐지?

이성은 고민한다.

그러나 위기의 순간에서 자신의 본능은 단 한 번도 거짓말을 한 적이 없었다.

진우는 급하게 멈추는 것과 동시에 뒤로 점프했다.

간발의 차이로.

토마스의 거대한 두 주먹이 바닥을 있는 힘껏 내리쳤다.

콰광-!

그러자 반경 안에 있던 모든 것들이 끔찍한 충격파에 분쇄되었다.

스킬 '붕괴'.

그 무시무시한 위력에 이미 안전거리까지 빠져나간 진우가 몇 걸음 더 물러섰다.

후두두둑.

위로 솟구쳤던 잔해들이 비처럼 우수수 떨어졌다.

드래곤을 처치했던 헌터인 만큼, 그 견고함과 파괴력이 남달랐다.

그러나 놀라고 있을 틈도 없이 토마스의 목에서 고성이 튀어나왔다.

"포획!"

토마스를 중심으로 발현된 인력이 범위 안의 모든 것들을 강력한 힘으로 끌어당겼다.

마치 블랙홀처럼.

그림자 병사들과 헌터들이 뒤섞여 토마스에게로 날아갔다.

스킬 '포획'의 대상 중 하나였던 진우는 '지배자의 권능'을 이용해 인력을 밀쳐 냈다.

가까스로 인력의 힘에서 벗어난 진우가 다시 한번 뒤로 뛰어올랐을 때.

토마스의 '붕괴' 스킬이 작렬했다.

콰직-!

그림자 병사들은 물론이고 스케빈저의 헌터들까지 충격파에 휩쓸렸다.

"으악!"

"으으……."

곳곳에서 비명이 쏟아졌다.

뒤늦게 상황을 발견한 부마스터가 목청이 터지게 외쳤다.

"마스터에게서 멀어져!"

발이 빠른 헌터 서넛이 부상자들을 끌고 뒤로 빠져나가는 사이, 토마스가 무표정한 얼굴로 진우를 향해 맹렬히 달려갔다.

국가 권력급은 한 국가와 동급이라는 의미였다. 그러니 왕에게 거역한 자가 어떤 벌을 받게 되는지 알려 줘야 한다.

금방 진우가 있는 곳까지 도달한 토마스가 주먹을 휘둘렀다.

부웅-

주먹은 허공을 갈랐다.

알고 있다.

저 날짐승같이 재빠른 녀석을 맨주먹으로 후려치기에는 자신의 속도가 밀린다는 사실을.

특히나 강화 상태가 되었을 때는 더 그렇다.

힘과 방어력이 끝도 없이 상승하지만 속도는 그에 반비례해 느려진다.

하지만 토마스에겐 그 단점을 커버하고도 남을 스킬들이 있었다.

멀어지는 진우를 향해 토마스가 손을 뻗었다.

'포획!'

또 한 번, 두 사람 사이에 엄청난 인력이 작용했다.

이젠 놓치지 않는다.

'강화' 스킬로 더 견고해진 육체라면 시선 끌기 따위에 주의를 뺏길 일도 없으니까.

예상대로 성진우는 손쉽게 딸려 들어왔다.

토마스는 뻗은 왼손 대신 뒤로 당긴 오른손을 굳게 쥐었다.

오른손에 최상급 헌터의 전신을 터트리고도 남을 만큼의 어마어마한 마력이 담겼다.

스킬 '강타'.

강대한 힘이 실린 토마스의 주먹이 서서히 움직였다.

그런데, 그때.

'……?'

토마스의 눈이 커졌다.

진우 또한 오른팔의 근육이 순식간에 팽창했다.

설마…… 나와 정면 대결이라도 해볼 생각인가?

토마스가 믿을 수 없다는 눈빛으로 인력을 더했다.

그러나 진우는 피하지 않고 오히려 '지배자의 권능'으로 끌려가는 속도를 더 증가시켰다.

토마스가 기함했다.

“이런!”

토마스의 예상을 뛰어넘는 속도로 가까워진 진우가 토마스보다 아슬아슬하게 먼저 주먹을 뻗었다.

그리고 동시에 자신은 고개를 숙여 맞은편에서 쇄도해 오는 토마스의 주먹을 피했다.

투쾅-!

눈앞에서 번쩍했던 빛을 보고서 토마스는 깨달았다.

‘처음 당했던 공격이…….’

그때 미처 보지 못했던 일격이 바로 이것이었다.

쾅!

미사일처럼 날아간 토마스가 폐공장 벽을 무너뜨리고도 한참을 더 바닥에서 굴렀다. 그가 지나간 길을 따라 깊은 구덩이가 밭의 고랑처럼 파였다.

“크윽.”

서둘러 땅을 짚고 일어섰으나, 이미 다가온 진우가 앞에 선 뒤.

토마스가 괴성을 지르며 주먹을 휘둘러 댔다.

“으아아아아!”

주먹이 지나갈 때마다 땅이 파이고 대기가 찢겨 나갔다. 닿기만 해도 온몸이 부서질 수 있는 공격들.

그러나 진우에게는 닿지 않았다.

진우는 토마스의 주먹을 피해 가며 자신의 공격들을 하나하나 정확히 토마스의 급소에 꽂아 넣었다.

쾅! 투쾅! 쾅!

조금씩 토마스의 입가에 피가 고이기 시작했다.

"커헉!"

어떻게.

'어떻게 마법 계열 헌터가 이런 힘과 속도를 낼 수 있는 거지?'

머릿속이 혼란스러워지는 만큼 데미지는 더 커졌다.

내가…… 내가 진다고?

그럴 리가 없다.

아니.

그래서는 안 된다.

상대를 압도하는 폭력만이 자신이 자신임을 증명할 수 있는 유일한 존재의 근거였다.

토마스는 핏물로 붉게 물든 이를 악물었다.

부릅뜬 눈에서 광기가 내비쳤다.

"으아아아-!"

온 힘을 다해 휘두른 주먹을 피해 낸 진우가 토마스의 턱을 후려쳤다.

퍼걱!

충격을 떨치기 위해 토마스가 머리를 세차게 흔들었다.

그러나 그사이.

코밑까지 다가온 진우가 연타를 쏟아 냈다.

쾅! 쾅! 쾅! 쾅!

"커헉!"

철옹성 같던 토마스가 흔들리기 시작했다.

비틀비틀 물러서던 토마스가 간신히 균형을 잡고서 악을 써 댔다.
"내가 바로 토마스 안드레다! 이 내가 겨우 그 정도에 무너질 것 같으냐!"
"그러니까 말했잖아."
투쾅!
토마스의 턱을 올려친 진우가 말을 이었다.
"누구라도 상관없다고."
하늘을 향한 토마스의 고개가 거기서 멈추었다.
분노한 골리앗은 깍지 낀 양손을 쳐들었다.
"붕괴!"
쾅!
그가 전력으로 내려친 땅에서 지진이 일었다.
그러나 진우는 없었다.
"놈은……?"
토마스의 시선이 사라진 진우를 찾아 헤맸다.
그때.
토마스는 강한 마력이 위에서부터 떨어져 내려오고 있다는 사실을 뒤늦게 깨달았다.
그의 고개가 위를 향했다.
붕괴가 작렬하기 전 위로 도약했던 진우가 토마스를 향해 쇄도했다.
진우의 팔꿈치가 토마스의 얼굴을 내려찍었다.
투쾅-!

* * *

수십 대의 차가 폐공장에서 멀찍이 떨어진 곳에서 일제히 멈춰 섰다.

이 이상의 접근은 위험할 수 있다는 판단에서였다.

내려서는 이들은 헌터관리국의 정예 헌터들.

모두 쟁쟁한 이들이었다.

그러나 그런 헌터들과 함께하면서도 애덤은 조금도 마음을 놓을 수가 없었다.

그도 그럴 것이 지금 비교 대상이 성진우 헌터와 토마스 안드레, 그리고 스케빈저 길드가 아닌가?

헌터관리국 소속 헌터들을 지휘하고 있는 S급의 브렌트가 굳은 얼굴로 고개를 절레절레 저었다.

"오…… 맙소사."

대체 어떤 괴물들이 이런 마력을 뿜어 대며 싸우고 있단 말인가?

발걸음이 떨어지지 않았으나, 뒤에는 애덤이 애타는 눈빛으로 안내를 기다리고 있었다.

브렌트는 하는 수 없이 체념한 투로 말했다.

"저깁니다. 한데 정말로 위험하니까 마음의 준비를 단단히 하시는 게 좋을 겁니다."

애덤이 고개를 끄덕였다.

투콰!

그때 굉음과 함께 뭔가가 하늘 높이 치솟았다가 떨어졌다.

"……?"

소리가 난 방향을 바라봤던 애덤이 브렌트를 돌아보았다. 브렌트는 쩍 벌어진 입을 다물지 못하고 있었다.

애덤은 황급히 물었다.

"바, 방금 뭡니까?"

"제가 잘못 본 게 아니라면……."

S급 헌터인 브렌트가 잘못 봤을 리가 있나?

그런데도 브렌트는 주저하다 말을 이었다.

"방금 떨어진 건 토마스 안드레 씨였습니다."

"뭐요?"

"저도 확실히는……."

눈이 화등잔만 해진 애덤이 급한 목소리를 냈다.

"어서! 어서 가 봅시다!"

애덤이 부리나케 달려가는 모습을 보고는 브렌트가 헌터들에게 따라오라고 손짓했다.

애덤 일행은 금방 거대한 마력이 충돌하고 있는 곳에 도착했다.

그리고 그들은 보았다.

"헉."

천하의 토마스가 동양인 헌터에게 무참하게 얻어터지고 있는 장면을.

퍽, 퍼퍽, 퍼걱!

브렌트는 경악하며 그쪽을 가리켰다.

"토마스…… 토마스 씨가 성진우 헌터에게 두들겨 맞고 있습니다!"

"그 정도는 저도 보입니다!"

애덤이 발을 동동 굴렀다.

진우에게 맞고 있는 토마스의 상태는 멀리서 보기에도 그리 좋지 않아 보였다.

브렌트가 난처하다는 얼굴로 급히 물었다.

"이제 저흰 어쩌죠?"

"말려야죠! 설마 국가 권력급 헌터가 맞아 죽는 걸 보고만 계실 겁니까?"

"말린다고요? 저 사람을?"

브렌트는 근접하기도 싫을 정도로 강력한 마력을 뿜고 있는 동양인 헌터를 멍하게 바라보았다.

그러나 미처 그가 말릴 사이도 없이 애덤이 튀어 나갔다.

애덤은 일반인 요원.

최상급 헌터가 뿜어 대는 마력에 스치기만 해도 목숨을 잃을 수 있었다.

얼굴로 구기고서 고민하던 브렌트가 결국 앓는 소리를 내며 애덤을 쫓아 진우에게로 달려갔다.

"화이트 씨!"

* * *

팔꿈치에 머리가 찍힌 토마스가 엎어지며 땅을 짚었다.

두 손이 움푹 땅으로 들어갔다.

"으으…… 으아아아!"

상체를 일으킨 토마스의 공격이 이어졌다. 하지만 이미 많은 체력을 손실한 그의 주먹은 이전만큼의 파괴력이 나오지 않았다.
진우는 훨씬 느려진 주먹을 보며 자신에게로 넘어온 승기를 재확인했다.
힘이 다 빠져나간 헛손질에 담긴 것은, 자신을 죽이겠다고 이를 가는 토마스의 무의미한 분노뿐이었다.
부드럽게 공격을 피해 내던 진우의 역공이 시작됐다.
쾅! 투쾅!
토마스의 공격과 달리 한 방 한 방이 치명적인 진우의 연타에 토마스는 정신을 차리지 못했다.
"커헉!"
토마스의 고개가 이쪽저쪽을 향할 때마다 선혈이 튀었다.
균형을 잃고 휘청거리는 토마스를 진우가 올려 찼다.
투쾅!
"컥!"
부딪힌 마력이 폭발을 일으키며 토마스의 몸이 솟구쳤다.
'지배자의 권능.'
하염없이 올라가는 토마스를 다시 아래로 끌어당기자, 토마스는 무력하게 바닥으로 곤두박질쳤다.
쿠웅-!
"쿨럭!"
울컥.
대자로 뻗은 토마스가 입으로 피를 토해 냈다.
진우는 그 위에 올라탔다.
그리고 예전, 악마성에서 악마왕 바란을 상대했을 때처럼 토마스의 목을 쥐고 주먹을 내리쳤다.

퍽, 퍼퍽, 퍼걱!

저항하는 토마스의 힘이 점점 약해지는 것이 느껴졌다.

퍽! 퍼벅! 퍽!

마침내 진우가 최후의 일격을 위해 주먹을 치켜들었을 때.

누군가 애타는 목소리로 외쳤다.

"성진우 헌터님! 그만! 제발 그만두십시오!"

진우는 달려오는 애덤을 무심히 바라보다가 다시 주먹에 힘을 실었다. 잔뜩 팽창한 어깨 근육과 주먹에서 끔찍하리만큼 흉흉한 마력이 흘렀다.

"아, 안 돼!"

주먹이 내리꽂히기 직전.

애덤이 손을 길게 뻗으며 비명을 내질렀던 순간.

토마스의 입이 열렸다.

"……졌다."

쉭-!

진우의 주먹이 토마스의 코끝에서 멈추었다.

혼신을 다한 항복 선언이었는지 토마스는 직후 의식을 잃고 축 늘어졌다.

그제야 진우는 주먹을 거두고 조용히 일어섰다.

진우와 토마스 주위로 헌터관리국 소속의 헌터들이 천천히 몰려들고 있었다.

* * *

"이게…… 이게 뭐야? 이거 진짜야? 정말?"

기자는 셔터를 정신없이 눌러 대며 혼잣말을 떠들어 댔다.

자신은 분명 레이드를 준비하고 있던 스케빈저 헌터들의 사진을 몇 장 찍으려 했을 뿐이다.

그런데.

갑자기 레이드를 취소하고 바쁘게 어디론가 이동을 시작한 헌터들을 무작정 따라왔더니 이게 무슨 일인가?

처음엔 단순히 던전 브레이크라도 터졌으려니 했다.

하지만 자신의 눈앞에 나타난 광경은 상상 그 이상이었다.

기자는 다시 한번 카메라의 줌인 기능을 이용해 대자로 뻗어 있는 사람을 확인했다.

낯익은 얼굴.

그건 분명히 국가 권력급 헌터인 토마스였다.

'세상에…… 어떤 인간이 토마스를 저렇게 팼단 말이야?'

기자는 자신이 찍은 사진을 돌려보며 신음을 토했다.

그리고 동시에.

이 카메라에 담긴 사진들이 자신에게 큰돈을 안겨 줄 것이라는 생각에 가슴이 울렁거렸다.

* * *

애덤이 급히 토마스의 생사를 확인해 보았다.

두근, 두근, 두근.

가슴에 귀를 붙이자 심장 소리가 들려왔다.

손을 코에 대어 호흡도 확인했다. 다행히 정상이었다.

하지만 간신히 숨만 붙어 있을 뿐, 살아 있어도 산 것이 아니었다. 그 정도로 상태가 좋지 않았다.

'천하의 토마스 안드레를 이 지경으로…….'

그를 이렇게 만들 수 있는 헌터가 세계에 몇 명이나 있을까?

아니, 존재하긴 하는 걸까?

아마 이 일이 알려지면 세상이 발칵 뒤집힐 것이다.

미 헌터관리국의 예상을 아득히 뛰어넘는 진우의 힘에 애덤은 경외감 비슷한 감정마저 느꼈다.

하지만 지금은 이렇게 감탄하고 있을 때가 아니었다.

"어서!"

애덤은 헌터관리국 소속의 힐러에게 손짓했다.

최상급 힐러 하나가 빠르게 다가와 앉았다.

치료 마법을 시전하기 전 토마스의 상태를 확인해 본 힐러는 혀를 끌끌 차면서 말했다.

"온몸의 뼈라는 뼈는 다 부러졌어요. 출혈도 심하고요. 저 혼자서는 버겁고, 다 같이 하는 게 낫겠습니다."

그의 요청에 따라 힐러들이 추가로 동원되어 토마스의 치료를 시작했다.

호수의 물을 수도꼭지로 채울 수 있을까?

토마스의 체력이 방대한 만큼, 그를 치료하는 데도 보통 이상의 수고가 필요했다.

힐러들이 땀을 뻘뻘 흘리며 치료에 매진하는 동안 애덤은 몸을 일으켰다.

헌터관리국 헌터들은 폐공장의 부상자들을 밖으로 끌어내느라 분주히 움직이고 있었다.

"으으……."

"내 다리, 내 다리!"

스케빈저의 정예 헌터들의 상태가 말이 아니었다.

어떻게 그들을 저렇게 만들었는지는 보지 못했지만, 누가 저렇게 했는지는 충분히 알 수 있었다.

한 사람 대 한 길드.

고작 한 명의 헌터가 세계 최고의 길드 중 하나를 박살 냈다.

'정말…….'

애덤은 성진우 헌터의 대담함과 그 대담함을 뒷받침해 주는 실력에 그만 혀를 내두르고 말았다.

'어?'

그러고 보니 성진우 헌터가 보이지 않았다.

주위를 두리번거리며 진우를 찾아 헤매던 애덤의 귓가에 익숙한 노랫소리가 들려왔다.

자신의 핸드폰 벨 소리였다.

"예, 화이트입니다."

-화이트 씨, 유진호 헌터님의 위치를 찾았습니다.

헌터관리국에서 온 연락이었다.

듣던 중 반가운 소리.

내내 침울한 표정이던 애덤의 얼굴이 환해졌다.

"그래요? 어딥니까, 거기가?"

연락원은 상처 입은 유진호 헌터가 인근의 대형 병원 앞에서 발견됐으며, 빠른 응급조치를 통해 생명에는 지장이 없다고 알려 주었다.

"여기 일만 처리하고 제가 바로 그리로 가겠습니다."

-알겠습니다.

전화를 끊은 애덤이 안도의 한숨을 내쉬었다.

"휴-."

유진호 헌터에게 무슨 일이 생겼다면 성진우 헌터의 분노를 어떻게 감당해야 했을지.

생각만 해도 아찔했다.

어차피 엎질러진 물은 주워 담을 수 없다. 그나마 물을 담고 있던 컵이 깨지지 않고 무사한 것이 불행 중 다행이라고 할까?

아주 약간은 마음의 부담을 덜게 된 그에게 나쁘지 않은 소식이 하나 더 들려왔다.

"끝났습니다."

토마스의 치료를 담당했던 힐러들이 일어섰다.

애덤이 물었다.

"헌터님은 괜찮은 겁니까?"

"일단은요."

"일단…… 이란 말씀은?"

"다친 몸은 회복됐지만, 부상이 워낙 심각했기 때문에 의식이 돌아오려면 어느 정도 시간이 걸릴 겁니다."

"아."

힐러들의 마법이 육체적 손상을 지울 수는 있어도, 대상의 정신적 충격까지 덜어 낼 수는 없었다.

토마스 안드레는 충격의 크기만큼 병실을 지키고 있어야 하리라.

안타까운 얼굴로 그를 내려다보는 애덤에게 힐러가 위로가 될 만한 말을 찾아 전했다.

"그래도 국가 권력급 헌터인 토마스 씨였기에 이만큼이나 버틴 겁니다. 다른 헌터가 이 정도 데미지를 입었으면 죽어도 열 번은 더 죽었을 거예요."

"다행……."

고개를 끄덕이며 맞장구를 치려던 애덤이 순간 말을 멈추었다.

국가 권력급인 토마스여서 이만큼이나 버틴 것이다?

애덤은 등골이 오싹해졌다.

그렇다면, 성진우 헌터의 분노가 일방적으로 가해졌을 황동수 헌터는 어떻게 되었을까?

혹시 그도 여기에 있는 것일까?

굳은 얼굴이 된 애덤이 부상자가 속속들이 실려 나오는 폐공장 안으로 뛰어 들어갔다.

좌우를 두리번거리는 그에게 누군가 외쳤다.

"화이트 씨! 여기!"

다급한 목소리에 애덤의 마음까지 급해졌다. 쿵쾅거리기 시작한 심장을 진정시키며, 애덤은 소리가 들려온 쪽으로 달려갔다.

헌터관리국 소속의 헌터 하나가 심각한 표정으로 어떤 이 옆에서 있었다.

그를 알아본 애덤이 신음처럼 그의 이름을 불렀다.

"황동수……."

그러자 헌터가 애덤에게 말했다.

"이 사람, 숨을 안 쉽니다. 심장이 뛰지를 않아요."

* * *

"이 시간에 나를 불러내 놓고 설마 농담이었으니, 실수했다느니 하는 말도 안 되는 이야기를 꺼내려는 건 아니겠지?"

늦은 시간, 객원 기자의 전화를 받고 불려 나온 편집장의 눈초리가 매서웠다.

자신이 누구인가?

미국 동부에서 가장 많은 부수를 발행하는 신문사의 편집장.

원래라면 객원 기자 따위가 불러낼 수 있는 입장이 아니었다.

그러나 통화 내용을 듣고 나서는 도저히 움직이지 않을 수가 없었다.

객원 기자가 자신에게 헛소리한 거라면, 무슨 죄목을 뒤집어씌워서라도 감방에 보내겠다고 굳게 다짐한 그는 오늘 출근할 때 입었던 옷을 급히 챙겨 입고 나왔다.

편집장의 의심스러운 눈빛에 기자가 손사래쳤다.

"절대, 절대 아닙니다. 이건 100퍼센트 리얼이라고요. 편집장님은 리얼 좋아하시지 않습니까?"

"흠……."

"그럼 얼마에 사시겠습니까?"

"일단 사진부터 먼저."

기자는 무엇이 두려운지 주위를 힐끔힐끔 살피더니 가방에서 주섬주섬 사진을 꺼냈다.

무표정한 얼굴로 건네받은 사진을 넘겨 보던 편집장의 손이 멈추었다.

곧 그의 동공에 지진이 일어났다.

'이, 이럴 수가!'

편집장의 시선이 자연스레 기자의 얼굴을 향했다.

이런 사진을 어떻게 구했느냐고 묻는 편집장의 표정에 우쭐해진 기자가 어깨를 으쓱했다.

편집장은 떨리는 손으로 사진들을 넘겨 갔다.

기자의 말 그대로였다.

'국제 길드 컨퍼런스 전날에 토마스 안드레가 피투성이로 실신해?'

게다가 그를 쓰러뜨리고 유유히 돌아서는 이 얼굴.

성진우 헌터가 아닌가?

이건 특종이다.

아니, 특종이란 말로는 다 표현이 불가능한 대박이다.

편집장의 숨이 가빠졌다.

그가 시선을 멈춘 사진을 들여다본 기자가 설명을 덧붙였다.

"이 사람이 토마스 안드레를 그렇게 만들었습니다. 편집장님께서 이 사람의 정체까지 어떻게든 조사해서 기사로 만드시면, 아마 난리가 날 겁니다."

이 멍청이가!

서양인은 동양인 얼굴을 잘 구별하지 못한다더니, 기자는 성진우의 얼굴을 알아보지 못한 듯했다.

편집장은 이 순간 자신이 아시아계 미국인 것에 감사했다.

동시에.

그의 머릿속에 내일 신문의 일면을 장식할 헤드라인들이 떠올랐다.

『드래곤을 쓰러뜨린 남자, 아시아의 용에게 물리다』

『거인 사냥꾼 성진우, 골리앗까지 사냥하다?』

『국가 권력급 헌터의 아성이 한국의 신성에게 무너지나?』

어떤 말을 갖다 붙여도 전 세계가 주목할 뉴스였다.

그것도 단독 보도.

이렇게 리얼한 사진까지 수십 장 준비되어 있으니 어떻게 대박이 나지 않을 수 있을까?

이 사진들의 가치는 무궁무진했다.

편집장은 심장이 떨려 왔다.

그의 눈빛이 흔들리기 시작하는 것을 발견한 기자가 잽싸게 사진을 낚아채 갔다.

편집장은 아쉬움에 입맛을 다셨다.

"이제 사진도 확인하셨으니, 가격 이야기를 해 보죠. 얼마 주실 겁니까?"

"이건…… 내가 얼마에 사겠다고 말하기가 좀 곤란한 면이 있군."

주저하던 편집장이 기자의 눈치를 살피며 물었다.

"자네가 한번 불러 보게. 그래, 얼마를 원하나?"

곰곰이 고민하던 기자가 손가락 다섯 개를 펼쳐 보였다.

편집장은 고개를 끄덕였다.
“5만 달러? 좋아, 그렇게 하지.”
“아니요.”
기자는 곧바로 가격을 정정했다.
“5백만 달러입니다.”
“5, 5백만?”
5백만 달러라면 60억 원에 가까운 큰돈이었다.
당연히 편집장의 얼굴은 굳어졌다.
“가격이 맞지 않는다면 다른 곳으로 가 보겠습니다.”
기자는 사진을 다시 집어넣으며 돌아서려 했다.
그러나 편집장이 급히 만류했다.
“아니, 잠깐!”
스타들의 아기 사진도 수백만 달러를 호가하는 시대에, 이런 특종을 두고서 5백만을 쓰지 못할 이유가 무엇인가?
소식이 알려진다면 방송국들과 다른 신문사들이 며칠 밤낮 동안 이번 사건을 떠들어 댈 것이다.
기회를 놓쳐서는 안 된다!
어렵게 결심을 굳힌 편집장이 입을 열었다.
“좋아, 거래하지. 대신 사진과 원본을 모두 내게 넘기고 어느 곳에도 정보를 흘리지 않는 조건이네. 어떤가?”
거래는 성사되었다.
프리랜서 기자로 활동하며 늘 밑바닥 생활을 해 왔던 남자는 고향을 떠난 뒤 처음으로 부모님을 찾아뵐 생각에 떨리는 목소리로 대답했다.

"……좋습니다."

* * *

유진호가 입원해 있는 환자실.

생명의 위기를 넘겼지만 아직 의식을 되찾지는 못하고 있었다.

유진호는 연신 고통스러운 숨소리를 내었다.

통증을 억제해 주는 모르핀도 그다지 효과가 없는 모양이었다.

약간의 시간이 흐르고.

그의 상태를 확인하던 의사가 병실을 나갔을 때.

병실 안으로 들어온 그림자에서 검은 인영 하나가 솟아올랐다.

스르륵.

그림자 교환을 통해 진우와 위치가 바뀌게 된 베르였다.

베르는 주군의 명대로 유진호를 치료하기 위해 손을 뻗었다. 손끝에서 은은한 푸른빛이 번져 나갔다.

불편했던 유진호의 안색이 금세 편해졌다.

이미 평범한 S급 헌터와는 비교가 불가능한 힘을 지닌 베르는 치료 마법의 수준도 남달랐다.

베르는 유진호의 정신적 충격까지 치료할 수 있도록 그의 상처를 천천히 지워 나갔다.

우우웅-

전신을 감싸는 따뜻한 느낌에 몸을 이리저리 뒤척이던 유진호가 슬며시 눈을 떴다.

"어……?"

그러자 눈앞의 거대한 개미 머리가 보였다.

그런데 심지어 그 개미 머리가 조용히 하라는 듯 검지를 자기 입에 붙이며 '쉿-' 소리를 냈다.

"……꿈이구나."

유신호는 다시 눈을 감고 행복한 표정으로 잠들었다.

"……."

그동안에도 베르는 묵묵히 치료에만 집중했다.

그렇게 밤은 깊어 갔다.

* * *

대한민국, 서울.

14시간의 시차가 있는 미국 동부는 밤이지만 여긴 아침이었다.

인적이 드문 놀이터.

그네 옆에서 머리를 박고 있는 검은 기사가 물었다.

"왕이시여, 저는 언제까지 이렇게 있어야 합니까?"

그네에 앉아 조용히 베르의 신호를 기다리던 진우가 무심히 답했다.

"글쎄…… 베르가 진호의 치료를 다 끝냈다고 보고할 때까지?"

"……."

자신의 잘못을 알고 있는지 기사는 조용히 원산폭격 자세를 유지했다.

기사를 내려다보던 진우가 문득 자신의 손을 바라보았다.

손등이 엉망이었다.

군데군데 멍이 들고, 피가 난 흔적도 있었다.

토마스 안드레, 말도 안 되게 단단한 녀석이었다.

두들겨 팬 것만으로도 손에 상처가 남았다.

물론 이 상처도 '무병장수' 패시브의 힘으로 하룻밤만 자고 일어나면 깔끔히 낫겠지만.

'……졸리다.'

약간의 피로가 몰려들었다.

시끄러웠던 하루가 조용히 끝나 가고 있었다.

한참 조용히 있던 그림자 병사가 또 말했다.

"왕이시여……."

"왜?"

"제게도 이름을 하사해 주시옵소서."

진우의 시선이 그림자 병사에게로 옮겨 갔다.

[?? Lv.1]

장군 등급

그래, 너한테도 이름은 있어야겠지.

잠깐 고민해 보던 진우가 씁쓸하게 웃으며 말했다.

"욕심을 내다 죽었으니 그리드(greed)라고 부르면 어떨까?"

7. 국제 길드 컨퍼런스에서

7. 국제 길드 컨퍼런스에서

다음 날.

미국의 거의 모든 방송, 신문들이 국제 길드 컨퍼런스에 참가한 헌터들의 입국 모습을 다룬 가운데, 동부의 신문사 하나만이 조금 특이한 제목의 기사를 일면 헤드라인으로 실었다.

[토마스 안드레가 실신하다!]

미국인 중 토마스 안드레의 이름을 모르는 사람은 없었다.

그런데 그런 국가 권력급 헌터가 실신을?

병이라도 걸린 건가?

사람들은 이 심플하면서도 이목을 잡아끄는 기사 제목에 너 나 할 것 없이 신문에 손을 뻗어 기꺼이 값을 지불했다.

그리고 호기심에 신문을 펼친 사람들은 하나둘 제자리에 멈춰 섰다.

약간은 심심한 제목과 달리 기사의 내용은 그야말로 충격 그 자체였다.

무슨 일인지는 알 수 없으나 헌터 한 사람과 토마스 안드레의 스케빈저 길드 전체가 충돌했다는 것이다.

그 결과가 몇 장의 사진들로 큼지막하게 실려 있었다.

피투성이가 된 채 쓰러진 토마스 안드레와 들려 나오는 부상자들.

그들의 정체를 모르는 사람이 봤다면 기사에 테러 희생자라고 써 붙여 놓아도 모를 만큼 상태가 심각했다.

하지만 그들은 모두 최상급 헌터가 아닌가?

특히 토마스는 역대 최악의 재앙이라 불린 '카미쉬' 레이드에서도 살아남은 국가 권력급 헌터였다.

기사를 읽는 사람들은 경악을 금치 못했다. 처음 사진을 접했을 때의 편집장처럼 호흡이 가빠졌다.

그리고 스케빈저의 헌터들을 그렇게 만든 이의 정체가 나오는 순간, 집중하던 모두가 경악에 가득 찬 탄성을 터트렸다.

"세상에……."

"지저스!"

불과 얼마 전, 일본에서 일어난 대재앙을 막아 내 세계의 언론에서 칭송받던 성진우 헌터의 사진이 거기 실려 있는 것이 아닌가?

대자로 뻗어 버린 토마스의 모습과, 무심한 얼굴로 돌아서는 진우의 모습이 대비되어 더 큰 충격을 주었다.

대다수 매스컴의 초점이 국제 길드 컨퍼런스에 맞춰져 있었던 만큼 기사의 반향은 더 컸다.

한국에서는 속보보다 먼저 SNS로 기사가 퍼져 나갔다.

[ㅋㅋㅋ 토마스 안드레가 성진우한테 처맞았단 게 리얼? 기사 링크함]

[와 진짜네 ㄷㄷㄷ 토마스 안드레는 길드원들까지 다 끌고 갔다가 싹 털렸다는데?]

[구라 ㄴㄴㄴ. 까놓고 이게 말이 됨? 혼자서 국가 권력급 헌터+초일류 길드를 작살냈다고?]

ㄴ기사 보고 와라. 진짜임.

ㄴ근데 왜 싸운 거?

ㄴ모름. 이유는 아직 안 나왔음.

[ㅋㅋㅋㅋ 양키 형님덜 맨날 국권급 국권급 떠들어 대더니 꼴랑? 이 색히들 사실 개허접 아님?]

[토마스가 별거 아닌 게 아니라 성진우가 대단한 거겠지.]

[역시 성진우 헌터님은 대한민국의 자랑이시다.]

ㄴ캬, 주모!! 취한다! 여기 국뽕 한 사발!

한국에서는 놀라워하는 댓글들이 대부분이었다면, 일본에서는 자부심이 담긴 댓글들이 줄을 이었다.

[성진우 헌터님이라면 토마스 안드레도 상대가 안 되는 게 당연하겠지.]

[어쩌면 미국이 우리를 돕지 않았던 이유는 국가 권력급 헌터들의 밑천이 드러나는 게 두려워서였는지도…….]

[저런 헌터가 우리를 도우러 왔다는 것에 감사한다.]

[전부터 성진우 헌터님에게 감사의 선물을 보내고 싶었던 사람입니다. 선물을 어디로 보내면 성진우 헌터님이 받으실 수 있을까요?]

[여기로 보내시면 됩니다. 주소는……]

└왜 너희 집 주소를 적는 거냐?

└wwwwwwwww 정신 나간 놈

이미 진우는 일본의 영웅.

일본을 위기에서 구해 낸 진우가 미국의 영웅을 때려눕힌 것은 그들의 짓밟힌 자신감을 세워 준 것과 같았다.

사건이 일어난 미국에서는 물론이고, 거인 퇴치가 끝난 후 잠깐 잠잠해졌던 각국의 시선이 다시 진우에게로 집중되었다.

대체 왜?

성진우 헌터는 토마스 안드레와 그의 길드원들을 왜 두들겨 팬 것일까?

둘 사이에 무슨 일이 있었던 걸까?

언론과 여론이 뜨겁게 달아오르며, 사건을 접한 사람들은 이번 일의 정황이 밝혀지기만을 애타게 기다렸다.

* * *

숙소에서 눈을 뜬 진우는, 호텔 앞을 점거한 기자들의 숫자를 보고서 혀를 내둘렀다.

"어디서 저렇게 몰려온 거야?"

기자들이 왜 여길 찾아왔는지 모르는 바는 아니었다.

다만 이렇게까지 빠르게 소식이 퍼져 나가리라고는 생각하지 못했기 때문에 약간 놀랐을 뿐.

그래도 굳이 피할 생각은 없었다.

자신을 건드리면 어떻게 되는지 만천하에 알릴 수 있는 기회가 아닌가?

미국에선 자기에게 총을 겨누는 이를 쏘는 것이 위법이 아니다.

헌터들 탓에 법이 강화된 요즘은 더더욱 그렇다.

의식을 잃은 토마스를 계속해서 공격했다면 문제가 될지도 모르겠지만, 상대가 전의를 잃는 즉시 주먹을 멈췄다.

황동수의 일도 마찬가지였다. 그가 진호에게 한 짓을 알면 욕할 이가 없을 것이다.

진우는 차분히 애덤 요원의 연락을 기다렸다.

아니나 다를까.

똑똑.

노크 소리에 문을 열었더니, 애덤이 헌터관리국 소속 헌터 두 사람과 함께 서 있었다.

진우가 긴장한 기색도 없이 물었다.

"절 체포하러 온 겁니까?"

"아닙니다."

고개를 가로저은 애덤이 빠르게 말을 이었다.

"오늘 한바탕 난리가 예상되어서 헌터님을 국제 길드 컨퍼런스 현장까지 모셔 가려고 온 겁니다. 그리고."

갑자기 진우 앞에서 옷매무새를 가다듬던 애덤이 허리를 기역 자로 정중하게 숙였다.

'……?'

의아해 하는 진우의 시선 앞에서도 애덤은 여전히 고개를 들지 않은 채 말했다.

"감사하다는 말씀을 전해 드리고 싶습니다."

진우는 잠깐 기억을 되짚어 보았으나 헌터관리국에 감사받을 만한 일을 한 기억은 떠오르지 않았다.

어제 한 일이라곤 카미쉬의 그림자를 잃고, 납치된 유진호를 찾아 헤매다, 우연찮게 만난 토마스를 때려눕힌 게 다였다.

'…….'

어제의 기억들을 떠올렸더니 괜히 기분이 다운되었다.

설마 그림자 추출 과정을 보여 줘서 고맙다는 인사는 아닐 테고, 무슨 감사일까?

진우의 의문이 더 커지기 전, 적절한 타이밍에 애덤의 입이 다시 열렸다.

"헌터님이 거기서 멈추지 않으셨다면 미국은 두 명의 국가 권력급 헌터를 모두 잃게 되었을 겁니다."

아, 그 이야기인가.

진우는 어젯밤 애덤이 비명을 지르며 자신을 만류하던 때를 회상하며 고개를 끄덕였다.

애덤이 나타나지 않았고, 토마스가 끝까지 만용을 부렸다면 결과는 확실히 달라졌을 것이다.

이미 미국은 국가 권력급 헌터를 하나 잃었다.

또 한 명의 국가 권력급 헌터를 잃는 일만큼은 무슨 수를 다 해서라도 막고 싶었을 터.

진우는 자신의 앞에서 고개를 숙이는 애덤의 심정을 이해할 수 있었다.

애덤이 말을 이었다.

"미 헌터관리국은 이번 일이 성 헌터님께 누가 되지 않도록 최선을 다할 것입니다."

그 말을 다 하고서야 애덤이 고개를 들었다.

그는 피곤한 눈빛이었다.

헌터관리국에선 이번 일의 처리를 놓고서 밤새도록 회의가 열렸다. 당연히 진우의 개인 담당으로 배정된 애덤이 회의에 빠질 수 없었다.

회의의 결론은 하나.

-그를 건들지 마라.

최대한 진우의 편의를 봐주라는 것이 윗선의 결정이었다.

토마스 안드레를 쓰러뜨린 것으로 헌터관리국 내에서 진우의 평가는 더욱 올라갔다.

헌터관리국 입장에서는 스케빈저의 잘못으로 자신들과 진우의 관계가 틀어지는 것을 원치 않았다.

무엇보다 토마스 안드레가 죽은 것도 아니지 않은가?

애덤은 모든 일정이 예정대로 치러지도록 하라는 임무를 받고 진우를 찾았다.

잠시 진우와 시선을 마주하던 애덤이 마른침을 삼켰다.

꼴깍.

'이 사람이 스케빈저 길드를…….'

평소의 성진우 헌터는 상식이 통하는 강자의 이미지였다.

하지만 그의 분노가 어떤 일을 초래할 수 있는지 애덤은 그 광경을 두 눈으로 직접 목격했다.

그리고 그 분노가 자기 사람을 지키기 위한 것이었다는 점에서, 애덤은 유진호라는 사람이 진심으로 부러워졌다.

"아차, 벌써 시간이."

시계를 확인한 애덤이 고개를 들고 미소를 지었다.

"그럼…… 가실까요?"

"갑시다."

애덤의 안내를 받은 호텔에서 나온 진우는 기자들의 벽을 뚫고 애덤의 차에 올라탔다.

촤촤촤촤촤촤촤악-!

기자들은 두 사람의 차가 시야에서 사라질 때까지 셔터를 눌러 댔다.

컨퍼런스 현장까지 이동하는 동안 애덤은 돌아가는 상황을 설명했다.

"황동수 헌터 일행들의 증언을 확보해 놨습니다. 곧 헌터관리국에서 사건의 전말을 밝힐 겁니다."

헌터님을 귀찮게 만드는 일은 없을 거라고, 애덤은 거듭 강조했다.

진우에게는 반가운 소식이었다.

이번에 미국행을 결심한 계기는 아버지의 모습을 한 마수 때문이었다.

국제 길드 컨퍼런스를 통해서 정보를 모으고 싶었다.

그림자 병사가 된 황동수에게도 물어보았으나, 그도 아버지에 대해 아는 것이 별로 없었다.

그 마수는 던전에서 홀로 나왔으며, 마력 파장이 마수들의 것과 같았다는 것.
그리고 아들 이야기를 꺼냈더니 발끈해서 싸우게 되었다는 것.
그게 전부였다.
'대체 그것의 정체는 뭘까…….'
아버지는 아닐지도 모른다.
그가 진짜 아버지라면 당연히 가족을 먼저 찾아왔어야 했으니까.
알아보면 볼수록 궁금증은 더 커져만 갔다.
그리고.
그에 더해서 몇 가지 더 알고 싶은 것들이 생겼다.
카미쉬가 사라지기 직전에 남겼던 한마디.

[왕이시여, 지배자들의 힘을 빌린 인간들이 넷 있었습니다. 부디 그들을 조심하시옵소서.]

카미쉬 레이드에서 살아남은 헌터는 모두 다섯 명.
즉 국가 권력급 헌터 다섯 중 넷이 지배자들의 힘을 빌리고 있을 가능성이 높았다.
'그런데…… 그 국가 권력급 헌터 한 사람이 최근 누군가에게 살해당했다.'
크리스토퍼 리드.
그렇게 강한 헌터가 집과 숲을 태우면서까지 싸워야 했던 상대는 누구일까?
어쩌면.
거인들의 왕이 말했던 그 군주들이 움직이기 시작한 것은 아닐까?

그게 아니라면 던전들이 갑자기 달라진 것과 관련이 있는 것일까?
여러 가지 생각이 교차하는 순간, 컨퍼런스 건물이 보였다.

* * *

진우가 건물 안으로 들어서자 반갑게 인사를 나누던 대화들이 갑자기 뚝 끊겼다.
여기저기서 호기심과 두려움이 섞인 눈빛을 보냈다.
헌터들 사이에서 왕처럼 군림하던 토마스 안드레를 반죽음으로 만들어 놓은 동양인 헌터.
수군수군.
진우와 관련된 이야기를 쏟아 내는 헌터들은 많았지만 그 누구도 진우에게 다가가지는 못했다.
스케빈저를 박살 낸 이유가 아직도 발표되지 않았다.
만약에 그 이유가 토마스와 눈이 오래 마주쳤기 때문이라면, 인사를 하는 것만으로 그에게 찍혀 버릴 가능성이 있지 않은가?
자신들이 괴물을 사냥하는 사냥꾼들이면서도, 헌터들은 쉽게 진우와 눈을 마주치지 못했다.
헌터관리국에서 준비한 점심 식사가 끝난 뒤, 헌터들은 하나둘 강단의 좌석을 채워 나갔다.
갖가지 주제의 발표가 오고 갔다.
하지만 딱히 관심이 갈 만한 내용은 없었다. 현황 보고에 가까운 내용들이 주로 오갔다.
'……진호도 왔으면 좀 덜 심심했을 텐데.'

진우는 자신의 관심사가 나올 때까지 인내심을 발휘했다.

어느 정도 시간이 지나고.

알고 싶었던 정보는 아니지만, 관심이 동하는 이야기가 나왔다.

"모두들 최근에 부쩍 게이트가 많이 생성되고 강한 마수들이 등장하기 시작한 것을 아실 겁니다."

처음은 식상한 이야기였다.

앞서서 몇 명의 박사들인가가 다룬 바 있는 주제여서, 착석한 이들 모두 시큰둥한 분위기였다.

"하지만 저 하늘 위에서 색다른 움직임이 포착되고 있다는 사실을 알고 있는 분은 별로 없을 겁니다."

벨저 박사가 '하늘'을 강조하자 드디어 헌터들이 관심을 보이기 시작했다.

물론 그 헌터들에는 진우도 포함되어 있었다.

"대기에 녹아든 마력의 농도가 점점 짙어지고 있다는 사실은 이미 여러 발표로 널리 알려져 있습니다."

헌터들의 관심 어린 시선이 이어지자 박사는 신난 듯 이야기를 계속했다.

"저는 그 대기에 녹아든 마력을 다른 용어로 표현해 보고 싶습니다. 차후 더 적합한 용어가 나타날 때까진 '마기'라는 표현이 어떨까 합니다."

박사가 손짓하자 박사 뒤의 화면에 지도가 나타났다.

모든 대륙, 모든 나라가 포함된 세계 전도였다.

박사는 레이저 포인터로 지도 위의 몇 곳을 가리켰다.

"그런데 그 마기들이 지금 몇 개 나라의 하늘 위에 뭉쳐지고 있다는 사실을 아십니까?"

웅성웅성.

헌터들이 소란스러워졌다.

잠시 헌터들에게 조용히 들어 줄 것을 부탁한 박사가 말을 이었다.

"마기가 뭉쳐지고 있는 곳은 모두 아홉 곳. 저는 오늘 여기서 그 아홉 곳의 위치를 모두 발표하고자 합니다."

벨저 박사는 담담하게 아홉 나라의 목록을 이어 갔다.

"……캐나다 알버타 주. 그리고 이곳은 가장 많은 마기가 뭉쳐지고 있는 곳입니다. 바로, 대한민국 서울."

진우의 귀에 낀 통역기에서 번역된 박사의 목소리가 들려온 순간.

어째서인지 강단에 앉아 있는 모든 헌터들의 시선이 일제히 진우를 향했다.

진우도 오면서 자신이 나온 기사를 읽었다.

아무런 관련도 없는 일에 헌터들의 시선이 자신에게 꽂히는 걸 보면 기사의 여파가 크기는 컸나 보다.

진우가 헌터들을 둘러보자 그들의 시선은 빠르게 흩어졌다.

'이거 원…….'

헌터들의 눈빛에서 두려움을 발견한 진우가 속으로 한숨을 내쉬었다.

'뭔가 다들 단단히 오해하고 있는 모양인데.'

헌터관리국이 어서 사실을 발표하기를 기다리는 수밖에.

그렇게 조금은 미묘한 분위기 속에서, 벨저 박사가 진우 쪽을 바라보며 농담을 건넸다.

"저도 오늘 아침 기사를 읽었지만, 그렇게 성 헌터님을 돌아보시지 않으셔도 됩니다. 하늘 위에 마기를 몰고 다닐 정도면 그건 이미 헌터가 아니니까요."

하하하—

여기저기서 어색한 웃음소리들이 들려오고, 싱긋 웃던 벨저 박사의 설명이 계속됐다.

"짐작하셨겠지만, 앞서 언급한 지역들에서는 어떠한 공통점도 발견되지 않았습니다."

공통점이 없으면 원인을 알아내기가 힘들다. 전례가 없으니 결과를 예측하기 또한 어렵다.

그러면서 박사는 새로운 사진 한 장을 띄웠다.

"여기, 아까 말씀드린 아홉 곳의 하늘입니다."

위성의 마력 감지 카메라가 촬영한 영상에 좀 더 알아보기 쉽게 특수 효과를 더했다고 박사가 덧붙였다.

박사의 설명처럼, 아홉 곳의 하늘 위에는 마기 덩어리들이 먹구름처럼 뭉쳐 있었다.

특수 효과를 더했다고 하니 화면만큼 심각하지는 않겠지만, 그래도 분명 자연스러운 현상과는 거리가 멀어 보였다.

"허……."

"음."

대형 화면을 확인한 헌터들이 신음을 흘렸다.

이 수상한 현상의 원인과 결과를 알지 못한다는 사실은 결코 좋은 소식이 아니었다.

서울의 하늘은 더더욱 심각해 보였다.

진우는 마기가 태풍의 눈같이 형성된 서울의 위성 영상을 응시하며 왜 하필 아홉 곳인지를 생각했다.

'혹시 군주들의 숫자가 아홉인 것과 관련 있는 걸까?'

우연이라고 하기에는 너무 묘하다.

하지만 거인들의 왕은 이미 죽었으니 아홉이란 숫자는 더 이상 의미를 가질 수 없었다.

그때 벨저 박사가 진우를 슬쩍 바라봤다.

두 사람의 시선이 다시금 마주쳤다.

아까와의 차이라면 그가 이제는 웃고 있지 않다는 점이었다.

"이유를 모르니 대처할 방법이 없다는 게 지금 상황입니다."

박사는 길었던 자신의 발표를 이렇게 끝마쳤다.

"그러나 대처가 불가능하다는 말이 대처할 필요가 없다는 뜻은 아닙니다. 이 세계는 어쩌면 다시 한번 변화를 맞이하게 될지도 모릅니다."

* * *

일정이 거의 막바지에 이르렀을 때, 국장이 강단 위에 올라섰다.

중대한 발표가 있다는 이유에서였다.

예정에 없던 그의 등장에 헌터들이 소란스러워졌다.

웅성웅성.

혹시나 어젯밤 사건과 관련해 헌터관리국의 공식 발표가 있을 것인가?

호기심 어린 헌터들의 시선 속에서, 국장은 청중들에게 정중히 정숙해 줄 것을 부탁했다.

"이 자리에 모인 헌터분들께 긴히 드려야 할 말씀이 있습니다."

여기 모인 이들은 전부 이름만 대면 본인들의 나라에서는 모르는 이가 없는 일류들.

철없는 아이들이나 오합지졸 군인이 아니다.

"……."

"……."

국장의 한마디에 금세 싸늘한 정적이 내려앉았다.

집중력.

일반인들과 비교할 수 없는 고도의 집중력이 최상급 헌터들의 몸에는 본능처럼 배어 있었다.

만족스러운 분위기에 국장은 고개를 끄덕이며 헌터들의 면면을 둘러보다가 진우와 눈이 마주쳤다.

'성진우 헌터…….'

어제 일을 하나도 빠지지 않고 전해 들었던 국장은 진우에게 가볍게 눈인사를 보냈다.

토마스를 살려 준 데 대한 감사의 표시였다.

그러나 전후 사정을 모르는 헌터들은 진우에게 먼저 인사를 건네는 미 헌터관리국의 수장을 보고 또 한 번 수군거렸다.

잠깐 시간이 흐른 후, 국장이 입을 열었다.

"이 소식을 전해야 하는 저도 마음이 무겁습니다."

드디어.

진우는 기다리던 순간이 왔다는 것을 직감했다.

국장은 나직이 말했다.

"약 2주 전, 크리스토퍼 리드 헌터님께서 신원을 알 수 없는 적들에게 살해당하셨습니다."

* * *

'……!'

헌터들은 경악했다.

세계 최강의 헌터 중 한 사람이 누군가에게 살해당하다니?

진우의 뉴스를 접하며 느꼈던 충격을 넘어섰다.

이건 강한 헌터 두 사람이 싸워 누가 이겼느니 하는 이야기와는 완전히 궤를 달리하는 문제였다.

국장은 자료 화면을 띄웠다.

아직도 꺼지지 않은 잔불, 잿더미가 된 저택, 그리고 가슴이 뻥 뚫린, 크리스토퍼의 시체.

영상과 사진을 통해 국가 권력급 헌터의 죽음을 직접 확인한 헌터들은 낮은 신음을 흘렸다.

누구도 그가 살해당했다는 사실을 부인하는 사람은 없었다.

놀란 헌터들의 질문이 쏟아졌으나, 국장은 고개를 가로저었다.

"죄송하지만 질문은 발표가 끝나고 받도록 하겠습니다."

질문을 받는 것보다 훨씬 더 중요한 일이 남아 있었다.

국장은 슬며시 진우를 곁눈질했다. 진우는 그저 강연장의 한쪽 구석에서 조용히 눈을 빛내고 있었다.

진우의 침착함이 국장에게 복잡한 감정을 불러일으켰다.

하지만 더 이상 망설일 시간이 없었다. 국장이 리모컨을 조작하자 화면이 바뀌었다.

“여기, 우리가 이번 사건의 용의자로 의심하고 있는 한 남자가 있습니다.”

화면을 메운 한 남자의 얼굴.

헌터들은 금방 뭔가 이상하다는 사실을 눈치챘다.

저 동양인의 얼굴, 지금 이 자리에 앉아 있는 누군가와 너무도 쏙 빼닮았지 않은가?

그러나.

토마스 안드레가 어떻게 됐는가를 떠올린 헌터들은 아무도 감히 그 사실을 입 밖으로 꺼내지 못했다.

“…….”

진우는 입을 일자로 꾹 다물었다.

헌터관리국에 도착하자마자 찍은 듯 보이는 신원 확인용 얼굴 사진은, 어디를 봐도 기억 속 아버지의 모습 그대로였다.

진우가 아랫입술을 질끈 깨물었다.

‘어째서 아버지를…….’

던전은 지배자들의 영역.

지배자들이 왜 아버지의 모습을 한 마수를 보냈는지는 알 수 없었다.

하지만 그들의 의도가 무엇이든 간에 진우는 가슴속 깊은 곳에서 분노가 끓어오르는 것을 느꼈다.

진우의 분노를 다른 쪽으로 오해한 헌터들은 진우를 돌아보지 않기 위해 애를 써야 했다.

‘돌아보면 안 돼. 돌아보면 안 돼.’

‘그냥 닮은 사람이다, 그냥 닮은 사람이야.’

'원래 동양인들은 다 비슷하게 생겼잖아?'

'하지만 아무리 봐도…….'

성일환을 '용의자 S'로 칭한 국장은 그에 대해 설명했다.

그가 어디서 발견되었으며, 그 과정에서 어떤 일이 있었고, 또 그 후에 무슨 일이 있었는지.

특히 취조 과정에서 황동수를 쓰러뜨리고 달아났다는 설명에 헌터들은 놀랐다.

황동수가 누구인가?

그의 힘을 알아본 미 헌터관리국의 스카우트로 미국으로 건너와, 세계 최고 수준이라는 스케빈저 길드에서 에이스로 활동하던 헌터가 아닌가?

아직 황동수의 사망 소식이 알려지지 않았기에 헌터들의 놀라움은 더 컸다.

확실히 그 정도의 힘을 가진 이가 여럿이 덤비면 아무리 국가 권력급 헌터라도 버티기 어려웠을지 모른다.

헌터관리국이 '용의자 S'를 의심하는 까닭도 이해할 수 있었다.

"그처럼 던전에서 빠져나온 강한 인간형 마수들이 한꺼번에 크리스토퍼 리드 헌터님을 노렸을 가능성이 높다. 이것이 저희 헌터관리국의 판단입니다."

설명을 이어 가는 국장의 뒤편으로 황동수의 목을 짓밟고 있는 '용의자 S'의 영상이 흘러갔다.

평범한 S급을 뛰어넘은 황동수를 벌레처럼 짓누르는 경이적인 힘.

영상을 지켜보는 헌터들의 시선에 경악스러운 기색이 스쳐 지나갔다.

하지만 진우에게는 그다지 놀라운 장면이 아니었다.

'용의자 S'는 던전을 생성할 수 있는 힘을 지닌 지배자란 이들이 어떠한 목적을 가지고 의도적으로 만들어 낸 마수다.

'그런 마수가 황동수에게 지는 게 이상한 일이겠지.'

그보다는 오히려 S의 행동이 신경 쓰였다. 그는 황동수에게 대화를 시도하고 있었다.

'말을…… 걸고 있어?'

진우가 눈을 부릅떴다.

전투 시처럼 집중력을 발휘하자 시간이 한없이 느려지기 시작했다.

날카로운 진우의 감각이 S의 입술 모양을 읽어 나갔다.

"……발을 들이지 마라. 내 아들을 위해서 아니라, 너를 위해서. 너는 죽어서도 눈을 감지 못할 거다."

두근!

심장이 요동쳤다.

마지막 말.

'죽어서도…… 눈을 감지 못할 거라고?'

자신이 읽은 바가 맞다면 그건 저 S가 자신의 존재를 알고 있다는 말이 된다.

다행히, 쉽게 두 사람의 대화를 확인할 수 있는 방법이 있었다.

진우는 터질 듯 박동하는 심장을 억누르며 가장 최근에 그림자 군단으로 합류한 병사의 이름을 불렀다.

'그리드!'

이미 진우의 사고를 통해 질문을 이해하고 있었던 그리드가 즉각 대답했다.

'주군이 생각하신 것이 맞습니다.'

'……!'

진우의 머릿속이 점점 더 복잡해져 갈 때, 길었던 국장의 설명도 끝나 가고 있었다.

"각국의 모든 길드들에 요청해 '용의자 S'를 수배할 계획입니다. 이 남자를 발견하시거든 저희 쪽으로 연락해 주시기 바랍니다. 이상입니다."

국장의 설명이 끝나자, 잠시 진정되었었던 질문 공세가 다시 쏟아졌다.

사방에서 헌터들이 손을 들었다.

"거기 헌터분?"

국장이 헌터 한 사람을 지목하자 기다렸다는 듯 그가 말했다.

"용의자 S가 인간이 아니라는 증거가 있습니까?"

"그의 마력 파장이 마수의 것과 완벽히 동일했습니다. 다음 분."

"그가 자신을 던전에서 실종된 인간이라고 주장했다는데, 그가 말하던 헌터가 실제로 존재하는 사람이었습니까?"

"예, 실존 인물이었습니다. 다음 분."

"그렇다면 어째서 그 헌터의 신원을 밝히지 않는 거죠?"

"아……."

국장은 주저하다 최대한 진우 쪽을 외면하며 대답했다.

"여기 모인 헌터들 중 어느 한 분과 연관이 있는 인물이라 공개하지 않기로 결정했습니다."

그러자 질문이 뚝 그쳤다.

'혹시나'가 '역시나'였다.

갑자기 조용해진 주위를 둘러보며 국장이 단상에서 내려갈 준비를 했다.

"더 질문하실 분 없으십니까?"

그때.

저 멀리, 좌석의 맨 끝에 앉아 있던 누군가가 손을 들었다.

그리고 그는 국장이 채 지목하기도 전에 먼저 입을 열었다.

"그래도 신원을 공개하는 편이 잡아들이는 데 더 낫지 않겠습니까?"

중년 남성의 걸쭉한 중국어.

헌터들은 뒤를 돌아보지 않고도 누가 묻고 있는지 알 수 있었다.

중국의 7성급 헌터, 류즈캉.

국가 권력급 중 하나인 그가 진지한 얼굴로 국장을 내려다보았다.

그의 좌우와 앞에는 그의 길드원을 비롯한 중국의 최상급 헌터들이 수십이나 자리를 차지하고 있었다.

난처한 얼굴을 한 국장을 류즈캉이 다시 독촉했다.

"그렇지 않습니까, 국장님?"

국장은 하는 수 없이 오늘 급하게 폐기를 결정했던 용의자 S의 신원 정보를 화면에 띄웠다.

삑.

리모컨 버튼을 누르자마자 화면 가득 성일환의 정보가 공개됐다.

곳곳에서 탄성이 터져 나왔다.

하필 던전에서 최초로 등장한 인간 형태의 마수가 성진우 헌터의 실종된 아버지의 모습과 같다니!

이런 우연이 있을 수 있을까?

조용해졌던 내부가 다시 헌터들의 목소리로 채워지기 시작했다.

가만히 화면을 응시하던 류즈캉이 또다시 손을 들었다.

국장이 류즈캉을 호명했다.

"……류 헌터님."

"이번엔 저기 성진우 헌터님께 하나 물어보고 싶습니다."

국장이 진우를 돌아보았다.

진우는 국장에게 고개를 끄덕여 보이고는, 허리를 틀어 류즈캉을 바라보았다.

이내 류즈캉의 묵직한 목소리가 실내를 울렸다.

"만약 용의자 S가 정말로 실종되었던 당신의 아버지고, 헌터들이 그를 사냥하려 한다면 어떻게 하실 겁니까?"

잠깐 생각해 본 진우가 이내 대답했다.

"마수라면 제 손으로 직접 처치할 겁니다. 그러나 마수가 아닌 진짜 아버지라면……."

진짜 아버지라면?

그다음 말이 궁금해진 헌터들이 마른침을 꼴깍꼴깍 삼켜 대는 가운데, 진우가 단호히 말했다.

"전 세계의 헌터들을 다 적으로 돌리는 한이 있더라도 저는 가족을 지킬 겁니다."

* * *

"그 말, 진심이십니까?"

컨퍼런스 룸 밖에서 기다리던 애덤이 물어 왔다.

무슨 말이냐고 되묻고 싶어도 안에서 했던 말이라고는 딱 한마디뿐이다.

진우는 씩 웃었다.

“예.”

“하하…….”

웃음이 나올 상황은 아닌데, 애덤은 진우의 미소에 저도 모르게 따라 웃고 말았다.

저 안에 있었던 사람들이 누군가?

전 세계 120여 개국에서 초청을 받고 찾아온 5백여 명의 정상급 헌터들이다.

그야말로 인류의 최정예들.

그런데 거기다 대고 ‘전 세계의 헌터들을 다 적으로 돌리는 한이 있더라도’라니.

어지간한 강심장으로는 흉내도 낼 수 없는 일이었다.

더 놀라운 것은 아무도 그를 비웃지 않았다는 것이다.

잔인한 성정으로 이름난 그 류즈캉 헌터조차 묵묵히 성진우 헌터를 바라보기만 했을 뿐, 그의 발언에 대해서는 아무런 항의도 하지 않았다.

컨퍼런스 룸에 있는 헌터들은 물론, 모니터를 통해 상황을 지켜보던 요원들까지 입을 다물지 못했다.

애덤 역시 그 요원들 중 한 명이었다.

그는 감탄하며 말했다.

“아마 여기서 그런 말을 할 수 있는 사람은 헌터님을 포함해 딱

두 명뿐일 겁니다."

진우는 남은 한 사람이 누구인지 호기심을 보였다.

"그럼 다른 한 명은……?"

"지금은 병원에 계시죠."

씁쓸하게 웃는 애덤의 표정을 보고 진우는 지금 누구의 이야기가 나온 건지 금방 알아챘다.

토마스 안드레.

확실히 그 오만한 성격이라면 충분히 있을 수도 있는 일이었다.

'아직도 그럴 수 있을지는 잘 모르겠지만.'

진우도 자신이 '졌다'며 손을 올렸던 토마스의 마지막 표정을 떠올리고는 씁쓸하게 웃었다.

애덤이 일정 이야기를 꺼냈다.

"이제 저녁 만찬이 있을 예정입니다. 저희 헌터관리국에서 야심차게 준비한 만찬이니 급한 일이 없으시다면 다른 헌터분들과 함께 식사라도……."

진우는 고개를 저었다.

"병원에 들를 생각입니다."

"예?"

애덤이 눈을 동그랗게 떴다.

혹시 어젯밤에 어딜 다치기라도 하신 걸까?

아니, 어쩌면 당연한 일이다.

국가 권력급 헌터인 토마스 안드레가 힐러들의 치료를 받고도 일어서지 못할 만큼 중상을 입었다.

그만큼 격렬한 싸움이었다는 이야기.

그러니 아무리 성진우 헌터라도 어디 다친 곳 한두 군데쯤은 있어야…….

"진호가 걱정돼서요."

"아……."

그 말인가.

잠깐이나마 진우를 걱정했던 애덤이 자신의 속단을 뉘우쳤다.

그러나 미련을 버리지 못한 채 재차 물었다.

"왠지 어젯밤부터 어깨나 손목이 욱신거리신다거나……?"

"예?"

"아, 아닙니다."

애덤이 당황하는 그때.

삼삼오오 모여 있던 헌터들이 일제히 길을 터 주며 양쪽으로 비켜섰다.

진우와 애덤도 그쪽으로 시선이 옮겨 갔다.

거기엔 류즈캉이 있었다.

중국의 7성급 헌터 류즈캉은 일명 '류즈캉 사단'이라 불리는 자신의 수하들을 데리고 진우에게로 다가왔다.

류즈캉은 처음부터 목적지가 정해져 있었는지 직선으로 걸어와 진우의 코앞에서 멈춰 섰다.

'헉……!'

'뭐지, 저 두 사람?'

헌터들의 담소가 끊겼다.

진우와 류즈캉 사이에 흐르는 팽팽한 긴장감이 주변을 쥐 죽은 듯 고요하게 만들었다.

술렁술렁.

심상치 않은 기류가 흘렀다.

헌터들은 눈을 굴렸다.

'류즈캉이 왜 저러는 거지?'

'아까 성진우 헌터가 했던 말 때문인 거 아니야?'

'어쩐지 조용하게 넘어간다 싶더라니…….'

확실히 진우의 답변은 헌터들을 향한 도발이었다. 심지어 그 질문을 한 사람은 류즈캉이었다.

토마스 안드레에 이어 류즈캉까지.

헌터들은 무슨 일이 일어날까 조마조마한 얼굴로, 두 사람의 표정 변화에 주목했다.

졸지에 두 사람 사이에 낀 애덤의 얼굴이 새파랗게 질려 갔다.

"저기, 헌터님들……."

애덤이 뭐라고 말하기도 전에, 한 걸음 더 앞으로 내디딘 류즈캉이 먼저 입을 열었다.

묵직한 목소리.

류즈캉의 이야기를 듣던 진우의 표정이 심각해졌다.

'……뭐라는 거야?'

중국 근처에도 가 본 적이 없는데 중국어를 알 턱이 있나.

일단 상대가 심각한 표정으로 말하고 있으니 비슷한 얼굴을 하고 있기는 한데, 알아듣지도 못하는 말을 듣고 있는 것이 여간 불편한 게 아니었다.

설마 이렇게 진지한 얼굴로 면전에서 욕을 하고 있는 건 아니겠지, 하는 생각이 스쳐 지나간 순간.

애덤이 귓가에 속삭였다.

“성진우 헌터님이 잡다 놓친 거인형 마수 하나를 중국 해안에서 잡은 적이 있으시답니다.”

진우의 얼굴에 놀라운 기색이 번져 나갔다.

“당신 중국어도 할 줄 압니까?”

“아시아 담당이니까요. 그쪽 언어들은 어느 정도 할 줄 압니다. 아, 그리고 러시아, 스페인, 아랍, 독일 쪽도 조금…….”

순간 진우는 잠깐이지만 애덤 요원이 자신의 그림자 병사라면 얼마나 편할까 생각한 자신을 반성했다.

하고 싶은 말이 많았는지 그동안에도 류즈캉의 말은 계속되고 있었다.

“계속 통역해 줘요.”

“예.”

고개를 끄덕인 애덤이 비장한 얼굴로 말을 옮겨 주었다.

“그때, 거인형 마수의 힘이 생각보다 강해서 깜짝 놀라셨답니다. 특히 물 위에서의 싸움이라 더 애를 먹으셨다는군요.”

진우도 거인형 마수와 싸울 때 그 녀석들의 강력함에 놀란 기억이 있었다.

그 커다란 덩치로 날짐승처럼 재빠른 움직임이라니.

행동에 제약이 많은 해상에서의 싸움이라면 평지에서 싸울 때보다 훨씬 더 놀라움이 컸을지도 모른다.

진우는 같은 헌터로서 그가 느꼈을 당혹감을 이해할 수 있었다.

류즈캉의 말이 길어질수록 애덤의 표정이 점점 밝아졌다.

“그 이후로 쭉 성진우 헌터님을 만나 뵙고 싶었답니다. 이렇게 강한 마수들을 그리 쉽게 처치한 헌터가 어떤 사람인지 궁금하셨답니다."

애덤의 통역이 끝나기가 무섭게 류즈캉이 활짝 웃으며 손을 내밀었다.

아마도 방금 전의 심각했던 표정은 긴장감에서 나온 듯했다.

잠깐 류즈캉이 내민 손을 내려다본 진우가 미소를 지으며 악수를 했다. 최고의 헌터 중 한 사람이 먼저 청한 인사를 거절할 이유는 없었다.

무슨 일이 일어나는 건 아닌지 얼어붙었던 애덤도 그제야 안도의 한숨을 내쉬었다.

"휴-."

헌터들 간의 유대감 형성.

국제 길드 컨퍼런스의 목적에 충실한 대면이었다.

손을 맞잡은 류즈캉이 웃으며 말을 이었다.

진우가 애덤을 돌아보았다.

"뭔가 농담을 하는 느낌인데, 뭐라고 하는 겁니까?"

"아."

애덤이 난처한 얼굴을 하다 입꼬리를 올렸다.

"그리고 토마스 헌터님을 날려 주셔서 속이 시원하시답니다. 어차피 보나 마나 토마스 헌터님이 잘못했을 거라고……."

진우도 씩 웃었다.

첫인상은 그냥 까칠한 아저씨 정도였는데, 생각보다 재밌는 사람이었다.

그렇게 인사가 끝나고 두 사람의 손이 떨어졌다.

그런데 류즈캉의 얼굴이 조금 어두워졌다.

애덤의 표정에서도 미소가 지워졌다. 애덤은 빠르게 그의 말을 통역했다.

"그래서 더더욱 '용의자 S'가 성 헌터님의 가족이 아니기를 빌겠답니다. 성 헌터님과는 절대 싸우고 싶지 않으시다고 하시네요."

진우는 말없이 고개를 움직였다.

"마침 두 분이 같이 계셨군요."

가까이서 들려온 목소리에 진우와 류즈캉 모두 고개가 돌아갔다.

기척은 있으나 마력이 없으니 헌터는 아니다.

아니나 다를까.

목소리의 주인공은 헌터관리국의 국장이었다.

진우와 류즈캉을 번갈아 보던 국장은 긴장감이 역력히 묻어 나오는 목소리로 물었다.

"두 분, 시간을 좀 내주실 수 있으십니까?"

진우는 애덤을 바라보았다.

그러자 애덤은 고개를 가로저었다.

애덤이 모른다는 것은 예정에 없던 일이라는 거다.

무슨 일일까?

대답에 앞서, 진우가 감각 스탯을 총동원해 안에 있는 헌터들 전원의 움직임을 파악해 보았다.

'거대한 마력의 보유자가 두 명…….'

강한 헌터 두 사람이 여러 명의 안내를 받아 같은 장소로 향하고 있었다.

자신과 류즈캉을 동시에 호출한 시점에서 단순히 우연으로 치부하고 말 일은 아니리라.

'사고라도 터진 건가?'

진우가 대답을 망설이는 듯 보이자 애덤이 대신 말을 전했다.

"아, 국장님. 성진우 헌터님은 아까 유진호 헌터님이 계신 병원에 가 봐야 하신다고……."

그러나 진우가 애덤의 어깨에 손을 얹어 말을 막았다.

애덤이 돌아보자 고개를 가로저은 진우가 국장에게 시선을 옮기고서 말했다.

"전 괜찮습니다."

국장은 화색이 도는 얼굴로 류즈캉을 바라보았다.

"류즈캉 헌터님은?"

"좋습니다."

"잘됐군요. 그럼 두 분, 저를 따라오시죠."

어려운 거래를 따낸 샐러리맨처럼 얼굴이 펴진 국장이 앞장섰다.

* * *

하지만 두 사람의 목적지는 달랐다.

류즈캉은 요원들의 안내를 따라 왼쪽 복도로, 진우는 국장의 뒤를 따라 가던 길을 걸었다.

'이상한데……?'

아까 움직이던 헌터 두 명에 류즈캉까지 더해, 고강한 마력의 헌터 셋이 같은 장소에 모였다.

당연히 그리로 안내받을 줄 알았던 진우는 예상과 다른 길에 몇 가지 가능성을 추측해 보다 결국 말을 꺼냈다.

"왜 저만 다른 방향입니까?"

"아……."

어떻게 대답해야 하나 고민하던 국장이 일단 턴을 넘겼다.

"지금 헌터님을 기다리는 분이 계십니다. 그분께서 전부 다 설명해 주실 겁니다."

"……."

국장의 말처럼 복도 끝 별실에서 누군가의 기운을 느낄 수 있었다.

'어? 이 마력 파장은…….'

전혀 예상 못 한 인물이었기에 진우의 눈이 커졌다.

설마 그녀와 다시 만나게 될지는 몰랐는데.

"벌써 눈치채셨군요."

국장은 긴장했는지 이마에 식은땀이 맺혀 있었다.

"저희는 그녀의 위치가 노출되는 걸 극도로 꺼립니다만, 이번 일 같은 경우에는 사안이 사안인지라……."

"그럼 이 자리는 헌터관리국에서 그녀에게 요구한 겁니까?"

"아닙니다. 그녀가 요구한 겁니다. 당신을 만나고 싶다고."

덜컹.

국장이 문을 열자, 진우는 자신을 기다리고 있는 한 흑인 여성의 눈과 시선을 마주할 수 있었다.

"오랜만입니다, 성진우 헌터님."

"그러네요, 셀너 부인."

업그레이더 노마 셀너.

특이한 능력의 각성자.

시간이 흘러서 좀 달라졌을까 했지만 그녀의 눈빛은 그대로였다.

여전히 겁에 질린 두 눈.

자신을 바라보고 있는 셀너 부인의 시선에서 강한 두려움이 느껴졌다. 하지만 그럼에도 불구하고 그녀는 자신을 만나고 싶다고 했다.

무엇이 겁먹은 그녀를 움직이게 만들었을까?

진우는 흥미가 생겼다.

"부인께서 저를 다시 찾아오실 줄은 몰랐습니다만……."

진우가 부인의 맞은편에 앉았다.

통역 담당인 애덤은 진우 옆에 바싹 붙어 섰다.

부인은 정중하게 고개를 숙였다.

"그때는 정말 죄송했었습니다. 저도 경황이 없던 터라……."

진우는 손을 들어 만류했다.

굳이 그때 일을 들추어내어 사과받으려는 의도는 없었다.

셀너 부인이 국장을 보았다. 그러자 마찬가지로 굳은 얼굴의 국장이 고개를 끄덕였다.

이야기를 주저하던 셀너 부인이 어렵게 입술을 뗐다.

"요즘 들어 매일 같은 꿈을 꾸고 있습니다."

꿈 해몽에는 자신이 없지만, 아마도 해몽을 위해서 자신을 불러들이지는 않았으리라.

진우가 물었다.

"어떤 꿈을 꾸시는 겁니까?"

"매일 밤 꿈속에서 최고의 헌터들이 누군가에게 사냥당하는 모습을 봅니다."

헌터들을 사냥하는 누군가.

진우는 이 일이 자신과 무관하지 않으리라는 것을 직감했다.

"그리고 며칠이 지나면 그 꿈은 현실이 되어 나타납니다."

"설마…… 크리스토퍼도?"

셀너 부인이 고개를 끄덕거렸다.

국장이 설명을 받아 이어 갔다.

"저희는 크리스토퍼 씨께 위험을 경고했지만, 그는 저희의 경고를 곧이듣지 않았습니다. 결과는…… 헌터님께서도 잘 아시겠지요."

크리스토퍼 리드가 어떻게 됐는지는 오늘 충분히 보고 들었다.

부인이 떨리는 목소리로 말했다.

"세계를 지탱해 주던 강력한 헌터들이 계속해서 죽어 나갈 겁니다. 헌터들을 사냥하는 이들은 이 일을 절대 멈추지 않을 거예요."

"그러니까."

목을 차분히 가다듬은 진우가 말을 이었다.

"부인은 제게도 그들을 조심하라는 경고를 해 주시려고……."

"아닙니다."

부인이 단호히 고개를 저었다.

경고가 아니라면 뭐란 말인가?

진우가 의아한 눈빛을 보내자, 셀너 부인이 간곡히 부탁했다.

"헌터들을 지켜 주셨으면 합니다."

* * *

-졌다.

자신의 입에서 다시는 나오지 않으리라 생각했던 한마디.

같은 말을 머릿속으로 거듭 되뇌며 토마스는 눈을 떴다.

병원이었다.

'내가 마지막으로 병원에 들렀던 게 얼마 만이지?'

헌터 생활을 하면서 병원을 제집처럼 들락날락했던 진우와 다르게, 토마스는 헌터가 되고 나서 병원 문턱을 넘은 기억이 없었다.

E급에서도 가장 밑바닥이었던 헌터와, 시작부터 정점에 올라서 있었던 헌터의 만남이 이러한 결과를 낳게 될지 누가 예상이나 했을까?

물론 진우의 과거와 상관없이, 이 결과에 가장 당황한 사람은 토마스 안드레 본인이었다.

'정말로…… 졌구나.'

토마스는 혼백이 빠져나간 듯 멍한 얼굴로 몸을 일으켰다.

타닥, 타닥.

키보드를 두드리던 소리가 멈추었다. 토마스의 시선이 그쪽을 향했다.

너무 멀지도, 가깝지도 않은 곳에 스케빈저 길드의 메인 매니저인 로라가 앉아 있었다.

작업 중이었는지 그녀의 손끝은 노트북의 키보드 위에 올려져 있었다.

"정신이 드시나요?"

"……그래."

토마스는 시선을 회피하며 자신의 턱밑을 쓸어내렸다.

자라난 수염의 길이로 시간이 얼마나 흘렀는지 예상해 볼 수 있다.

다행이라고 해야 할까?

수염은 걱정했던 것만큼 길게 자라진 않았다.

"하루…… 정도인가?"

"네."

짧게 대답한 로라가 말을 이었다.

"처음 상태를 확인했던 의사는 몇 주까지도 각오하고 있는 게 좋을 거라고 하더군요."

그만큼 당시 토마스의 상태가 좋지 못했다는 이야기였다.

그런데 그런 진단을 받고서도 하루 만에 멀쩡하게 일어난 것이 토마스답다고 해야 할지, 그런 사람이 하루 동안이나 정신을 차리지 못했던 것이 토마스답지 않다고 해야 할지.

로라는 헷갈리는 기분을 느끼며 토마스의 침상 옆에 섰다.

"의사를 불러올까요?"

"아니, 아직은."

지끈거리는 관자놀이를 문지르며 토마스는 고개를 저었다.

그 남자에게 머리를 얻어맞을 때의 충격이 아직도 생생했다. 당시를 떠올리기도 싫어지는, 끔찍한 통증이었다.

의사를 불러온다고 해도 뾰족한 수는 없으리라.

그보다.

먼저 확인해야 할 것들이 있지 않은가?

토마스가 물었다.

"미스터 황은 어떻게 됐나?"

입술을 뗐던 로라가 차마 대답을 못하고 그냥 고개를 가로저었다.

"……그런가."

잠깐 뭔가를 생각해 보던 토마스는 곧 대수롭지 않다는 억양으로 질문의 내용을 바꿨다.

"그 밖의 피해는?"

"많은 부상자가 나왔었지만, 헌터관리국의 빠른 대처로 현재는 모두 회복된 상태입니다."

침착함을 유지하려 했던 토마스의 목소리가 올라갔다.

"사망자가 없었다고?"

"네, 그렇습니다."

"……."

놀라움은 곧 경악으로 바뀌었다. 토마스는 속으로 신음을 삼켰다.

그리 격렬한 싸움이 벌어졌음에도 사망자가 없었다는 소리는 상대가 이쪽을 봐줬다는 뜻.

실로 압도적인 패배였다.

이렇게까지 일방적으로 깨지면 화를 낼 마음조차 생기지 않는다.

지금 토마스의 심정이 딱 그랬다.

경외감.

혼자만의 힘으로 자신은 물론이거니와 자신이 모은 엘리트 헌터들까지 완파한 진우에게 두려운 마음이 들었다. 아니, 그걸 넘어 존경심까지 생겨날 지경이었다.

늘 힘이 정의라고 생각해 왔던 토마스였기에 그 충격은 더 컸다.

하지만.

하지만 어째서일까?

처참한 패배를 당했지만 기분은 그리 나쁘지 않았다.

상대와의 격차를 확인했기에 미련이 없는 것일까.

자신에게 패배를 안긴 상대에 대한 분노도, 패배를 설욕하고 싶다는 생각도 들지 않았다.

'아니, 오히려…….'

여러 생각이 교차하기 시작한 토마스에게 로라가 작고 길쭉한 상자 하나를 내밀었다.

안경 케이스였다.

'……?'

케이스를 받아 든 토마스가 의아한 눈빛을 보내자, 로라가 대답했다.

"현장에서 수거해 온 마스터의 선글라스는 고치기 힘들 정도로 손상이 심해서요."

딸깍.

케이스 안에는 토마스가 평소 아끼던 선글라스의 새 제품이 들어 있었다.

피식.

실소를 터트린 토마스가 선물 받은 선글라스를 썼다.

"이거 늘 신세만 지는군."

의식을 되찾은 토마스가 난동을 부리지는 않을까.

걱정했던 로라는 평온한 토마스의 반응에 한숨을 돌리며 가벼운 미소를 지었다.

"그게 제 일인걸요."

말없이 먼 곳을 응시하던 토마스가 조용히 말했다.

"미스터 황…… 장례는 최고로 해 줘. 그래도 우리 직원이었으니까."

"알겠습니다."

"그리고."

그리고……?

토마스의 말을 수첩에 적어 내려가던 로라가 고개를 들었다.

"성진우 헌터에게 스케빈저 길드…… 아니, 나 토마스 안드레가 공식적으로 사과한다고 전해 줘."

* * *

헌터들을 지켜 달라.

셀너 부인은 어째서 그런 말을 한 것일까?

진우는 의아한 얼굴이었다.

"……왜 접니까?"

어디서부터 얘기해야 할지 고민하는 것처럼 보이던 부인이 천천히 입을 열었다.

"반복되는 꿈속에서, 저는 헌터들을 사냥하는 자들의 얼굴을 기억하려 애를 썼습니다. 하지만 헛수고였어요."

잠에서 깨고 나면 검게 가려진 얼굴밖에 떠오르지 않는다는 것이 부인의 설명이었다.

"그래서 저는 다른 방법을 쓰기로 했지요. 꿈속에서나마 그들의 실체를 내 능력으로 확인해 보자고."

"그럼 그때 제 눈을 들여다보신 것도?"

"맞아요."

셀너 부인은 순순히 자신의 능력을 인정했다.

두근.

진우는 심장이 뛰었다.

그때.

셀너 부인은 자신의 안에서 무엇을 발견했기에 그렇게 두려움에 몸을 떨었던 것일까?

하지만 아직 그녀의 이야기는 끝나지 않았다.

궁금증을 억누른 진우가 그녀의 말에 귀를 기울였다.

"그들의 안에 자리 잡은 끝없는 힘. '그것'과 눈을 마주친 저는 잠에서 깨어날 수밖에 없었지요."

진우의 시선이 아래를 향했다. 부인의 손끝이 가늘게 떨리고 있었다.

"눈이 마주쳤을 때, '그것'에게서 들려왔던 목소리는 지금도 생생히 기억하고 있답니다."

진우가 슬쩍 고개를 들었다.

이야기를 듣고 있는 국장도, 그녀의 말을 통역해 주는 애덤도 잔뜩 긴장한 얼굴들이었다.

진우가 물었다.

"그것이 무슨 말을 했습니까?"

"돌아가서…… 얌전히 전쟁을 기다리고 있으라고."

당시의 기억을 떠올린 셀너 부인은 돋아 오는 소름에 몸서리를 쳤다.

꿈속의 목소리는 현실에서 들었던 그 어떤 소리보다도 더 생생했다.

그러나 겁에 질려 있는 부인과 달리, 진우는 '전쟁'이라는 단어가 단서임을 알았다.

'거인들의 왕에게 들었던 것과 같다.'

지배자들과 군주들의 싸움.

거인들의 왕은 말했다.

녀석들이 전쟁을 준비하고 있다고.

아마도 지배자들만 전쟁을 준비하고 있는 것은 아닐 것이다.

그렇다면.

지금 헌터들을 사냥하고 있는 놈들은 어느 쪽일까?

하지만 아직 첫 번째 질문의 대답을 듣지 못했다.

진우는 다시 물었다.

"그런데 그게 헌터들을 지켜 달라는 부탁과 무슨 관련이?"

"……헌터님에게서도 같은 힘을 발견했었으니까요."

조심스럽게 나온 부인의 한마디에 진우는 정신이 번쩍 들었다.

그림자 군주의 힘.

셀너 부인은 그날, 진우에게서 그림자 군주의 힘을 본 것이다.

그리고 꿈속의 사냥꾼들에게서 같은 힘을 봤다는 건 그들의 정체 역시.

'……군주들.'

진우의 얼굴이 굳어졌다.

부인은 진우의 표정이 심상치 않자 빠르게 설명을 이었다.

"그들은 헌터들 이상의 존재입니다. 그들을 막기 위해서는 대등한 힘을 가진 헌터님이 필요합니다."

잠자코 듣고 있던 국장이 대화에 끼어들었다.

"실은 저희도 성진우 헌터님 말고는 다른 헌터들을 지킬 수 없다는 이야기에 반신반의했습니다만……."

그런데 갑자기 이렇게 자리가 마련되었다는 건.

"어제 저와 토마스 사이에 일어난 싸움이 헌터관리국의 생각을 바꾼 거군요."

정곡을 찔려 버린 국장이 멋쩍은 듯 대답했다.

"정확하십니다."

어제 일로 헌터관리국은 진우와 다른 헌터들 간의 실력 차이를 알았다.

그것은 큰 사고인 동시에 희망의 발견이었다.

국가 권력급 헌터를 살해할 수 있는 존재들과, 그들과 대등한 힘을 가진 유일한 헌터.

헌터관리국은 그 어느 때보다 진우의 도움이 절실했다.

이미 한 명의 국가 권력급을 그들에게 잃은 미국에게 있어 토마스는 무슨 수를 써서라도 지켜 내야 하는 대상이었다.

"물론 저희도 성진우 헌터님 같이 뛰어난 분이 아무런 대가도 없이 저희를 돕길 원하지는 않습니다."

원하신다면 무엇이든지.

거기엔 '카미쉬'가 남긴 최고의 보물, 룬석까지 포함되어 있었다.

헌터관리국의 새로운 제안은 진우의 영입이 아니었다.

괜히 거절당한 제안을 다시 내밀어 진우를 귀찮게 만드는 것보다, 그의 도움을 빌어 미국이 가지고 있는 최강의 전력을 보호하자.

그것이 크리스의 죽음 후, 이번 일을 대하는 헌터관리국의 결론이었다.

"……."

진우가 입을 굳게 다물고 고민에 잠겼다.

부인은 진우의 결정을 돕기 위해 자신이 본 것들을 털어놓았다.

"이 세계에는 강한 축복을 받은 헌터들이 있습니다. 그들은 자신들의 힘으로 세계를 지탱해 왔지요. 그들이 사라지면 세계는 버티지 못할 겁니다."

고민 끝에 진우가 대답했다.

"……죄송합니다."

재고의 여지도 없는 확실한 거절에 국장의 눈이 휘둥그레졌다.

"혹시 토마스 안드레 헌터님에게 개인적인 감정이 남아서……."

억측이 나오기 전에 진우는 고개를 가로저었다.

"아니요."

결정을 내린 이유는 하나.

"아직 내가 싸워야 할 적을 모르기 때문입니다."

그들의 정체가 무엇이건 아직 진우는 그들과 마주친 적이 없었다.

적의 역량을 모르니 적에게서 대상을 보호해 주겠다는 약속을 할 수 없는 것도 당연한 일.

지킬 수 있을지도, 없을지도 모르는 약속을 장담할 만큼 진우는 가벼운 이가 아니었다.

'일단은 상황을 지켜본다.'

그리고 자신이 할 수 있는 선에서 해결해 나간다.

특유의 침착함은 처음 이중 던전에 들어섰을 때 그대로였다. 전혀 달라지지 않았다.

다행히 진우에게는 정확한 정보를 전달해 줄 그림자 병사들이 여럿 있었다.

헌터관리국에서 주시하는 헌터들에게 그림자를 심어 놓으면 녀석들의 움직임에 늦지 않게 대응할 수 있으리라.

"그럼."

진우는 앞으로의 대처를 머릿속에서 그리며 자리에서 일어났다.

* * *

한국 헌터협회의 회장실.

고건희 협회장은 그 누구보다 바쁜 하루를 보냈다.

하필 국제 길드 컨퍼런스 전날, 성 헌터와 토마스 안드레 사이에 큰 싸움이 났다는 게 아닌가?

일이 잘못되는 것이 아닌지 백방으로 알아본 끝에 방금 헌터관리국의 대답이 돌아왔다.

조사 결과 스케빈저의 잘못으로 밝혀졌으며, 이로 인해 진우가 불이익을 받을 가능성은 없다는 소식이었다.

"휴-."

그제야 겨우 한시름 덜게 된 고건희 협회장이 의자에 쓰러지듯 앉았다.

성 헌터가 그대로 미국에 갇힐지도 모른다는 생각에 얼마나 마음을 졸였는지 모른다.

그런데.

'가만…….'

그러고 보니 누가 성 헌터를 가둬 둘 수 있다는 말인가?

이미 토마스 안드레까지 실신당한 마당에.

일이 해결되고 나서야 문득 거기까지 생각이 미친 고건희가 피식피식 웃음을 터트렸다.

'어쩌면…… 쓸데없는 걱정이었을지도 모르겠구먼.'

허허.

한참 웃던 고건희가 문득 갈증을 느끼고서 물을 찾았다. 물병은 협회장 책상에서 조금 떨어진 탁상 위에 있었다.

'…….'

가만히 물병을 보고 있던 고건희가 그리로 손을 뻗었다.

그러자 물병이 그의 손으로 날아갔다.

텁.

능숙하게 물병을 낚아챈 고건희가 뚜껑을 열면서 옅은 미소를 지었다.

'우진철 부장이 돌아오면 앉혀 놓고 들어야 할 이야기가 하나 더 늘었군.'

허허.

우진철 부장을 억지로라도 딸려 보낸 보람이 있어 기쁜 고건희였다.

8. 헌터들의 밤

8. 헌터들의 밤

"형니임-!"

진우는 눈물을 글썽이며 안겨 드는 유진호를 가볍게 피해 냈다.

그러고는 컨퍼런스에 참가해야 했던 자신을 대신해 유진호의 간호를 자청한 우진철에게 물었다.

"얘, 왜 이러는 겁니까?"

"눈을 떴을 때 이걸 보여 줬더니……."

우진철은 자신이 보던 신문을 들어 보였다.

접힌 신문 1면에는 진우에 의해 박살 난 스케빈저 길드원들의 모습과, 피투성이가 된 채 의식을 잃은 토마스의 얼굴이 실려 있었다.

진우에겐 당연한 일이었을지 몰라도, 기사를 접한 유진호에게는 아니었다.

어느 누가 자신을 구하기 위해 세계 최강의 길드와 정면으로 대결할 수 있을까?

그것도 그 길드의 마스터가 '골리앗' 토마스 안드레인데 말이다.

기사를 읽고 감동의 눈물을 뚝뚝 흘리던 유진호는 진우가 도착하자마자 그 반가움을 온몸으로 표현했다.

"형니이임-!"

그러나 진우의 민첩함은 이미 S급 헌터들의 그것을 아득히 뛰어넘은 상태.

유진호의 부단한 노력에도 불구하고 진우는 요리조리 감격의 허그를 빠져나갔다.

달려드는 유진호를 또다시 피해 낸 진우가 유진호의 등을 엄지로 가리키며 물었다.

"이 녀석이 영어로 된 기사를 읽었다고요?"

"아. 통역을 맡은 여직원이 이렇게 월급을 받는 건 도저히 아닌 거 같대서 이거라도 읽어 주라고 했죠."

"아하."

유진호는 자꾸만 자신의 스킨십을 피하는 진우가 야속한지 코끝을 붉혔다.

"형님!"

"자."

진우가 내민 티슈를 받아 든 유진호가 힘주어 코를 풀었다.

팽.

유진호의 마음은 알겠지만, 그렇다고 컨퍼런스를 위해 준비한 비싼 양복에 콧물을 묻히고 다닐 수는 없지 않은가?

눈물을 닦으면서 좀 진정되었는지 유진호가 물었다.

"그런데 형님, 영어 공부는 언제 하셨어요?"

그때, 폐공장에서 의식이 가물가물한 와중에도 토마스와의 대화를 들었던 모양이었다.

"하급 헌터는 시간이 많으니까."

레이드 일정이 없는 헌터는 백수와 다름이 없다.

진우는 언젠가 헌터 일을 그만둘 때를 대비해 시간이 생길 때마다 틈틈이 영어 공부를 해 뒀었다.

'그걸 이런 식으로 써먹게 될 줄은 몰랐지만.'

공부하던 당시를 떠올리면 감회가 새롭다고 할까.

독학으로 공부한 회화의 첫 상대가 토마스 안드레가 될 것이라고는 꿈에서도 생각하지 못했었다.

"아-."

한때 진우가 하급 헌터였음을 떠올린 유진호가 고개를 끄덕였다.

형님의 과거를 어제 일에 대입시키자, 고작 D급 헌터에 불과한 자신을 위해 스케빈저 길드 전원과 맞선 형님의 의리가 한층 더 감동적으로 와닿았다.

유진호는 울먹이며 말했다.

"형님! 저 진짜 형님만 믿고 따르겠습니다!"

유진호의 눈시울이 붉어지며 기껏 닦아 낸 코밑으로 다시 콧물이 흘렀다.

진우는 피식 웃었다.

그러나.

'……감각 스탯이 늘 편리한 것만은 아니네.'

초월적인 감각이 유진호의 감정을 낱낱이 읽어 들이는 바람에, 괜히 코끝이 찡해진 진우가 의도적으로 유진호의 시선을 피하며 우진철에게 고개를 돌렸다.

"이 정도면 퇴원하는 데 아무 문제 없어 보이는데요?"

"네. 그렇지 않아도 하룻밤 사이에 상처가 말끔하게 다 나았다고 담당의가 놀라더군요."

"그럼 퇴원 수속 밟고 숙소로 돌아갑시다. 마침 헌터관리국에서 차도 준비해 줬으니."

"알겠습니다."

"준비하겠습니다, 형님."

진우는 빨개진 눈으로 주섬주섬 짐을 챙기는 유진호를 보며, 그가 무사히 돌아올 수 있었던 것에 감사했다.

그리고 동시에.

이 모든 사태를 만든 원흉에 대해 약간의 분노가 치밀어 올랐다.

'그리드. 오늘 숙소로 돌아가면, 알지?'

[……알겠습니다, 왕이시여.]

많게도 적게도 말고 딱 2시간만 더 머리를 박자고, 진우는 그렇게 그리드를 다독이며 병실을 나섰다.

* * *

헌터관리국에서 제공한 차량은 두 대였다.

애덤에게 개인적인 용무가 있었던 진우는 그와 함께 앞 차에, 유진호는 협회 직원들과 함께 뒤 차에 탑승했다.

뒷좌석 문을 열자.

덜컥.

창문에 머리를 기대고서 곤히 잠들어 있던 애덤이 어깨를 움찔하더니 머리를 흔들어 댔다.

"오셨습니까, 헌터님."

퀭한 얼굴.

어제오늘 눈코 뜰 새 없이 바쁜 일정으로 지친 애덤의 눈 밑에는 짙은 그늘이 생겼다.

진우가 안타까운 시선을 보내는 사이, 애덤의 지시를 받은 기사가 차를 움직였다.

진우는 바로 용건을 꺼냈다.

"제게 보호를 부탁하려고 했던 헌터들의 명단을 알려 줄 수 있습니까?"

그 한마디에 잠이 확 달아나는지, 애덤의 얼굴에 금방 화색이 돌았다.

"혹시 마음이 바뀌신 겁니까?"

"그냥 관심이 생겨서요."

"아……."

애덤이 실망감을 나타냈다.

좋다 말았지만, 그래도 나쁜 소식은 아니었다.

성진우 헌터가 아직 이 문제에 관심을 가지고 있다는 소리니까.

애덤은 미소를 지으며 대답했다.

"관리국으로 돌아가는 즉시 명단을 만들어서 드리겠습니다."

들어가는 즉시.

진우는 무심결에 시간을 확인했다.

지금은 저녁 9시.

일거리가 하나 더 늘어 버린 애덤의 얼굴이 방금 전보다 더 수척해 보이는 것은 착각일까?

아니나 다를까.

애덤은 자신이 에스코트하는 헌터의 앞에서 수면에 빠지는 일을 피하기 위해 졸린 눈에 잔뜩 힘을 주었다.

'쯧쯧.'

보다 못한 진우가 손을 내밀었다.

"어? 어?"

진우의 왼손이 애덤의 시야를 덮자, 애덤은 당황해 목소리가 갈라졌다.

"헌터님?"

그러나 진우의 한마디에 애덤은 꼼짝없이 얼어붙었다.

"가만히 있어 봐요, 좀."

평범한 남성에게 같은 일을 당해도 소름이 돋을 일이다.

그런데 지금 자신의 옆에 있는 사람은 평범함과는 거리가 먼 성진우 헌터였다.

그 토마스 안드레를 죽기 직전까지 두들겨 팼던.

꼴깍.

졸지에 S급 헌터의 손에 눈이 가려진 애덤은 긴장감에 마른침을 간신히 삼켰다.

진우는 왼손으로 애덤의 고개를 뒤로 젖힌 다음, 오른손으로 상점에서 구매한 힐링 포션을 들이부었다.

'뭐, 뭐지?'

시야가 전혀 없는 상태로 정체불명의 액체를 억지로 삼키게 된 애덤은 순간 바짝 긴장했으나, 액체가 거듭해 식도를 넘어갈수록 몸에서 힘이 솟아남을 느꼈다.

어떻게 이런 일이……?

성진우 헌터의 손이 떨어졌을 때.

애덤은 자신을 덮쳐 오던 수마가 깔끔하게 사라졌음을 깨달았다.

아니, 그뿐인가?

곤히 잠들었다가 아침 햇살 속에서 잠을 깬 것처럼 몸이 가뿐했다.

거짓말같이 전혀 피로감을 느낄 수 없었다.

"허, 헌터님……?"

어떻게 하신 겁니까?

그런 시선을 보내고 있는 애덤에게 진우는 어깨를 으쓱해 보였다.

"영업 비밀 같은 거라서."

"아아."

너무 신기한 일이라, 애덤은 쉽게 납득해 버리고 말았다.

여기저기 몸을 움직여 보던 애덤이 아직도 놀라움이 가시지 않은 목소리로 감탄했다.

"헌터님은…… 그게, 뭐라고 표현해야 할지……. 굳이 헌터 일이 아니었어도 어떻게든 크게 성공하셨을 것 같은 느낌이 듭니다."

인텔리 중의 인텔리인, 이미 할 수 있다고 밝힌 것만 10개 국어가 넘는 헌터관리국의 스페셜 에이전트에게 듣기엔 과분한 칭찬 같다만.

어쨌든, 애덤이 만족스러워하는 듯 보여서 진우도 흐뭇한 미소를 지었다.

이러면 다음 부탁을 하기가 좀 더 편해진다.

헌터들의 명단을 요구한 것은 그걸 위한 사전 작업이었다.

"그리고 그 명단에 적힌 헌터들과 만날 수 있는 자리를 만들어 주시겠습니까?"

이번이 기회다.

전 세계의 강한 헌터들이 한자리에 모이는 이때, 그들의 그림자에 병사들을 숨겨 놓아야 혹시 모를 군주들의 공격에 대처할 수 있다.

그러나 애덤은 고개를 가로저었다.

염려하던 부분이 드러났다.

미 헌터관리국의 힘이 아무리 크다고 해도 세계 최고의 헌터들을 움직이게 만들기에는 무리가 있을 터.

진우의 얼굴이 굳어졌다.

"역시…… 어렵겠습니까?"

"아니요. 그게 아니라 굳이 자리를 마련할 필요가 없다는 뜻입니다, 헌터님."

애덤은 싱긋 웃으며 국제 길드 컨퍼런스의 마지막 날 일정을 설명했다.

"헌터들의 밤이 있으니까요."

게임의 제목으로나 어울릴 것 같은 단어 조합으로 말문을 연 애덤.

그는 어딘지 모르게 들뜬 것처럼 보였다.

"컨퍼런스에 참가하신 헌터분들을 초청해 여는, 헌터관리국 주최의 큰 파티가 있습니다. 헌터님께서 원하신다면 거기서 전부 만나 보실 수 있을 겁니다."

파티라.

자연스럽게 접촉해서 그림자 병사를 붙이기에 그보다 더 좋은 상황이 있을까?

진우는 주먹을 불끈 쥐었다.

'잘됐다.'

헌터들을 통해 군주들과 접촉한다.

그러면 누가 적이고 누가 아군인지, 또 누구와 어떻게 싸워야 할지 알 수 있으리라.

"그렇게 하죠."

진우는 미소를 지으며 의자에 등을 기댔다.

달리는 차창 밖으로, 미국의 밤이 깊어지고 있었다.

* * *

헌터들의 밤.

1,500여 명을 수용할 수 있는 거대한 연회장에 세계 최고의 헌터들과 헌터계 관련자들이 모여들었다.

"와아-."

유진호는 화면으로만 볼 수 있었던 전설적인 헌터들이 모인 것을 보고 눈을 휘둥그레 떴다.

하지만.

진우를 바라보는 다른 헌터들의 시선 또한 유진호와 비슷했다.

진우가 연회장으로 들어서자 모두의 시선이 집중됐다.

"이봐, 저기……."

"봤어."

"눈앞에 있는데도 전혀 기척을 느낄 수가 없네."

"수준이 다르구먼."

그리고 진우에게 시선이 몰리는 만큼 유진호도 주목을 받았다.

"그럼 옆에 있는 헌터가 그……?"

"저 친구를 구하려고 그 토마스 안드레와 싸운 건가?"

이미 헌터관리국의 발표가 끝나 어느 정도 정리가 된 상태.

헌터들은 동료인 D급 헌터를 위해 스케빈저 길드 전체와 충돌한 진우에게 놀라움을 금치 못하는 한편, 컨퍼런스 첫날 했던 진우의 발언이 허세가 아니었음을 알고 소름이 돋았다.

"전 세계의 헌터들을 다 적으로 돌리는 한이 있더라도 저는 가족을 지킬 겁니다."

스케빈저가 어떻게 됐는지는 기사의 사진들이 여실히 보여 줬다.

그러니 그의 말이 현실이 되지 않길 바라는 수밖에.

어찌 됐든 헌터관리국의 조사 결과 발표로, 헌터들은 진우에게 말을 걸어 보려고 호시탐탐 눈치를 보았다.

괴물 같은 골리앗을 곤죽으로 만든 괴수에서 동료를 지키기 위해 사선을 마다하지 않는 괴수로 한층 이미지가 쇄신된 덕분이었다.

용기를 내 가장 먼저 접근한 이는 헌터들이 아닌, 세계적인 마수 처리 전문 업체의 대표였다.

"성진우 헌터님을 만나 뵙게 돼서 영광입니다."

그는 자신을 소개하고서.

"헌터님께서 잡은 거인형 마수들을 구입하고 싶은데, 시간을 좀 내주실 수 있겠습니까?"

거인형 마수들은 보통 A급 게이트의 보스로 등장하기에, 온전한 사체는 매우 희귀한 편이었다.

사업에 대한 욕심이 그를 다른 헌터들보다 한발 더 빠르게 움직일 수 있도록 만들었다.

'마침 잘됐네.'

씩 미소 지은 진우가 대표에게 옆의 유진호를 소개했다.

"전 주로 레이드 쪽을 담당하고, 비즈니스 문제는 여기 부사장에게 맡겨 두는 편입니다."

"아, 그렇습니까?"

진우가 띄워 주자, 의기양양해진 유진호가 어깨에 힘을 주고서 손을 내밀었다.

"아진 길드의 부사장 유진호입니다."

"아, 네. 반갑습니다."

"제가 사실 이런 자리에서 비즈니스 얘기를 잘 꺼내는 편이 아닌데, 특별히 대표님께만……."

대표를 데리고 대화가 편한 곳으로 이동하는 유진호를 보며 진우는 만족스러운 미소를 지었다.

'자식, 이제 진짜 사업가 다 됐네.'

그러나 곧 진우의 눈매가 예리해졌다.

방해꾼들도 세트로 사라졌고, 이제부터가 진짜였다.

애덤이 진우에게 밀착했다.

"여기 명단입니다."

그가 내민 태블릿 컴퓨터의 화면에는 세계 최고라 일컬어지는 헌터들 10명의 이름이 순서대로 나열되어 있었다.

"저희 헌터관리국에서는 헌터님들의 활약을 자체 기준에 따라 점수로 환산해 순위를 매겨 두고 있습니다. 여기 10명은 그 헌터 포인트의 최상위를 차지하고 계신 분들이십니다."

헌터 포인트.

헌터들의 경력을 점수로 나타낸다는 점이 흥미를 끌었다.

명단에서 자신이 없는 것을 발견한 진우가 물었다.

"저는 여기서 몇 위쯤 되는 겁니까?"

"아마 거인형 마수들을 처치하신 기록까지 점수에 포함되면…… 여기쯤 되실 겁니다."

애덤은 3위와 4위 사이를 가리켰다.

그 위로는 류즈캉, 토마스 안드레, 크리스토퍼 리드가 있었다.

활동 경력이 몇 달이 되지 않는데도 그들 바로 밑에 위치한다는 것은, 그만큼 진우의 활약이 대단했다는 것을 의미했다.

'4위는…… 인도의 싯다르트 밧찬. 그리고 5위는.'

1위부터 5위까지는 전부 국가권력급 헌터들의 차지였다.

그 아래 순위의 헌터들도 누구 하나 만만히 여길 수 없는 쟁쟁한 이들이었다.

그때.

목록을 읽어 내려가던 진우가 소란에 고개를 들었다.

웅성웅성.

저 멀리, 헌터들이 전혀 예상치 못한 방문객의 등장에 혼란스러워하고 있었다.

방문객을 확인한 진우가 태블릿을 애덤에게 맡겼다.

“허, 헌터님…….”

“걱정 안 하셔도 됩니다.”

예상대로 방문객은 한 치의 망설임도 없이 진우에게로 곧장 걸어왔다.

중간에 자신을 만류하는 류즈캉을 밀치고서 진우 바로 앞까지 다가선 방문객이 선글라스를 벗었다.

진우는 그의 이름을 불렀다.

“토마스 안드레.”

주변의 모든 이가 토마스 앞에서 여유를 잃지 않은 진우와, 아직도 팔에 붕대를 감고 있는 토마스의 모습에 경악했다.

토마스는 자신보다 머리 하나는 더 작은 진우를 내려다보다가 말했다.

“성 진우 헌터…… 뭐 하나만 물어봅시다.”

묻고 싶은 게 있다고?

의아했지만, 실제로 토마스의 눈빛에서 적의가 보이지 않았기에 진우는 고개를 끄덕였다.

승낙이 떨어지자마자.

“이 팔…….”

토마스는 붕대가 감긴 왼쪽 팔을 들어 올렸다.

“마력으로 당한 충격이 엄청나서 힐러들의 치료가 안 먹힌다고 합디다. 의사도 같은 말을 했소. 조금씩 회복되고 있긴 하지만 완치되려면 한참 걸리겠다고.”

진우의 마력이 잔뜩 실린 주먹을 받아 내야 했던 왼팔이었다.

싸움이 끝났을 당시에는 뼈가 완전히 가루가 되어 다시는 팔을 쓰지 못할 수도 있었다.

그나마 힐러들의 빠른 조치와 본인의 뛰어난 재생력 덕분에 많이 호전된 것이 이 정도였다.

그야말로 가공할 파괴력.

곳곳에 남아 있는, 싸움의 흔적들이 남긴 통증에 끙끙 앓으며 토마스는 많은 시간 생각하고 또 생각했다.

그러나 끝내 답을 찾을 수가 없어 이렇게 진우를 찾아왔다.

토마스는 '설마 부상을 자랑하러 온 건가' 하는 눈빛을 보내오고 있는 진우에게 말했다.

"당신이라면 충분히, 나는 물론 내 길드원들도 전부 끝장낼 수 있었소."

이국땅에서 그의 동료를 납치하고, 동료를 찾으러 온 그를 공격한 것은 자신과 자신의 부하들이었다.

헌터관리국이 발표한 것처럼 그가 자신을 공격하는 이들을 모조리 죽였어도 그는 법의 심판을 받지 않았을 터였다.

'물론 그를 처벌할 수 있는 방법도 없겠지만…….'

하지만.

성진우는 황동수 딱 한 명을 제외한 누구도 죽이지 않았다.

만약 자신이 똑같은 상황에 놓여 있었다면?

단 한 명도 살려 놓지 않았을 것이다.

자신에게는 그럴 수 있는 힘이 있고, 명분도 충분히 갖춰진 상태였으니까.

그런데 성진우는 어째서 다른 선택을 한 걸까?

토마스는 이틀 전부터 그 생각이 머릿속을 떠나지 않았다.

"왜 그때…… 우리를 살려 준 겁니까?"

물론 패배를 시인하고 자비를 청한 사람은 자신이었다.

하나 그걸 선택한 것은 성진우 본인.

심지어 그의 소환수들에게 공격받았던 자신의 길드원들조차 단 한 사람도 죽지 않았다.

토마스는 그 이유가 궁금했다.

그러나 며칠간의 고민이 무색하게도 진우의 대답은 무척이나 간단했다.

"죽을 만한 죄를 지은 건 아니니까."

토마스의 오만한 태도는 참기 힘들었으나, 그도 일단은 황동수라는 자신의 길드원을 지키기 위해 폐공장을 찾았다.

스케빈저 길드원들도 마찬가지.

먼저 공격해 온 것은 잘못이지만 그 잘못의 대가는 충분히 치렀다.

그게 당시 토마스에게 내리꽂으려던 마지막 일격을 거두며 진우가 내린 결론이었다.

대답을 듣고 난 토마스의 눈동자가 일순간 흔들렸다.

"……그랬군."

죽을 만한 죄를 저질렀던 황동수의 최후가 어땠는가를 생각해 보면 방금 대답이 거짓은 아니리라.

그렇게 단순명료한 이유였다니.

대답을 듣기 전보다 머릿속이 더 복잡해졌지만, 반대로 속은 후련해진 토마스가 미소를 지었다.

"팔이 나으면 같이 식사라도 하고 싶소. 내 매니저에게 연락처를 남겨 주시면 다음에 따로 연락을 드리리다."

조심스럽게 인사를 남긴 토마스가 돌아서자 뒤에서 대기하던 로라가 꾸벅 고개를 숙였다.

토마스는 그대로 뒤도 돌아보지 않고 연회장을 빠져나갔다.

그가 한 걸음 내디딜 때마다 모여 있던 헌터들이 모세의 기적처럼 양쪽으로 쫙 갈라졌다.

멀어지는 토마스의 뒷모습을 지켜보던 로라가 다시 진우에게 시선을 옮겼다.

"방금 마스터께서는 길드원들을 해치지 않아 주어 감사하다고 헌터님께 인사드린 겁니다."

진우는 말문이 막혔다.

어떻게 해석하면 그 말이 그렇게 될 수 있다는 걸까?

진우의 의문이 당연하다는 듯 로라가 설명을 덧붙였다.

"저래 보여도 의외로 부끄럼을 많이 타는 성격이라서요."

"아…… 예."

뭐, 그렇다면 그런 거겠지.

저쪽에서 먼저 찾아온 덕분에 따로 찾아가 그림자 병사를 붙이는 수고를 덜게 된 진우는 그냥 그러려니 고개를 끄덕였다.

토마스 안드레식 인사법의 해석을 끝낸 로라가 자그마한 수첩을 빼내 들고 받아 적을 준비를 했다.

"헌터님, 실례가 아니라면 연락처를 여쭈어도 될까요? 아, 그리고."

머리를 단정하게 말아 올린 금발의 미인이 미소를 지었다.

"마스터께서 헌터님께 감사의 대가를 드리고 싶어 하십니다. 뭐든 원하는 것이 있으시다면 저에게 말씀해 주세요."

"아, 그런 건 괜찮습니다."

정중히 사양.

그러나 로라는 조금 곤란하다는 듯 어색한 미소로 재고를 부탁했다.

"저희 마스터는…… 승부욕이 강한 분이라 신세를 졌다고 생각하면 갚지 않고서는 못 견디세요. 어떤 것이라도 상관없으니 말씀해 주실 수 없을까요?"

거절하려던 진우가 거듭되는 로라의 권유에 손을 내렸다.

딱히 원하는 것이 있는 건 아니지만 저쪽에서 이렇게까지 나오는데 거절하는 것도 예의가 아니라는 판단에서였다.

다만 한 가지 문제는.

'……나한테 필요한 게 별로 없다는 거지.'

돈?

이미 레이드로 벌어들인 돈만 해도 상당하다.

아진 길드는 거인형 마수들의 사체를 팔아서 올린 수입으로 벌써 어지간한 대형 길드들의 한 해 매출을 넘어섰다.

그 아진 길드의 대표가 진우다.

물론 세계적으로 손꼽히는 길드인 스케빈저의 자금력과는 비교가 안 되겠지만 뭐가 아쉬워서 거기다 손을 벌리겠는가?

'그렇다고 토마스나 스케빈저의 도움을 받을 만한 일이 생길 것 같지도 않고…….'

역시나 처음 생각대로 거절해야겠다고 다시 마음을 바꾼 순간.

문득 머릿속을 스치는 게 있었다.

'잠깐, 스케빈저라면…….'

최고의 엘리트들이 모여 가장 왕성한 활동을 하고 있는 길드 스케빈저.

그들이 클리어한 던전은 이루 다 헤아릴 수 없고, 그 던전에서 건진 아티팩트들의 숫자도 엄청나다.

어쩌면.

스케빈저 길드의 창고라면 괜찮은 물건이 있을지도 모른다.

진우가 마지못해 대답했다.

"쓸 만한 단검이라면……."

요즘 엄청난 방어력으로 '악마왕의 단검'이 먹히지 않는 상대가 많았다.

이 기회에 스케빈저 길드의 도움으로 무기를 바꿔 보는 것도 나쁘지 않겠다는 생각이 들었다. 그다지 쓸 만한 게 나오지 않는다고 해도 밑져야 본전이니까.

"단검…… 알겠습니다. 감사합니다, 헌터님."

대답을 얻어 낸 로라가 환한 얼굴로 메모를 끝내고 연회장을 떠나갔다.

갑작스러운 골리앗의 방문 때문에 정말 무슨 일이 일어나는 건 아닌지 옆에서 가슴을 졸였던 애덤이 안도의 한숨을 내쉬며 다가왔다.

"헌터님, 그럼 이제부터 명단에 적힌 헌터님들을 만나 보실 겁니까?"

"그래야죠."

"그러면 제가 안내해 드리겠습니다. 여기 곳곳에 요원들이 배치되어 있으니 금방 찾을 수 있습니다."

"아뇨."

진우가 씩 웃었다.

"그럴 필요 없습니다."

이미 진우의 지시를 받고 출발한 그림자 병사들이 연회장 전체를 누비며 헌터들의 위치를 파악해 둔 상태였다.

이제 그들을 하나하나 만나기만 하면 된다.

무슨 일이 있었는지 감을 잡지 못한 애덤이 눈을 동그랗게 떴다.

"예?"

진우는 대답 대신 물었다.

"그런데 왜 한 명이 비죠? 6위가 안 보이던데."

"어떻게 그걸……."

진우가 어깨를 으쓱해 보이자, 애덤이 알겠다는 듯 고개를 끄덕였다.

'아, 영업 비밀…….'

그리고 말을 이었다.

"그분은 컨퍼런스 며칠 전에 연락이 끊겼습니다. 비밀리에 브라질 정부까지 찾아 나섰지만 아직 행방이 묘연하다고 하더군요."

진우는 고개를 끄덕였다.

2위 토마스에게는 방금 그림자를 붙였고, 3위 크리스토퍼 리드와 6위 브라질 출신의 헌터는 없다.

'그럼 남은 사람은 모두 일곱 명.'

진우가 애덤에게 말했다.

"갑시다."

"예."

진우는 애덤과 함께 연회장을 돌아다니며 명단의 헌터들과 인사를 나누었다.

일단 애덤에게 그들을 만날 수 있게 해 달라고 부탁하기도 했고,

또 그림자가 붙을 대상에 대해 어느 정도 알아 두고 싶기도 했다.

시작은 1위 류즈캉에서부터, 맨 아래 10위까지 차례대로.

'어?'

'성진우 헌터도 여기서 한번 인맥을 넓혀 보려는 건가?'

'그런데 그가 말 거는 헌터들이 어째…….'

헌터들은 진우가 먼저 다가가 인사를 하는 대상의 면모를 살펴보고는, 자신에게도 혹시 말을 걸어 주지 않을까 기대하기 시작했다.

'이쪽으로 온다……!'

'그래, 역시 다음은 나지.'

초조하게 진우의 인사를 기다리던 헌터들은 진우가 지나쳐 지나가면 아쉬움에 고개를 숙였다.

작업은 금방 끝났다.

명단에 있는 모든 헌터들에게 그림자 병사를 붙인 진우는 일행들과 함께 연회장을 떠나갔다.

"아……."

마지막으로 인사를 나눈 10위 헌터가 으쓱해서 목소리가 높아진 반면, 11위 이하의 헌터들은 그때부터 말없이 술잔만 홀짝거렸다.

그날.

'헌터들의 밤' 행사 주최 측인 헌터관리국은 전례 없이 소비량이 늘어난 주량의 원인을 찾느라 골머리를 싸매야 했다.

* * *

"내일이 마지막 날이지?"

부국장은 의자에 축 늘어져 있던 애덤 요원에게 커피를 내밀었다.

즉시 자세를 바로 한 애덤이 공손히 커피를 받았다.

"감사합니다, 부국장님."

애덤의 어깨를 툭툭 두드려 준 부국장이 그의 옆에 앉았다.

"골리앗과 성 헌터가 맞부딪쳤다는 소식을 들었을 때는 숨이 넘어가는 줄 알았네만…… 자네가 애써 준 덕분에 잘 해결되어서 다행이야. 정말로 수고했네."

"부국장님도 참 별말씀을……."

말은 그렇게 했지만 상관의 진심이 담긴 칭찬을 마다할 부하 직원이 있을까?

애덤의 얼굴이 환해졌다.

부하 직원의 솔직한 반응에 흐뭇한 미소를 짓던 부국장이 커피를 마시다 말고 물었다.

"그래, 가까이서 지켜본 성 헌터는 어떻던가?"

잠깐 생각해 보던 애덤이 말했다.

"부국장님, 그거 아십니까? 성진우 헌터님 아직도 매일 꾸준히 트레이닝을 하십니다."

"트레이닝?"

"네. 제가 직접 확인했습니다. 그는 아침마다 10킬로를 뛰고, 팔굽혀펴기를 100개씩 하며, 윗몸일으키기와 스쿼트도 빼먹지 않습니다."

"뭣?"

부국장은 눈을 휘둥그레 떴다.

이제 최강의 헌터라고 불러도 과언이 아닌 성진우 헌터가 하루도 빠짐없이 그런 기초적인 트레이닝을 하고 있다니?

이미 인간의 한계를 아득히 뛰어넘은 육체에 달리기가 다 무슨 소용이란 말인가?

이해할 수 없다는 표정의 부국장에게 애덤의 설명이 이어졌다.

"아마도 육체보다는 정신을 가다듬기 위한 수양이겠지요."

"정신력을 위한 수행……."

애덤은 고개를 끄덕거렸다.

현대의 기술력을 넘어선 과학기술을 봐도 놀라지 않는 침착함, 단 하루도 트레이닝을 거르지 않는 성실함, 그리고 지친 심신을 가볍게 회복시킬 수 있는 신비한 능력까지.

애덤이 본 진우는 놀라움 그 자체였다.

그리고 옆에서 애덤의 이야기를 진지하게 들어 주던 부국장 또한 그의 생각에 적극 동의했다.

"정말…… 정말 대단한 친구로구먼."

그가 우리 미국의 헌터였으면 얼마나 좋았을까.

그런 헌터가 있는 한국이 새삼스레 부러워졌다.

'음? 커피 맛이 원래 이랬었나?'

부국장은 감탄과 함께 마시는 이 커피가 오늘따라 왠지 쓰게 느껴져, 결국 다 마시지 못하고 반을 남기고 말았다.

* * *

이런 말이 있다.

한국 헌터협회 협회장실의 위치를 알고 싶거든 가장 마지막에 불이 꺼지는 방을 찾아라.

오늘도 고건희는 늦은 시간까지 협회장실에 남아 잔업에 매달렸다.

요즘 들어 마수들이 강해지고 새로운 각성자들의 숫자가 늘면서 사건 사고도 늘어났다.

그들을 관리해야 하는 헌터협회 입장에서는 머리 아픈 일이었다.

"흠."

책상 위에 문서를 내려놓은 고건희가 피곤한 두 눈을 만지작거렸다.

'……이상하군.'

이상하게도 최근에 심장의 떨림이 멈추지 않는다.

쿵쾅쿵쾅.

심장이 좋지 못했던 것이야 한두 해 일이 아니나, 최근 들어 부쩍 상태가 심상치 않았다.

'이제…… 한계인가?'

주치의는 당장 일을 그만두지 않으면 반년 내로 목숨을 잃게 될지도 모른다고 했었다.

그렇게 1년, 2년.

그러다 보니 여기까지 왔다.

'한계라고 해도 어쩔 수 없는 거지. 이만큼 버틴 것이 어딘가?'

고건희는 옅은 미소를 띠었다.

허허.

어째서일까?

예전 같았으면 더, 조금 더 버텨야 한다고 스스로를 채찍질했을 터인데 이젠 그때만큼 불안하지가 않았다.

'뭐가 달라진 거지?'

전과 뭐가 바뀐 걸까?

골똘히 생각해 보던 고건희가 너무도 뻔한 답에 피식 웃고 말았다.

성진우 헌터.

이제 한국도 S급의 대재앙을 막을 수 있는 저력이 생겼다.

그의 존재 하나로 한국의 위상이 달라졌다.

'그래, 어쩌면 내 심장은…….'

그를 만나기 위해서 지금까지 버텨 왔었던 것이 아닐까?

고건희는 씁쓸하게 웃었다.

"나도 참 별소리를 다 하는군."

협회장의 혼잣말이 아무도 없는 협회장실 안을 울리었다.

'그러고 보니 내일이 성진우 헌터가 돌아오는 날이었나?'

내일 우진철 부장을 앉혀 놓고 그가 직접 목격한 성진우 헌터의 활약을 들을 생각에 벌써부터 가슴이 뛰었다.

그때.

뚜르르- 뚜르르-

별안간 전화기가 울려 댔다.

'이 시간에 전화가?'

혹시 또 어딘가에서 무슨 대형 사고가 터진 것은 아닌지.

고건희는 불안감을 느끼며 수화기를 들었다.

-오늘 별일 있는 건 아니지요?

아내의 전화였다.

"……여보."

귀가 시간이 지나도 들어오지 않는 남편의 안부를 물어 오는 부인의 목소리에, 딱딱하게 굳어 있던 고건희 협회장의 얼굴이 차츰

풀어졌다.

“별일은 무슨. 그렇지 않아도 곧 가려고…….”

그런데.

‘치직’ 하는 소리와 함께 갑자기 전화의 신호가 끊어졌다.

“……여보? 여보?”

당연히 아내의 대답도 들리지 않았다.

무슨 일일까?

고개를 갸웃거리며 수화기를 내려놓던 고건희 협회장이 무의식적으로 창밖을 내다보았다.

‘……!’

그는 아무 말도 할 수 없었다.

창밖에 비쳐야 할 모든 것들이 감쪽같이 사라져 있었다.

빌딩도, 도로도, 사람도.

있는 것이라고는 깊이를 알 수 없는 칠흑 같은 어둠뿐. 불과 몇 초 사이에 창밖의 모습이 완전히 달라져 있었다.

있을 수 없는 일이었다.

“어떻게…… 어떻게 이런 일이?”

놀란 고건희 협회장이 몸을 일으킨 순간.

그는 여태까지 한 번도 본 적 없는 사람이 지금 협회장실의 소파에 앉아 있다는 사실을 깨달았다.

마치 처음부터 그 자리에 있었던 것처럼.

‘사람……? 아니야, 사람의 기운이 아니다.’

어디 기운뿐일까.

시체처럼 창백한 얼굴, 길고 새하얀 머리카락, 뾰족한 귀와 보석처럼 빛나는 은색 눈동자.

아이스 엘프.

혹은 백귀.

하지만 놈이 들어오는 기척은 고건희조차 느낄 수 없었다.

고건희는 아직 쥐고 있었던 수화기를 천천히 제자리에 놓았다.

그리고 나직이 물었다.

"당신은…… 누구요?"

9. 혹한의 군주

9. 혹한의 군주

대화가 통할까?

고건희 협회장의 시선이 불청객을 응시했다.

"……."

놈은 말이 없었다.

그러나 다른 마수와 달리 곧바로 공격성을 드러내지도 않았다. 그저 이 방의 주인을 외면한 채 묵묵히 앉아 있을 뿐.

협회장실에 짧은 침묵이 흐르는 동안, 고건희 협회장은 상대를 관찰할 수 있는 시간을 얻었다.

'생긴 것은 아이스 엘프와 흡사하다.'

흔히 백귀라고도 불리는 '아이스 엘프'들은 상급 던전에서 자주 보이는 마수.

그들의 특징적인 생김새는 헌터들 사이에 널리 알려져 있었다.

그러나 눈앞의 불청객은 그런 보편적인 '아이스 엘프'들의 특징을 가지고 있으면서도, 같은 종이 맞는지 의구심이 들 만큼 뚜렷한 차이점을 보였다.

'마치…….'

평범한 아이스 엘프들이 숲을 이루는 나무들 중 하나라면, 불청객은 말라붙은 숲을 홀로 지키고 있는 고목 그 자체였다.

나무껍질처럼 갈라진 피부.

앙상한 손가락.

턱에 얼기설기 난 수염과 움푹 들어가 퀭한 두 눈.

아이스 엘프가 수백, 아니 수천 년을 살면 이런 생김새가 되지 않을까 싶은 외모였다.

범상치 않은 점은 단순히 외모에서 그치지 않았다.

꼴깍.

고건희 협회장은 자신도 모르게 마른침을 삼켰다.

'기척을…… 기척을 느낄 수가 없다.'

쥐도 새도 모르게 들어온 불청객이 떡하니 소파를 차지하고 앉아 있는데도, 두 눈으로 직접 보기 전까지 전혀 낌새를 눈치채지 못했다.

평범한 마수였다면 고건희 협회장의 예리한 감각이 놓쳤을 리가.

'……내가 감당할 수 없는 상대다.'

빠르게 판단을 내린 고건희는 도움을 청하기 위해 책상에 올려두었던 휴대폰을 슬며시 뒤집어 액정을 살폈다.

그러자.

마수가 고건희를 돌아보았다.

[이곳은 이미 외부 세계와의 접촉이 완전히 단절되었다.]

멈칫.

고건희는 놈의 말처럼 신호가 끊겨 있는 핸드폰을 도로 놓았다.

"내가 지금 꿈이라도 꾸고 있는 건가?"

마수가 난데없이 서울 한복판의 헌터협회 본부에 침입한 것도 모자라 한국어로 말을 걸어오다니.

이것이 꿈이 아니라면 대체 어떻게 설명할 수 있을까?

그때.

"큭!"

고건희는 뜨거운 통증이 스쳐 지나간 왼쪽 어깨를 움켜쥐었다.

마수의 손이 자신을 가리키자마자 일어난 일이었다.

조심스레 움켜쥐고 있던 손을 떼자 무언가 날카로운 것에 베인 듯한 상처가 드러났다.

신기한 것은 살점이 예리하게 베여 나갔는데도 피가 전혀 흐르지 않는다는 점이었다. 상처 부분이 얼어붙어 하얗게 서리가 끼어 있었다.

'대체…… 어떻게?'

상처를 내려다보던 고건희가 고개를 들었다.

마수는 여전히 태연한 모습으로 그 자리에 앉아 있었다.

[그 통증도 꿈의 일부라고 생각하는가?]

고건희가 고개를 끄덕거렸다.

"알겠소. 지금 이게 현실이라는 걸. 그러면 다시 묻지. 당신은 누구요?"

[그대가 먼저 알아봐 주길 원했지만, 역시나 그냥 인간일 뿐이었군.]

"그냥 인간……?"

마수가 천천히 일어났다.

그와 동시에 소파나 탁자 등 그의 주위에 있던 모든 집기들이 양옆으로 밀려나더니 벽에 처박혔다.

콰드득!

처박힌 집기들은 얼어붙어 벽에서 떨어지지 않았다.

'맙소사…….'

고건희의 눈이 휘둥그레졌다.

소름 끼치는 냉기가 협회장실 안을 서서히 잠식해 들어갔다.

[내게 약자를 유린하는 취미는 없다. 모습을 드러내라, 광휘의 파편이여.]

어느 누가 고건희 협회장을 약자라 칭할 수 있을까?

하지만 고건희는 반박하지 못했다.

눈앞에 서 있는 존재는 위엄이 태산 같았으며, 입을 열 때마다 목소리가 천둥처럼 울려 댔다.

[어서!]

자신과는 격이 다르다.

누구보다 뛰어난 감각을 지니고 있기에 상대와의 격차 또한 한순간에 알 수 있었다.

고건희의 이마에 식은땀이 맺혀 갔다.

[그릇이 부서질 것을 염려하는가? 그러나 네가 아니더라도 너의 그릇은 곧 수명을 다한다.]

만약 겁이 나서 숨은 거라면.

그렇게 덧붙인 마수가 양쪽 손바닥을 위로 향했다. 그리고 그곳에 시퍼런 냉기가 응축되기 시작했다.

[더 이상 너와 대화를 나누고 있을 가치도 없겠지.]

"……?"

고건희가 의미를 이해할 수 없는 상대방의 말에 극도의 혼란스러움을 느끼고 있던 순간.

마수의 한쪽 손에서 냉기가 떨어져 나왔다.

쿠아앙-!

폭발이 협회장이 서 있던 곳을 휩쓸고 지나갔다.

극심한 냉기가 만들어 낸 흰 연기가 안개처럼 한 치 앞을 볼 수 없게 주위를 뒤덮었다.

그런데.

그 연기 속에서 두 개의 불빛이 새어 나왔다.

금빛 눈동자.

새어 나오는 빛을 확인한 마수가 얼굴에 미소를 띠며 남은 하나의 냉기를 마저 던졌다.

"흥!"

고건희 협회장은 팔을 휘둘러 냉기를 후려쳤다. 손에 맞은 냉기가 튕겨 나가 벽에 부딪혔다.

퍼엉-!

냉기가 폭발하며 한쪽 벽면이 끔찍이 터져 나갔다.

무너진 벽 뒤는 그저 끝도 없는 검은 공간이었다.

시야를 가리고 있던 연기가 서서히 걷히고, 고건희 협회장이 온전한 모습을 드러냈다.

두 눈은 물론이거니와, 그의 전신을 둘러싼 막강한 오러가 금빛으로 일렁이고 있었다.

"협회장실을 분리해 차원의 틈새에 가두었나. 제법이군."

고건희 협회장의 입에서 평소의 그와는 전혀 다른 목소리가 흘러나왔다.

마수가 다시 입을 열었다.

[드디어…… 드디어 만나게 되었구나. 가장 찬란한 광휘의 파편이여. 오랫동안 너를 찾아 헤맸다. 설마하니 네가 고장 난 그릇 안에 갇혀, 아무 힘도 못 쓰고 있었을 줄이야.]

감격스럽다는 말투와 달리 마수의 표정은 처음부터 지금까지 조금도 변하지 않았다.

그는 얼어붙은 얼굴로 계속해서 말을 이어 갔다.

[우리는 이미 너희 일곱의 위치를 모두 찾아냈다. 그리고 그중 두 개의 파편을 부숴 버린 상태지.]

고건희의 얼굴이 굳어졌다.

자신 말고도 모든 지배자들의 위치가 들통났고, 벌써 두 명의 동료가 그릇을 잃고 말았다니.

이런 식의 반격은 지배자들의 예상에 없었다.

[그 얼굴.]

마수가 미소를 지었다.

[그 기고만장한 얼굴에 흐르는 당혹감을 느끼고 싶었다. 이젠 아무 미련 없이 네놈의 그릇을 파괴할 수 있겠군.]

"어디 한번 해 보아라, 혹한의 군주여!"

고건희의 일갈!

그의 전신에서 일렁이는 금빛 오러가 한층 더 강해지더니, 어느새 온몸에서 빛이 뿜어져 나오는 모양새로 변했다.

어둠에 찬 공간을 밝히는 찬란하게 눈부신 빛.

그러나 강대한 힘을 목격하고 있으면서도 혹한의 군주는 여전히 조소를 지우지 않았다.

[발버둥을 치겠다는 것인가? 참으로 어리석구나.]

군주의 눈에서도 새하얀 빛이 뿜어져 나왔다.

동시에 그의 발밑이 얼어붙어 가기 시작했다.

고건희가 빛으로 둘러싸인 것처럼, 지독히도 시린 기운이 군주의 몸 전체를 휘감았다.

혹한의 군주가 이를 드러냈다.

[인간의 몸을 빌린 너와 인간의 몸을 차지한 나. 네가 나의 털끝조차 건들 수 있을 성싶으냐?]

군주가 방심하고 있는 이때.

지금이 유일한 기회임을 직감한 고건희가 쏜살같이 튀어 나가 군주를 덮쳤다.

그러나 군주의 반응은 결코 느리지 않았다.

쾅!

빛과 냉기가 한데 뒤엉키며 어마어마한 폭발을 만들어 냈다.

콰광! 쾅! 콰앙-!

그러나 싸움이 계속될수록 고건희의 움직임이 눈에 띄게 둔해져 갔다.

그와 비례해 상처가 늘어 간다.

움직임이 격해질 때마다 고건희의 입에서 새하얀 입김이 터져 나왔다.

"하악-."

이 추위 속에서 죽음을 목전에 둔 환자의 몸으로 싸울 수 있는 시간은 끽해야 2분 정도.

군주의 말대로, 싸움의 결과는 처음부터 정해져 있었다.

체력은 이미 한계.

허용치 이상의 마력을 소모한 고건희의 눈이 붉게 충혈되고 입가에 피가 흐르기 시작했다.

그러나 그러한 노력도 별 의미 없이.

푹!

고건희의 가슴을 꿰뚫은 뾰족한 얼음 기둥이 등 위로 솟아 나왔다.

"커헉!"

고건희가 핏물을 왈칵 쏟아 냈다.

손끝에서 만들어 낸 얼음 기둥으로 고건희에게 치명상을 가한 혹한의 군주가 안타깝다는 듯 혀를 찼다.

[그것이 네 그릇의 한계인가? 보잘것없구나, 광휘의 파편이여.]

고개를 숙인 채 숨을 헐떡이는 고건희를 혹한의 군주가 내려다보았다.

[너희가 새 그릇을 찾는 데 시간이 얼마나 걸릴까? 1년? 2년? 그러나 우리의 군대는 이미 당도해 있다.]

너희의 병사가 도착하기 전에 이 세계의 모든 것은 끝장나 있으리라.

[이 세계의 주민들을 지키려 했던 것이 너희의 실수다. 너희가 한눈을 팔아도 이길 수 있을 만큼, 우리가 하찮은 상대로 보였더냐?]

혹한의 군주는 승리의 미소를 지어 보였다.

[그럼…….]

마지막을 장식하기 위해, 군주는 고건희의 가슴을 꿰뚫은 손 대신 다른 손을 치켜들었다.

그 손 위에 시린 기운이 맺혀 갔다.

지배자의 그릇으로 쓰이고 있는 인간의 숨통을 끊어 버릴 일격이 완성되어 가는 중이었다.

그런데 그때.

"크핫, 아하하-."

별안간 고건희가 피에 젖은 입술로 대소를 터트렸다.

군주의 손이 멈췄다.

[……?]

고건희는 숨을 헐떡이면서도 군주를 노려보는 눈에 힘을 주었다.

"내가, 쿨럭, 아무 의미도 없이 너와 싸웠으리라 생각했나?"

고건희의 왼손이 가슴 아래 군주의 손목을 억세게 틀어쥐었다.

"너희가 우리의 방식을 답습할 것을 예상하지 못했듯, 너희에게도 예상을 뛰어넘는 커다란 변수가 생겼다."

[……변수?]

고건희의 자신만만한 얼굴에 놀란 군주의 눈이 커졌다.

허세? 아니, 그런 것치고는 표정이 너무 의미심장하다는 생각이 스쳐 지나갔던 순간.

군주가 급히 목을 옆으로 꺾었다.

'……!'

그야말로 찰나.

엄청난 마력이 방금 자신의 얼굴이 있었던 자리를 지나갔다.

마력을 쏟아 낸 고건희의 오른팔이 타 버렸을 정도로 끔찍한 화력이었다.
마력은 분리된 공간의 막다른 벽에 부딪혀 폭발을 일으켰다.
쿠웅-!
공간 전체가 흔들리는 힘.
이런 걸 제대로 맞았으면 어떻게 됐을는지.
'……위험했군.'
그러나 군주는 순식간에 적의 의도를 파악했고, 그 결과 아찔했던 순간을 벗어날 수 있었다.
군주는 방금 공격으로 모든 힘을 소진해 버렸을 고건희를 바라보며 웃었다.
[이것이 네 비장의 한 수였나?]
명백히 조소의 뜻이 담긴 미소.
그런데.
고건희도 따라 웃었다.
"그래."
핏기 없이 창백한 얼굴에 떠오르는 미소를 발견한 군주는 영문 모를 불길함을 느꼈다.
어째서.
어째서 승리가 확정된 이 시점에 소름이 돋은 것일까?
의문은 오래가지 않았다.
쩌억-!
'……?'
군주의 시선이 뒤를 향했다.
강대한 마력에 부딪힌 결계가 깨져 나가며 바깥세상과의 차단된 공간이 무너져 가고 있었다.

'이걸 위해서?'

하지만.

이것이야말로 의미 없는 몸부림이 아닌가?

[차원의 벽이 걷혔다고 해서 달라질 것은 없을 텐데?]

그러나 노장의 몸에 깃든 지배자의 의식은 한쪽 입꼬리를 올렸다.

"과연…… 그럴까?"

와장창-!

곧이어 결계가 완벽히 깨져 나가고, 공간이 원래의 모습을 되찾았다.

빌딩의 불빛.

그 빌딩 아래의 도로를 지나다니는 차량들.

그리고 협회장실.

모든 것이 제자리로 돌아왔다.

그렇다는 말은.

고건희는 마지막 힘을 짜내 아래를 보고서 외쳤다.

"지금!"

고건희의 발밑.

그의 그림자에서 떨어져 나간 그림자 하나가 개미 모양으로 변했다. 개미는 군주를 피해 괴성을 지르며 창밖으로 뛰어내렸다.

끼에엑-!

군주의 시선이 그쪽으로 향했다.

어디서 뜬금없이 혼세의 주민 하나가 나타났는지는 알 수 없었다.

그러나 그저 주민 중 하나.

벌레들의 왕에게 종속되어 있는 미약한 병사, 그뿐일 터.

그런데.

군주는 점점 멀어지고 있는 개미에게서 눈을 떼지 못했다.

'설마!'

군주의 눈이 번쩍 뜨였다.

아아-!

눈치챘어야 했다.

자신의 그릇이 망가지는 것을 염려해 힘을 아끼던 녀석이, 그릇이 되는 인간의 몸이 붕괴될 정도의 힘을 한번에 쏟아부어 결계를 깬 이유를.

놈은 그냥 결계에서 빠져나오고 싶어서 죽을힘을 다했던 것이 아니다.

다른 이유가 있었던 거다.

'안 돼!'

뒤늦게 개미의 정체를 눈치챈 혹한의 군주가 눈을 부릅떴다.

파박!

고건희를 내팽개친 군주는 달아나는 개미를 향해 뛰어올랐다. 그의 손에 냉기가 얼어붙으며 서슬 퍼런 얼음 낫이 생성됐다.

순식간에 개미에게 접근한 군주가 한 손에 쥔 얼음 낫을 내려쳤다.

그러나 그때.

덥석!

낫을 움켜쥔 손목이 누군가의 손에 가로막혔다. 손을 꼼짝달싹하지 못하게 만드는 강력한 악력.

그 힘에 놀라 눈이 커지기도 전에 목까지 잡혔다.

[컥!]

개미가 사라진 자리에 갑자기 나타난 상대를 보고 혹한의 군주는 심장이 철렁 내려앉았다.

그가 믿을 수 없다는 듯 물었다.

[네가…… 왜?]

진우는 혹한의 군주가 달아나지 못하도록 목을 틀어쥐고서 의아한 눈빛을 보냈다.

"아이스 엘프?"

진우에게 있어 아이스 엘프는 사연이 많은 마수였다.

처음으로 들어갔던 레드 게이트에서 만났던 게 바로 아이스 엘프 아닌가? 그때 단도 하나만을 남기고 사라져 간 보스몹 '바루카'를 보며 얼마나 아쉬워했는지.

그 기억이 떠오르자 당시 놈의 그림자 추출에 실패했을 때의 기분까지 함께 찾아왔다.

'겨우 잊고 있었는데…….'

자연히 놈의 목과 손목을 쥔 손에 더 힘이 들어갔다.

우득!

[컥!]

그런데.

어째서 던전 안에 있어야 할 상급 마수가 여기에 있는 걸까?

건물 7, 8층 높이에서 그림자 병사와 위치를 바꾼 진우는 떨어지지 않게 '지배자의 권능'으로 균형을 유지하며 아이스 엘프에게 물었다.

"넌 뭐냐?"

뾰족한 귀나 새하얀 머리카락, 은색 눈을 보니 백귀 놈이 맞는 것 같기는 한데, 놈에게서 헤아릴 수 없이 긴 세월의 흔적이 느껴졌다.

게다가.

[크아악!]

이를 악문 마수가 진우의 두 팔을 뿌리쳤다.

'……!'

굉장한 힘!

자신의 손을 빠져나간 마수에게 놀라움을 느낄 틈도 없이, 진우는 마수의 입안에 응결되기 시작한 시린 기운을 감지했다.

문득 놈의 모습에서 입으로 번개를 내뿜던 '악마왕 바란'이 겹쳐졌다.

본능적으로 진우는 상체를 틀었다.

콰아-!

마수의 입에서 뿜어져 나온 냉기가 진우를 지나쳐 허공으로 쏟아졌다.

놈이 쏟아 낸 무시무시한 마력을 두 눈으로 확인한 진우가 적절한 거리까지 멀어졌다.

'…….'

진우는 어깨에 달라붙은 얼음 조각을 털어 내며 아이스 엘프, 아니 혹한의 군주를 주시했다.

보통 놈이 아니다.

지금까지 싸웠던 그 어떤 적보다 강하다는 사실을 날카로운 감각이 경고해 주고 있었다.

그러나 놀라고 있는 쪽은 진우만이 아니었다.

[어떻게 네가……?]

황급히 진우의 그림자를 내려다본 군주는 그 속에 잠들어 있는 병사들의 숫자를 보고 놀란 기색을 숨기지 못했다.

[어째서 그만한 숫자의 병력을 모았음에도 우리와 접촉하지 않았는가?]

그러나 진우가 아무런 대답도 없자, 군주는 진우의 눈을 들여다보았다. 곧 고통스러운 신음이 그의 입에서 흘러나왔다.

[그런가……. 네가 놈이 말했던 변수였나.]

뭐라고 떠드는 거지?

진우는 마수가 하는 말의 뜻이 궁금했으나, 놈과 문답을 주고받을 만한 여유가 없었다.

아차 하면 적의 칼날이 닿는다.

그리고 그 칼날은 그냥 무시하고 넘어갈 수 있을 정도로 무디지 않았다.

한순간 얼어붙었던 어깨가 아직도 욱신거렸다.

슬쩍 어깨 쪽을 곁눈질한 진우가 조용히 창고에서 '악마왕의 단검'을 불러왔다.

양손에 하나씩.

'마법 계열인가.'

손을 간신히 뿌리친 걸 보면, 가진 마력에 비해 근력이나 방어력은 그리 높아 보이지 않았다.

그나마 다행이었다.

여러 타입의 마수와 싸웠던 경험으로 미루어 보았을 때, 순식간에 처리가 가능한 마법 계열의 적들이 가장 쉬웠다.

한 방 승부.

동급의 마력이라면 마법을 피하기만 하면 되는 이쪽이 더 유리하다.

상대도 그것을 알고 있는지 진우의 적의를 읽었으면서도 쉽게 공격에 나서지 못했다.

짧은 시간, 하지만 깊은 고민 끝에 혹한의 군주는 결정을 내렸다.

[……그만두지. 오늘은 목숨 걸고 싸우러 온 것이 아니다.]

"뭐?"

진우가 이맛살을 찡그렸다.

이쪽에서 보내 줄 생각이 없는데, 그만두기는 뭘 그만둔단 말인가?

놈이 가진 엄청난 마력.

잡는 데 성공만 하면 경험치가 얼마나 떨어질지 예상을 할 수가 없었다. 어쩌면 거인들의 왕을 잡았을 때처럼 10레벨 가까이 올라갈지도.

'……잠깐만.'

거기까지 생각이 미친 순간, 진우는 마수의 정체에 도달할 수 있었다.

'설마 저 녀석이……?'

군주는 협회 건물의 깨진 창문 안을 가리켰다.

[너는 저 인간을 구하기 위해 여기 온 것이 아닌가?]

정확히는 협회장에게 붙여 놓은 개미 병사가 위험 신호를 보내기에 달려온 것이었다.

진우의 시선이 군주의 손가락 끝을 따라 이동했다. 거기에는 고건희 협회장이 쓰러져 있었다.

'……!'

온몸이 피로 젖은 채 의식을 잃은 협회장은 한눈에 보기에도 목숨이 위태로워 보였다.

그때.

[선택해라.]

군주의 왼손에 크고 날카로운 얼음의 창이 생성됐다.

[나와 싸울 것인지, 그를 구할 것인지.]

말이 떨어짐과 동시에 군주는 고건희에게 창을 날렸다.

진우의 눈이 커졌다.

집중력이 극도로 높아지며 주위의 시간이 느리게 흘러가기 시작했다. 창은 천천히, 하지만 정확히 협회장을 향해 나아갔다.

'지배자의 권능!'

보이지 않는 손으로 창을 멈추려고 했으나, 창을 던진 자의 마력이 그 힘에 저항했다.

분노한 진우가 혹한의 군주를 돌아보았다.

군주는 기다리고 있었다.

진우의 답을.

아랫입술을 질끈 깨문 진우가 고건희 협회장이 쓰러진 곳을 향해 자신의 몸을 쏘았다.

우웅-!

진우가 떠 있던 장소의 대기가 강한 힘에 출렁거렸다.

창이 닿기 직전, 아슬아슬하게 협회장에게 당도한 진우가 협회장을 창의 궤도 밖으로 끌어냈다.

콰직!

바닥을 뚫고 들어간 창에서 흘러나온 냉기가 주위를 얼려 갔다.

콰드득, 콰득.

순식간에 협회장실의 모든 땅이 극저온으로 얼어붙었다.

'이런!'

진우는 협회장을 안아 들고 공중으로 잠시 피했다가 냉각이 그치고 나서야 다시 내려섰다.

비열한 수작에 분노한 진우가 고개를 들었을 때, 놈은 소형 게이트 안쪽으로 달아나고 있었다.

급한 대로, 진우는 창고에서 불러낸 '바루카의 단도'를 날렸다.

'단검 쇄도!'

쉬익!

일직선으로 날아간 단검은 군주의 어깨에 명중했다.

[크악!]

어깨에 박힌 단검과 그 단검을 던진 진우를 차례로 노려본 혹한의 군주는 이를 갈더니, 그대로 게이트를 통해 자취를 감추었다.

서서히 크기가 줄어드는 게이트를 보고 뒤쫓으려던 진우가 이내 단념했다.

그것에 신경을 쓰기에는, 고건희 협회장의 상태가 좋지 못했다.

"으윽……."

고통에 찬 신음.

사경을 헤매는 고건희 협회장을 바라보면서 진우는 입을 일자로 굳게 다물었다.

'힐링 포션으로 어떻게 해 볼 단계가 아니다.'

그렇다면 지금 단계에서 할 수 있는 최선의 대처는.

진우의 목에 힘줄이 솟았다.

"베르!"

멀리, 자신의 아파트로부터 맹렬히 날아오는 낯익은 기운이 느껴졌다.

쿠앙-!

몇 개의 벽을 뚫어 버리고서 전력을 다해 협회장실로 날아온 베르가 진우에게 무릎을 꿇었다.

"부르셨습니까, 왕이시여."

진우는 받들고 있던 고건희 협회장의 상체를 조심스레 바닥에 눕히고 한 걸음 물러났다.

협회장에게서 흘러나온 피가 얼마나 많았는지, 잠깐 그를 부축한 것만으로 진우의 손이 피범벅이 됐다.

뚝. 뚝.

자신의 손가락 끝에서 떨어지는 핏방울을 바라보는 진우의 표정이 어두웠다.

베르는 주인의 바람대로 고건희 협회장에게 다가가 자신의 모든 마력을 힐로 불어넣었다.

따뜻한 기운이 고건희 협회장의 몸을 감쌌다.

우웅- 우웅-

그러나 치료가 계속되고 있음에도 고건희 협회장의 안색은 쉽사리 돌아오지 않았다.

당황한 베르가 입을 열었다.

"왕이시여……."

베르는 겁먹은 눈빛으로 진우를 뒤돌아보고서는 말했다.

"제 치료가…… 통하지 않습니다. 치료할 수가 없습니다."

"뭐?"

거짓말이 아닌 듯, 힐을 쏟아붓는 베르의 손이 파르르 떨리고 있었다.

진우에게도 베르가 소모하고 있는 어마어마한 마력이 느껴졌다.

이러다간 베르까지 쓰러질 판.

치료를 중지시킨 진우가 협회장 옆에 앉아 그의 상태를 살폈다.

베르의 헌신적인 노력에도 불구하고, 협회장의 기척은 더 쇠약해져 있었다.

무엇에 당했는지 최상급 힐링 포션을 통째로 쏟아부어도 협회장의 가슴에 난 구멍은 아물 생각을 하지 않았다.

'제길!'

자신에게 최선을 다했던 고건희 협회장의 위기에 진우의 호흡이 가빠졌다.

지푸라기라도 잡는 심정으로 '생명의 신수'까지 꺼내 든 진우의 손목을 누군가가 잡았다.

"그만…… 두게."

힘겹게 눈을 뜬 고건희 협회장이었다.

"협회장님?"

고건희는 금방이라도 끊어질 것 같은 숨을 헐떡이며 자신의 곁에 있는 진우와 베르의 얼굴을 확인했다.

"……와 주었군. 고맙네."

그의 얼굴에 미소가 번져 나갔다.

"조금만 기다리세요. 병원으로 옮겨 드리겠습니다."

진우의 다급한 목소리에 고건희가 고개를 저었다.

"소용없네……. 나를 공격한 힘은 치료로 어떻게 해 볼 수 있는 수준이 아니니까."

"협회장님!"

약한 소리를 하는 협회장에게 화를 내려던 진우가 말을 멈추었다.

협회장의 떨리는 손이 자신의 손을 움켜쥐고 있었다.

"잘 듣게!"

꺼져 가는 생명의 불꽃을 마지막으로 태우려는 듯, 고건희 협회장은 두 눈을 부릅떴다.

"나는 위대한 존재의 의지와 접촉할 수 있었네. 그들의 계획, 그들과 우리에게 남아 있는 적, 우리가 해야만 하는 일들……."

고건희의 입안을 가득 채운 핏물이 그렁거렸다.

"자네가 있어 얼마나 다행인지…… 자네가 그런 힘을 가지고 있을 줄이야…… 감사합니다, 하느님……."

진우의 눈을 들여다보던 고건희의 눈망울에 눈물이 고여 갔다.

그는 진우의 손을 두 손으로 마주 잡고서 떨리는 목소리로 말했다.

"게이트와 던전은 그들을 위한 것이 아니었네. 우리를 지키기 위해 그들이 선택한, 쿨럭……."

그때, 고건희의 입에서 기침과 함께 검붉은 핏덩어리가 튀어나왔다.

진우가 급히 신수를 쓰려 하자, 고건희가 고개를 가로저었다. 자신의 몸 상태는 자신이 더 잘 알고 있었다.

"언젠가…… 자네에게 선택을 해야 하는 순간이 올 게야. 그때는 부디…… 부디 인간의 편으로 남아 있어 주게."

고통 섞인 협회장의 목소리에 진우는 마음이 찢겨 나가는 것 같았다.

그러나 자신이 할 수 있는 일이라곤 이렇게 얌전히 그의 말을 들어 주고 있는 것밖에는 없었다.

"쿨럭, 자네 같은 젊은이들과 함께 싸우고 싶었어. 하지만…… 이런 몸으로는 애초에 불가능한 일이었지."

고건희는 처음으로 자신의 진심 어린 속내를 털어놓았다.

누군가는 돈을 긁어모으려고 협회를 만들었다 손가락질했고, 또 누군가는 권력에 미친 늙은이라고 욕을 해 댔다.

그러나 정작 본인은 강대한 힘을 손에 넣고서도, 그 힘을 제대로 쓰지 못함에 분노했을 뿐이었다.

힘쓸 곳을 찾다 전 재산을 털어 협회를 만들었고, 협회를 통해 헌터들과 가장 가까이 있으면서 소명을 다하리라 다짐했다.

"그래도 쿨럭, 이제는 후회하지 않네. 자네 같은 젊은이들에게 뒤를 맡길 수 있었으니."

툭…….

진우의 손을 붙들고 있던 고건희 협회장의 손이 떨어졌다.

고건희는 진우가 아닌 협회장실의 천장을 보았다.

눈물이 번진 것일까.

늘 어둡게만 보이던 천장의 전등이 오늘따라 지나치게 눈부셨다.

눈부심을 피하기 위해 고건희는 눈을 감았다.

"얼마나 다행인지…… 감사합니다, 감사합니다……."

그 말을 끝으로 고건희 협회장은 더 이상 아무 말도 하지 않았다.

협회장의 숨이 끊어진 것을 확인한 진우가 말없이 그의 눈을 감겨 주었다.

감사하다는 그의 마지막 말처럼 그의 표정은 어느 때보다 평안해 보였다.

진우가 고개를 들었다.

투둑, 투두둑.

부서진 창문 너머로, 아침부터 흐리던 하늘에서 하나둘씩 빗방울이 떨어지기 시작했다.

* * *

이튿날 많은 속보가 신문의 일면들을 장식했다.

브라질의 대헌터 '조나스'가 인근 강가에서 변사체로 발견됐다는 소식과, 한국의 헌터협회장이 가슴이 꿰뚫린 채 끔찍하게 살해당했다는 소식.

그리고 성진우 헌터가 다시 한국으로 돌아왔다는 소식이었다.

10. 교차하는 생각들

10. 교차하는 생각들

크리스토퍼 리드.

대헌터 조나스.

그리고 한국 헌터협회장 고건희까지.

최고로 일컬어지는 헌터들의 죽음이 연이어 방송을 통해 알려지자 세계는 큰 혼란에 빠졌다.

힘의 정점에 서 있는 헌터들을 살해한 적이라면, 누가 그들을 잡을 수 있다는 말인가?

세계의 주요 매스컴들은 연일 세 헌터들의 죽음을 다루었고, 미 헌터관리국은 이번 사건에 대해 관련 성명까지 냈다.

벌써 각국의 길드들과 연계하여 범인 색출에 총력을 기울이고 있다는 내용이었다.

그러나 사람들의 불안감은 쉽게 가라앉지 않았다.

마수들이라는 위협으로부터 자신들을 철옹성같이 지켜 주던 방

벽이 무너졌으니 당연한 일이었다.

헌터계와 매스컴이 모두 떠들썩한 가운데, 헌터협회는 언론에 영상 하나를 공개했다.

바로 고건희 협회장실에 있던 보안 카메라에 찍힌 영상이었다.

"맙소사!"

"헉!"

사람들은 경악을 금치 못했다.

화면에 찍힌 두 남자.

한 사람은 고건희 협회장이었고, 그의 가슴을 날카로운 무언가로 꿰뚫어 버린 남자는…… 어떻게 봐도 인간과는 다른 존재였다.

마수.

'아이스 엘프!'

던전에 있어야 할 마수가 최상급 헌터를 살해하는 모습이 영상 안에 생생히 담겨 있었던 것이다.

클로즈업된 마수의 얼굴은 곧 전 세계로 퍼져 나갔다.

영상이 던진 여파는 컸다.

사람들은 이제 헌터들이 마수들을 사냥하는 이들인 동시에, 자신들처럼 마수들에게 사냥당할 수도 있음을 알게 되었다.

그것은 새로운 차원의 공포였다.

일반인들은 헌터들이 보호해 왔지만, 헌터들은 누가 보호해 줄 수 있는가?

오죽하면 진우가 없는 동안 고건희 협회장이 살해당했다는 이유로, 자국의 헌터들을 외국으로 내보내서는 안 된다는 여론까지 일었다.

이렇듯 혼란스러운 분위기 속에서 여론의 포커스는 진우에게 맞춰졌다.

진우와 협회장의 관계가 널리 알려져 있었던 만큼 진우가 어떤 반응을 보일까 궁금했던 것이다.

그러나 진우는 아무런 말도 하지 않았다.

며칠 후.

고건희 협회장의 사인에 대한 조사가 모두 끝나 장례가 하루 앞으로 다가왔을 시점에.

진우는 조용히 헌터협회를 찾아갔다.

* * *

대기실에 초췌한 모습의 우진철이 나타났다.

"죄송합니다, 헌터님. 요즘 좀 정신이 없어서……."

우진철은 엉망으로 자란 턱수염을 만지작거리며 사과했다.

미국에서 돌아온 날.

우진철 부장은 인천공항에 내려서자마자 청천벽력과 같은 소식을 듣고 곧장 헌터협회로 달려갔다.

두 사람의 재회는 그로부터 정확히 3일 만이었다.

진우는 용건을 꺼내기에 앞서 물었다.

"왜 보안 카메라에 남은 영상…… 뒷부분을 숨긴 겁니까?"

협회가 밝힌 영상은 정확히 혹한의 군주의 얼굴이 나오는 장면까지.

그 뒤에 협회장실로 들어간 진우나 베르의 모습은 공개되지 않았다.

머리를 긁적거리던 우진철이 씁쓸히 대답했다.

"저희 헌터협회는 헌터님들의 안전을 최우선시합니다. 헌터님이 숨기신 능력을 저희가 마음대로 공개할 수는 없다고 판단했습니다."

헌터의 스킬은 헌터가 보유한 카드와 같다. 스킬을 모두 공개하는 것은 자신이 가지고 있는 패를 모두 드러내는 것과 마찬가지.

당연히 상급으로 올라갈수록 자신의 스킬을 숨기기 마련이며, 이는 예상치 못한 상황이 발생했을 시 돌파구가 될 수 있다.

미국에 있던 진우가 한국의 헌터협회 건물로 순식간에 이동할 수 있는 능력.

그런 엄청난 스킬을 본인의 동의도 없이 함부로 세간에 알려서는 안 된다고, 헌터협회는 결정을 내렸다.

"아마 협회장님께서 살아 계셨어도 똑같이 하셨을 겁니다."

누구보다 고건희 협회장을 따르고 존경했던 우진철 부장은 협회장을 언급하며 눈시울을 붉혔다.

"그래서 그날, 비행기 탑승 전부터 헌터님의 얼굴이 그렇게 무서울 정도로 굳어 있으셨던 거군요."

끄떡.

진우는 순순히 인정했다.

어째서 한국으로 돌아오는 날 진우의 분위기가 심상치 않았는지, 영상을 처음 봤던 순간 미스터리 하나가 풀리는 느낌이었다.

"성진우 헌터님의 힘으로도 막을 수 없었던 마수였습니까?"

진우는 고개를 저었다.

"제가 도착했을 때는 이미……."

진우의 어두운 표정에 우진철이 끝내 고개를 떨어뜨렸다.

"죄송합니다……. 성진우 헌터님도 마음이 무거우실 텐데 답답한 마음에 그만 실례를……."

진우에게 책임이 없다는 사실은 그 누구보다 우진철이 더 잘 알고 있었다. 그래서 괜찮다는 진우의 위로가 우진철의 마음을 더 아프게 했다.

"전 아직도 믿기지 않습니다."

우진철은 시선을 바닥으로 고정한 채 말을 이었다.

"그 전날에도 미국에서 있었던 일을 듣고 싶다고 빨리 돌아오라며 재촉하시던 분이 어째서……."

말을 잇지 못하는 우진철을 위해, 진우는 차분히 기다려 주었다.

"협회장님은…… 뭐라고 하셨습니까? 눈을 감기 전에."

"다행이라고."

"예?"

놀란 우진철이 숙이고 있던 고개를 들었다.

"저 같은 젊은 헌터들에게 다음을 맡길 수 있어서 다행이라고……."

"아."

그런 의미였구나.

마지막까지 미래를 걱정한 고건희 협회장의 마음에 울컥해진 우진철이 눈물을 보였다.

손끝으로 눈가를 찍어 누르며 눈물을 숨기던 우진철이 고개를 끄덕거렸다.

"감사합니다. 협회장님의 마지막을 지켜 주셔서."

아마 다행이라는 말씀은 거짓이 아니었을 것이다.

그게 거짓말이었다면 어떻게 그렇게 평온한 얼굴로 숨을 거두실

수가 있었겠는가?

우진철의 감사는 진심이었다.

"……."

진우는 입을 꾹 다물고서 어떤 말도 꺼내지 않았다.

우진철과 대화를 나누면서 며칠간 복잡했던 머릿속이 어느 정도 정리되는 느낌이었다.

"그놈은 제가 죽일 겁니다."

"예?"

진우가 차가운 얼굴로 말했다.

"협회장님을 죽인 그 마수는 제가 반드시 죽일 겁니다."

비단 고건희 협회장만을 위해서가 아니라, 자신을 위협하는 놈들에게 보내는 경고로.

꼴깍.

우진철은 마른침을 삼켰다.

자신을 향하는 살기가 아니었음에도 숨이 막힐 지경이었다. 차갑고 무거운 살의가 어깨를 짓눌러 왔다.

진우는 얼굴이 창백해지는 우진철을 보고서 살기를 거두어들였다.

"그러니까 감사 인사는 그때 받도록 하겠습니다."

"아……."

우진철은 쿵쾅거리는 심장을 진정시키려고 노력하며 고개를 끄덕였다.

"알겠습니다."

그리고 그제야 진우가 협회를 찾아온 이유를 아직 듣지 못했다는 사실을 깨달았다.

성진우만 한 헌터가 보안 영상의 뒷부분이 사라진 이유를 묻기 위해 여기까지 찾아온 것은 아니리라.

우진철이 물었다.

"이것 참 정신이……. 그러고 보니 헌터님께서 왜 협회를 찾아오셨는지 용건도 묻지 못하고 있었군요."

진우는 며칠 동안 고심 끝에 내린 결론을 말했다.

"기자들을 불러 주실 수 있겠습니까?"

* * *

기자회견장에는 기자들이 구름같이 몰려들었다.

이미 진우는 기자들 사이에서 특종을 몰고 다니는 헌터가 된 지 오래였다.

그런 진우가 처음으로 기자들을 불러 모았다는데 관심을 보이지 않을 기자는 없었다.

웅성웅성.

몰려든 사람들의 수만큼 소란스럽던 실내.

그러나 진우가 나타나자 다들 거짓말처럼 입을 다물었다.

회견장에 정적이 내려앉았다.

자신에게 집중되고 있는 기자들의 시선을 느끼면서, 진우는 입을 열었다.

"고도의 지성을 갖춘 마수 집단이 최상급 헌터들을 노리고 있습니다. 그들은 어떤 헌터들보다 강하며, 또한 수단과 방법을 가리지 않습니다."

마수 집단?

고건희 협회장을 죽인 마수는 하나가 아니었단 말인가?

기자들은 충격에 빠졌다.

그러나 진우는 거인들의 왕, 태초의 군주에게 정보를 얻었다. 군주들은 모두 아홉이며, 그들과 지배자들 간의 싸움이 이어질 거라고.

그들이 우선해서 노리는 타깃은 지배자들의 힘을 빌려 쓰고 있는 정점급 헌터들.

이미 세 명의 헌터가 당했고, 앞으로 희생자가 몇이나 더 늘지 모른다.

일단 헌터관리국에서 주시하고 있는 대상들에게는 그림자를 붙여 놨으나 모든 헌터들을 지켜볼 수 있는 것은 아니었다.

고건희 협회장처럼 생각하지 못한 곳에서 피해자가 나올 수 있는 것이다.

진우의 갑작스러운 기자회견은 세계 어딘가에서 마수들과 싸우고 있을 그 피해자에게 보내는 경고의 메시지였다.

"그 마수들은 상대를 공격하기에 앞서 공간과 공간을 차단하는 마법을 사용해 목표물을 고립시킵니다."

엄청난 정보.

군주를 직접 만나 봤기에 할 수 있는 이야기였다.

"그러니 본인이 목표가 될 수 있다고 생각하는 분은 자신을 지켜줄 수 있는 동료들과 같은 공간에 있으십시오. 그러나 만약."

만약에.

진우는 자신이 기자회견을 시작한 이유를 마지막에 밝혔다.

"그런 동료가 없으신 분은 한국 헌터협회를 통해 제게 연락하십시오.”

오오.

기자들의 입에서 일제히 탄성이 튀어나왔다.

강한 자신감.

토마스 안드레라는 최강의 헌터를 때려눕힌 헌터가 그런 마수 따위는 아무것도 아니라며 강한 자신감을 내보이고 있었다.

사람들의 불안감을 일시에 해소해 줄 놀라운 발표였다.

하지만.

진우의 진짜 의도는 따로 있었다.

‘놈들의 공격을 받을 가능성이 있는 모든 헌터들에게 덫을 깔아 둔다.’

그렇게 하면 고건희 협회장처럼 현역에서 물러난 헌터들을 노리는 군주들의 움직임까지 전부 다 추적할 수 있을 터.

반드시 한 놈쯤은 걸려들리라.

진우가 발표를 마치려 하자, 기자들의 질문이 쏟아졌다.

“X성일보 기자입니다! 헌터님께서는 어떻게 그 마수 집단의 정보를 알고 계시는 겁니까?”

“그들과 만난 적이 있습니다.”

두 번.

일본에서 거인들의 왕을 만났고, 한국에서 또 한 명을 더 만났다.

웅성웅성.

기자들이 놀라움을 금치 못하며 진우의 말을 받아 적어 가기 시작했다.

“그럼 헌터님께서는 그들과 만나고도 무사하셨다는 말씀이십니까?”

진우는 자신감 가득한 눈빛으로 대답했다.

"네."

성진우 헌터가 그놈들과 만나고도 무사했다!

역시나 터져 나온 특종에 기자들이 허겁지겁 카메라 셔터를 눌러댔다.

촤촤촤촤촤촤촤—!

그때 앞줄에서 동떨어져 있던 기자 하나가 손을 번쩍 들었다.

우진철이 과장이었던 시절, 그를 따라가 천사상과 싸우며 희생당했던 헌터들의 이야기를 기사로 만든 기자였다.

진우의 눈빛이 그 기자를 향했다.

김 기자는 천천히 손을 내리며 정신없는 다른 기자들과 달리 또박또박 질문을 던졌다.

"고건희 협회장님을 죽인 마수를 만나시면 어떻게 하실 겁니까?"

진우는 분한 얼굴을 하고 있는 김 기자를 말없이 응시하다 마이크를 껐다.

"……이상입니다."

그렇게 내려가는 진우의 뒷모습을, 김 기자는 한참 동안 바라보았다.

왠지 대답을 듣지 않아도 진우의 목소리가 들린 것 같았기 때문이다.

* * *

"마스터."

"마스터!"

토마스는 자신을 보고 화들짝 놀라 일어서는 경비들에게 그냥 앉아 있으라는 손짓을 했다.

삑.

지문 인식기에 엄지를 대자 기계 문이 스르륵 열렸다.

스케빈저 빌딩의 지하에 위치한 길드 창고에, 토마스와 매니저인 로라 두 사람이 들어섰다.

방금 토마스를 겁내던 경비 두 명도 실은 A급 헌터.

무슨 일이 생기면 빌딩 최상층 펜트하우스에 거주하는 토마스에게 바로 연락이 가는 구조여서, 길드 창고에 발을 들일 수 있는 이들은 극히 소수였다.

토마스는 창고의 가장 깊숙한 장소로 거침없이 걸어갔다.

"정말 그걸 선물하실 생각이신가요?"

삑.

또 한 번의 지문 인식을 거친 후에야 그것이 있는 방으로 들어설 수 있었다.

"왜? 나와 내 길드원들의 목숨 값으론 과분하다고 생각해?"

"아뇨, 그런 건 아닙니다만……."

"그럼 그 남자가 이걸 쓰기에 부족한 헌터인가?"

"……."

말해 봐야 입만 아프다.

로라는 반박이 불가능하다는 것을 알고 입을 다물었다.

토마스는 찾던 물건 앞에 섰다.

자신이 쓰기엔 부적합한 무기인데도 이것 앞에만 서면 가슴이 떨려 왔다.

"……언제 봐도 멋지군."

감격스러운 눈빛을 보내는 토마스에게 로라는 아쉽다는 듯 만류했다.

"세상에서 단 두 자루밖에 없는 물건입니다."

"그렇지."

"앞으로도 그럴 테고요."

"그렇겠지."

"그런데도 주실 생각인가요?"

"그래서 주겠다는 거야."

토마스가 씩 웃었다.

녀석들이 만들어진 지 벌써 8년 가까이 되어 가지만, 녀석들이 뿜어내는 광기는 눈곱만큼도 희석되지 않았다.

"최고의 헌터에게 최고의 무기를. 여기서 썩고 있기에는 너무 아깝지 않나?"

마치 대답이라도 하듯, 케이스 안에 꽂혀 있는 두 개의 단검이 조명을 반사해 검광을 번쩍였다.

* * *

온 거리가 추모 분위기로 가득했다.

누군가 반드시 해야 했지만, 아무도 나서지 않으려 했던 일.

초기 헌터협회장의 자리는 그런 위치였다.

고건희 협회장.

막강한 힘을 가진 헌터들을 한데 규합시킬 수 있는 인물이 필요했을 때, 그는 주저 없이 자신의 잘나가던 사업을 정리하고 팔을 걷어붙였다.

그렇게 고건희 협회장의 지휘하에 한국 헌터협회는 많은 일들을 해 왔다.

헌터들을 규제하고 보호하는 동시에, 마수들에게 당한 피해자의 보상에 앞장섰으며 헌터들의 유가족을 묵묵히 도와 왔다.

그를 기리는 추모 행사엔 고건희 협회장의 도움을 받았던 피해자들이 모여들어 오열했다.

발 디딜 틈도 없이 모여든 시민들은 밤늦도록 촛불을 꺼트리지 않고 함께 슬퍼했다.

방송국들도 정규 방송을 중단하고 고인의 생전 기록이 담긴 영상을 제작해 내보냈다.

도시의 대형 전광판에서 청문회 당시 남준욱 의원에게 일침을 가하던 고건희 협회장의 모습이 흘러나왔다.

—또다시 이 땅에 S급 게이트가 생성되었을 때 누가 당신의 생명을 지켜 줄 수 있는지 잘 생각해 보시길 바랍니다. 당신이 집값으로 지불한 돈의 몇백 배, 몇천 배를 지불해도 목숨은 살 수 없을 테니 말입니다.

바뀌는 신호등.

그러나 행인들은 움직이지 않았다. 멈춰 선 시민들은 전광판이나 핸드폰에서 한동안 눈을 떼지 못했다.

오랫동안 고건희 협회장의 주치의를 담당했던 의사의 인터뷰 영상도 나왔다.

-성진우 헌터님이 제주도의 개미들과 싸우고 있을 때, 협회장님은 같이 방송을 보고 있던 제게 말씀하셨습니다. 평생의 숙원이 이루어졌으니 이제 당신은 눈을 감아도 여한이 없다고. 그런데 정말로 이렇게 가실 줄은…….

이미 인터뷰를 시작하기 전부터 눈시울이 붉어져 있던 주치의는 결국 눈물을 보였다.

시청자들은 개미 토벌 작전들이 모두 실패로 돌아가고, 피해자 가족들 앞에서 말없이 눈물을 흘리던 고건희 협회장의 모습을 떠올리며 다들 말을 잃었다.

고건희 협회장을 존경하는 이들이 많았던 만큼 그를 시기하던 이들의 숫자도 적지 않았다.

하지만 그런 이들조차 오늘은 같은 마음으로 고건희 협회장을 추모했다.

밤늦은 시간.

진우는 100층에 달하는 초고층 빌딩 '대성 타워'의 꼭대기에 서 있었다.

강한 바람이 매섭게 불어왔지만 아찔한 위치에서도 진우의 자세에는 조금의 흔들림도 없었다.

진우는 아래를 내려다보았다.

추모 열기로 가득 찬 서울 시내가 한눈에 들어왔다.

대형 전광판에서는 아직도 고건희 협회장의 생애를 다룬 다큐멘터리가 흘러나오고 있었다.

'…….'

진우의 날카로운 시선이 먹이를 찾는 매처럼 도시 곳곳을 훑었다.

전에도 한 번 같은 명령을 이행한 적 있었던 그림자들은 그때보다 훨씬 더 능숙하게 서울 시내를 뒤져 나갔다.

많은 정보가 진우의 머릿속으로 흘러들어 왔다.

하지만 원하던 정보는 없었다.

시내 어디를 뒤져 봐도 그 늙은 백귀 녀석의 흔적을 찾을 수는 없었다.

'역시 이런 식으로는 무리인가.'

게이트를 통해 공간을 자유롭게 넘나드는 마수를 잡기에는 이런 방법이 비효율적이라는 것은 진우도 잘 알고 있었다.

그래서 진우는 놈이 도망치기 직전, 놈을 쫓기 쉽도록 그림자 병사 하나를 붙이려 했었다.

그러나 실패하고 말았다.

실존하는 것이라면 반드시 있어야 할 그것.

놈에게는 그림자가 없었다.

'영체라고 했었지.'

군주들과 지배자들 모두 영체로 이루어져 있어 그림자 병사가 될 수 없다고, 거인들의 왕은 이야기했었다.

같은 맥락으로 군주에게 그림자가 생기지 않는 것이라면, 진우에게는 가장 훌륭한 추적 수단 하나가 막힌 셈이었다.

그러나.

'……상관없다.'

그때 거인들의 왕은 진우의 존재가 군주들에게 알려지면 가만히 지켜보고 있지 않을 것이라고 경고했다.

군주들은 머지않아 한 번 더 이곳을 찾을 것이다.

이번엔 고건희 협회장님이 아니라, 자신을 노리고.

물론 그때는…….

진우에게서 살의가 번져 나갔다.

이중 던전에서 살아 돌아와 시스템의 능력을 얻은 이후, 진우는 적을 놓친 적이 없었다.

달아난 적은 오직 그 '아이스 엘프' 하나뿐.

상대가 마수든 인간이든, 노리던 적은 확실히 끝장을 봐 왔던 진우는, 그놈 역시 예외로 만들 생각이 전혀 없었다.

그런데.

'어……?'

잠깐만.

여태 싸워 왔던 적들을 머릿속으로 떠올리던 진우가 뭔가 이상한 점을 하나 깨달았다.

그러고 보니.

'황동수나 토마스와 싸울 때 시스템 메시지가 떴던가?'

시스템은 주변에 살의를 가진 사람이 있을 때 메시지로 경고하고 긴급 퀘스트를 내주었다.

황동석, 강태식, 그리고 김철.

예외는 없었다.

심지어 대련하는 동안 아주 잠깐, 공격에 진심을 담은 것만으로도 경고 메시지가 뜬 고토 류지까지 있다.

'그런데 형의 복수를 하려고 했던 황동수나, 죽이겠다고 엄포를 놓던 토마스에게는 메시지가 안 떴다고?'

이상한 일.

아무리 생각해도 아귀가 맞지 않았다.

잠깐 고민해 보던 진우는 사실 확인을 위해 핸드폰을 꺼냈다.

다행히 그의 매니저에게 받았던 연락처가 있었다.

지금 시간은 새벽 1시.

미국 동부와 시차를 생각하면 실례는 아니었다.

뚜루루루.

진우의 예상대로 대기음이 몇 번 울리지도 않았는데 상대가 전화를 받았다.

–미스터 성, 당신이 먼저 내게 연락을 할 거라곤 생각 못 했는데?

토마스는 의외라는 듯 약간은 놀란 목소리로 말했다.

"하나 물어보고 싶은 게 있어서."

–당신이 나한테? 뭐든지. 아는 범위 내에서는 성실히 답변하지.

"그날, 우리가 싸웠을 때."

–……싸웠을 때?

"정말 나를 죽일 생각으로 공격했던 거였나?"

–그때 일은 우리 사이에서 정리됐던 걸로 믿었는데.

그날의 기억을 떠올리기 싫어하는 토마스에게, 진우는 단순히 호기심이라고 설명했다.

무엇을 숨기랴.

잠깐 뜸을 들였던 토마스는 솔직히 답했다.

—원래 화가 나면 보이는 게 없는 성격이라…… 그때는 진짜 죽여 버리겠다고 생각했었지.

역시나.

그때 토마스가 품었던 살의는 거짓이 아니었다.

그런데도 시스템은 침묵했다.

분명히.

'무언가가 바뀌었다.'

의혹으로 시작했던 가정이 점점 확신으로 변해 가고 있었다.

—미스터 성?

자신의 대답 이후로 이어지는 정적이 거북했는지, 토마스는 들뜬 목소리로 화제를 돌리려 했다.

—우리 그런 칙칙한 얘기보다는 내가 자네를 위해 준비한 아주 환상적인…….

뚝.

토마스와 농담을 주고받을 기분이 아니었던 진우는 짧은 인사말과 동시에 전화를 끊었다.

그의 대답으로 확실해졌다.

이제 시스템은 이전과 다르게 살의를 가진 적에게 반응하지 않는다.

스스로를 지키게 만들었던 초기의 시스템을 생각하면 큰 변화였다.

'가볍게 생각할 문제가 아니야.'

처음.

적을 죽이지 않으면 심장을 멈추게 만들겠다는 협박성 퀘스트를 보고 진우는 막연히 시스템의 목적성을 추측했었다.

어쩌면 시스템은 자신이 원하는 방향으로 내가 움직이게 만들고 있는 것은 아닐까.

그렇게 짐작했던 것이다.

그런데 이제 긴급 퀘스트가 뜨지 않는다는 말은 그 목적성에 변화가 생겼다는 이야기일 수 있다.

덕분에 선택의 여지가 늘어났고, 자신에게 이를 드러냈던 토마스를 살려 줄 수 있었다.

'긴급 퀘스트가 떴다면 있을 수 없는 일이었지.'

선택의 폭이 넓어졌다는 것은 분명히 기분 좋은 소식이었지만 한편으로는 그 원인이 궁금했다.

이것도 힘의 원래 주인이 군주들을 배신했다는 것과 관련이 있는 걸까?

아니면 설계자를 죽이면서 그들이 계획하고 있던 뭔가가 뿌리째 뒤틀려 버린 것일까?

꼬리에 꼬리를 물고 떠오르는 추측과 가정들에 진우는 고개를 저었다.

'머리를 비우자.'

지금은 목표를 확실히 해 둘 필요가 있었다.

늙은 백귀를 죽이는 것.

그리고 그놈에게서 군주들에 대한 정보를 캐내는 것.

놈이 먼저 찾아오면 좋고, 놈이 다른 헌터들을 노린다고 해도 덫을 늘려 가고 있었다.

걸려들기만 한다면.

두 가지 목표를 한 방에 다 해결할 수 있었다.

문제는 시간이다.

군주들이 언제 나타날지 모르니 그때까지는 강력한 적들과의 싸움에 대비해야 했다.

다행히 착실히 경험치를 얻을 만한 장소를 만들어 뒀다.

바로 일본.

아직도 거인들에게 입었던 피해가 다 복구되지 않은 일본은 현재 버려진 땅이 많았다.

진우가 미국에 가 있는 동안 수많은 게이트들이 던전 브레이크를 일으켰고, 마수들이 해당 지역에 자리를 잡고 영역을 늘려 가고 있다고 한다.

일본인들에게 그 마수들은 공포의 대상이지만, 진우에게는 영양가 풍부한 먹잇감일 뿐이었다.

하나하나.

땅을 차지한 마수들을 밀어내 가며 레벨을 올릴 생각에 벌써부터 가슴이 뛰기 시작했다.

그때 핸드폰이 짧게 부르르 떨리며 메시지가 왔음을 알렸다.

확인해 봤더니, 토마스에게서 온 메일이었다.

_미스터 성, 다시 전화 한 통 줄 수 없을까? 아직 하고 싶은 얘기가…….

비온 뒤에 땅이 굳어진다고 하더니 토마스는 싸웠던 것을 계기로 친분을 이어 나가길 원하는 모양이었다.

물론 환영이었다.

상대가 먼저 내민 손을 이유 없이 뿌리칠 만큼 사교성이 없지는 않았다.

하지만 대화는 언제라도 할 수 있지 않은가?

뒤끝 없는 토마스는 마음에 들지만, 잡담을 나누기엔 늦은 시간이었다.

진우는 빠르게 답장을 남겼다.

_오케이. 근데 나중에. 내가 갑자기 바쁜 일이 생겨서.

삑.

답장을 보낸 진우의 얼굴에 미소가 떠올랐다.

'달라지는 건 아무것도 없어.'

다가올 앞날을 위해 착실히 레벨을 올려 둔다.

처음과 지금은 같았다.

'좋아.'

올라올 때보다 한결 나아진 기분으로 대성 타워를 내려가는 진우의 발걸음은 그 어느 때보다 가벼웠다.

* * *

하지만.

싸움을 준비하고 있는 것은 진우만이 아니었다.

은신처로 달아난 혹한의 군주는 강림해 있는 모든 군주들을 불러들였다.

얼어붙은 동굴에 세 명의 사내와 한 명의 여성이 모습을 드러냈다.

네 명의 왕 앞에서 혹한의 군주가 입술을 뗐다.

[그림자 군주가 여기에 와 있다.]

혹한의 군주는 그들에게 자신이 보고 들은 것을 설명했다.

[…….]

[…….]

피와 살을 얼릴 것 같은 얼음 동굴의 냉기에도 끄떡하지 않았던 군주들의 분위기가 싸늘하게 식어 갔다.

[그의 힘을 담아낼 수 있는 그릇은 없다고 하지 않았나?]

같은 이유로 용제가 지상에 머물지 못하고 있는 것이 아닌가?

그러나 혹한의 군주는 고개를 가로저었다.

[내 눈으로 분명히 보았다. 그는 진짜였다.]

이미 제주도에서 그림자 군주의 힘을 느꼈던 두 군주 역시 혹한의 군주가 하는 말에 동조했다.

냉랭한 분위기 속에서, 혹한의 군주가 말했다.

[그는 광휘의 파편들보다 훨씬 더 큰 위협이 된다. 내가 그를 제거하지. 나를 도와줄 수 있겠는가?]

그러나 도움을 요청하는 목소리에도 다른 군주들의 반응은 냉담했다.

그도 그럴 것이.

상대는 혼세를 다스리는 아홉 왕들 중에서도 강력하기로 손꼽히는 왕이다.

그와의 싸움은 죽음을 자초하는 짓. 그렇기에 조심스러울 수밖에 없었다.

군주 하나가 말했다.

[차라리 용제를 기다리는 것이 어떤가?]

파멸의 군주.

그라면 능히 배신자를 처단할 수 있으리라.

그러나 혹한의 군주는 이를 드러냈다.

[비록 지금은 도망자 신세라고 하나, 우리는 모두 군세의 왕이다. 그런데 언제까지 용제만 찾고 있을 셈인가?]

어깨에 박혔던 단검.

그건 그냥 평범한 부상이 아니라 자존심의 상처였다.

혹한의 군주는 그림자 군주에게 갚을 것이 있었다.

[그를 제거하려면 그가 아직 인간인 지금이 기회다. 나를 도와다오. 내가 책임지고 그를 무(無)로 돌려보내겠다.]

하지만 그의 굳은 의지에도 불구하고 군주 하나가 뒤로 물러섰다.

[나는 빠지겠다.]

그리고 또 한 명의 군주가 그림자 군주와 싸웠던 악마들의 왕, 바란의 선례를 언급하며 사라졌다.

[나도 백염의 군주 같은 꼴이 되기는 싫어서.]

[……겁쟁이들.]

혹한의 군주가 사라진 둘에게 혀끝을 찼다.

다섯 왕 중 남은 이는 셋.

근육질의 거한이 혹한의 군주에게 물었다.

[그가 아직 인간이라는 증거는?]

혹한의 군주는 기다렸다는 듯 자신의 어깨에 박혔던 단검을 보여주었다.

단검의 칼날 부분이 녹색으로 번들거리고 있었다.

[단검에 독을 발랐다.]

만티코어의 독.

군주들에게는 별 소용이 없지만, 일반적인 혼세의 주민이라면 닿는 것만으로도 상처가 썩어 들어가는 치명적인 독.

그는 언젠가 쓰일 순간을 위해 자기 단검에 독을 발라 두었다.

치밀하고 영악한 행동이었지만, 분명 그림자 군주의 스타일은 아니었다. 지금 그를 움직이는 것이 인간이라는 확실한 증거였다.

혹한의 군주가 남은 두 군주에게 정중하게 물었다.

[그대들은 나와 함께하겠는가?]

아직 인간에 불과한 그림자 군주와 자신의 힘은 호각이었다.

그러니 군주 둘이 자신에게 가세해 준다면 그림자 군주를 압도할 수 있다고, 그는 확신했다.

서로 눈빛을 교환하며 잠시 고민하던 군주 둘은 이윽고 고개를 끄덕였다.

[너를 돕겠다.]

[그림자 군주를 죽인다.]

자신의 어깨에 단검을 박아 넣은 그 빌어먹을 인간 놈에게 진정한 공포를 일깨워 주겠노라고.

혹한의 군주는 그렇게 다짐하며 입꼬리를 올렸다.

- 나 혼자만 레벨업 Ⅶ권에서 계속됩니다

나 혼자만 레벨업 6

1판 1쇄 발행 2019년 8월 19일
1판 23쇄 발행 2024년 8월 1일

지은이_ 추공
발행인_ 최원영
편집장_ 이호준
편집디자인_ 최은아
영업_ 김민원 조은걸

펴낸곳_ (주) 디앤씨미디어
등록_ 2002년 4월 25일 제 20-260호
주소_ 서울시 구로구 디지털로32길 30 코오롱디지털타워빌란트 1301-1308호
전화_ 02-333-2513(대표)
팩시밀리_ 02-333-2514
E-mail_ papy_dnc@dncmedia.co.kr
블로그_ blog.naver.com/gnpdl7

값 12,000원

ISBN 979-11-364-0126-7 (04810)
ISBN 979-11-364-0120-5 (set)